富阳历代宗谱诗词选编

杭州市富阳区史志办公室
杭州市富阳区档案局 编

方志出版社
Publishing House of Local Records

《富阳历代宗谱诗词选编》编委会

主　　编：

刘文灿

副 主 编：

董江军　胡春国　陈华林　钱云祥

责任编辑：

陈华林　陈炜祥　黄品耀

编　　务：（按姓氏笔画为序）

严能英　汪校良　洪　岸　洪菁龙

赵雪红　赵慧雯　蒋虹瑶

前　言

我们欣喜地将《富阳历代宗谱诗词选编》奉献给广大读者。

文载道，诗言志。浩浩中华，诗词之邦。诗词是中华优秀传统文化的重要组成部分，在氏族宗谱中同样占有重要的位置，是中国文化人抒发志向，寄托情感的最佳载体。富阳人文古地，山川锦绣，英才辈出。他们面对多娇江山，崇敬人杰，以极大的热忱，极巧的构思，极精的语言，引吭高歌，赞美佳居，颂扬乡贤；激励后辈，厚爱乡土，奋发图进。

中国传统村落是农耕文明的精髓和中华民族的根基，是中国五千年文明的发源始点和缩影，是中华优秀传统文化的精华和各民族发展的智慧结晶。它蕴藏着丰富的历史信息与自然生态景观资源，是中国乡村历史文化、自然遗产的“活化石”和“博物馆”，是全人类文明的瑰宝。

本卷分为两部编排，按《景观诗》和《杂咏诗》汇选了全区七十多个村落四十余个姓氏近两千首多种体裁的宗谱中的诗词。

人人都说家乡好！景观诗词的作者们面对氏族居地及环境的“座座青山层层绿，朵朵白云伴歌唱”的良辰美景，无限深情地吟咏“四景”“八景”“十景”……从各个不同的切入面欣赏、赞叹，让人们如入其境，如见其景，将读者带入另一种的乡愁留恋。

《杂咏诗》则似掌上春秋，笔底狂澜。其所涉范围广阔，内容繁杂。既有对人文的咏赞，又有对自然的感悟。通过对历代乡贤的讴歌，让乡贤文化发挥更强的道德张力，让先贤们活生生矗立在后辈们的面前，让他们清晰地看到先祖们屹立在富春大地上的闪光形象，成为他们学习的楷模和榜样。

诗贵真情。人是诗之本，诗是人之光。创作的源泉来自生活。诗词作品应是社会生活在作者头脑中的曲折反映。言必有衷谓之真，称意而发谓之自然。本卷作品有名家之笔，如苏轼、朱熹等中国古代文化大名人的佳作，但更多的是出自于乡村布衣之手。他们中有致仕返乡的士宦，更有生于兹长于兹，生活于兹，知悉于当地的草根人士。他们的作品更接地气，更有灵气。这些诗作寓情于景，情景交融。洋溢着浓浓乡情，绵绵乡愁。

让沉淀的文化资源真正活起来！这是时代的号角，我们正在全面建成小康社会，赤橙黄绿青蓝紫，谁持彩诗当空舞？愿她为正在“描绘富春山居新画卷”的富阳人民添砖加瓦，以佐微薄之力。

杭州市富阳区史志办公室
杭州市富阳区档案局
2016年12月

目　录

杂咏诗 …… 263

罗山夕照

瓜桥夜月

晴滩牧笛

野碓春声

壶源春涨

前村牧笛
在古倉正西區
離里居半里許
係倪氏陽基之
下砂如無喬木
未免空曠幸得
農家居住培植
松木森密成林
時有笛聲從牛
背吹來不啻聽
康衢之鼓腹也

前村牧笛

塘隴樵歌
在古倉正南區
即在里居屋後
上有曲徑盤山
一任樵子來往
羣歌互答聲韻
抑揚此山家之
樂事實豐裕之
休風
淡園

塘垅樵歌

中渡鱼灯

巖頂香熏
如絲香嫋篆氤氳一縷爐烟
出岫熏晴靄飛開紫黛色素
紈繞却青螺斂藏身
文豹身迷霧嘘氣神
龍氣結雲一吐一吞
多變幻須臾郁郁復
芬芬
柑林寫意併録

岩顶香熏

紫竹云锄

横山牧唱

直坞樵歌

将台奇石

錦溪波韻
在古倉正北區離
里居半里許曲曲
西流冬夏不涸但
洪水泛濫不無變
遷幸倪氏通族捐
資砌成石倉約千
餘丈不特溪壑安
流抑且田禾永賴
淡園子記

锦溪波韵

骊峰双瀑

两水迴澜

三峰插汉

阳宅图

阳宅图

景观诗

富春八景诗

恩波夜雨

春风吹鹢远朝天，夜雨江乡忆往年。
滴滴恍闻湘竹里，萧萧疑近井梧边。
湿侵渔火人家静，寒逼蓬门客梦悬。
重沐恩波归旧邑，愿今膏润及枯田。

花坞夕阳

入坞寻春奈晚何，好春偏信夕阳多。
柳边鸦闪黄金背，烟外花明锦肃窠。
归路迷人频促马，回天壮士漫操戈。
凭谁移近城南地，留取余光照绮罗。

龟川秋月

浩洱澄江万里秋，龟川月色映中流。
人间不许骑驹挺，天上何劳运斧修。
玉镜光中来赑屃，金波影里漾浮沤。
伐桑记得樵夫事，欲问恒娥信此否。

鹤岭晴岚

晴阴鹤岑未开时，非雾非烟总可疑。
十亩氤氲笼树色，半空凝结获花枝。
山光满陇寒来早，地脉通天暖去迟。
多少游人迷失路，寻春不见竟何回。

中沙落雁

烟波浩渺晚凉多，奈此翩翩落雁何。

一阵飞来惊客思，数声鸣处杂鱼歌。
西风泽国栖芦苇，落日江天息网罗。
如此水明冲碧处，一番秋到一番过。

剡浦归帆

罗刹江头潮正平，风帆点点拂邮亭。
才惊落雁述寒渚，又带斜阳过别汀。
桑橹声催孤屿黑，短蓬光露一灯青。
逢人且说归来事，千载谁能继客星。

樟岩暮雪

六花庄点翠螺环，惹得诗翁尽日看。
樵客竟迷深涧壑，归鸦不记旧山峦。
蓝关疋马情何切，剡曲偏舟兴已阑。
不是老梅心似铁，如何耐得许多寒。

吉祥晓钟

梵王宫傍鹳山阴，桡动疏钟出故林。
静逐鸡鸣催海日，细随溪乡答松青。
维摩室内禅初定，华岳峰前雪正深。
一百八声敲已罢，惊回多少利名心。

《富春瑞峰王氏宗谱》(2010)

春城八咏

象山氏

春江烟浪

碧落长江雾色悬，波纹淡荡起云烟。
轻盈柔橹漫摇拽，摇破晴空水底天。

观山旭日

一山横出锁江流，烟树苍茫古渡头。
早起爱看曙色好，红生海底是蜃楼。

恩波夜雨

村江渔火断还连，羁客惊心独不眠。
夜半萧萧篷外响，常疑身在井梧边。

小隐松风

抱琴彳亍傍山行，喜看重重偃盖迎。
清响还同疏雨至，直须弦管弄新声。

鹤岭晴岚

喜得仙源有路通，行行直欲探芳丛。
分明一幅胭脂画，几度描来总未工。

中沙落雁

霜染枫林几点丹，新秋新雁引新寒。
双双栖宿江心处，犹恐金闺不忍看。

苋浦归帆

百里江涛滚滚来，春风送客入城隈。
牙樯锦缆帆高挂，□减仙槎牛斗回。

吉祥晓钟

月移斗炳影斜横，古寺疏钟夜半鸣。
敲断蒲牢一百八，梵音嘹喨满春城。

春城八咏

祥峰氏

恩波夜雨

百尺长虹跨落空，夜来萧瑟响孤篷。
明朝依旧青山在，浴沐恩波一枕中。

花坞夕阳

依依斜照翠微阿，却忆江云绣绮罗。
踏春归去城南道，立马停骖听晚歌。

龟川秋月

冰轮涌入水凄清，影泛春城忆昔情。
记得樵桑人又左，丝垂鱼钓作龟烹。

小隐晴岚

山名小隐息征鞍，蹑屐登临上紫峦。
醉后笑看乌帽落，依稀云树尽琅玕。

苋浦归帆

帆系江风海汐渟，轻盈柔橹过前汀。
归来且说横塘话，花月楼头卧客星。

中沙落雁

江天潮落雁行斜，声断衡阳未是家。
来处不如栖处稳，清沙明月照芦花。

吉祥晓钟

巍巍古刹傍春城，漏尽更残夜未明。
旅馆数声惊客梦，几番远韵隔林清。

樟岩泊雾

日午楼头载酒过，遥看一嶂漫如河。

空蒙岩岫连天接，直引诗情笔欲歌。

春城八咏

友梅氏

恩波夜雨

东风何太恶，夜雨西郊作。

波沫撼青龙，渔灯晃白鹤。

客惊千里梦，帆卷三山塔。

响落断还续，声声随漏柝。

花坞夕阳

郁郁春城外，偏宜到晚看。

蓬莱来杖底，紫气上林端。

有花多璀璨，无树不琅玕。

回眺登临处，江风生暮寒。

龟川秋月

千古渔人梦，龟川今夜月。

冰壶沉水底，玉盌坠天阙。

波静渊澄澄，秋深风发发。

每怀垂钓者，空对春城兀。

小隐晴岚

春城雨过时，垒垒山如髻。

淑景阳和好，晴光风物丽。

曲溪泻清泉，深林藏古碣。

谓多幽隐趣，四顾浑无际。

苋浦归帆

千里横塘路，春江认作家。

客心依落日，帆影入流霞。

云深纷纷酒，水苹曲曲花。

木栏殊未扣，已听漏声斜。

中沙落雁

渚白连云际，天空任我回。

倦飞常戢翼，翔集自成堆。

曲尽哀弹月，书封碧展台。

平田会畏啄，次第不须猜。

吉祥晓钟

疏钟发古院，向晓彻城东。

历乱千山月，徘徊五夜风。

舟人芒渡客，驿吏饭承骢。

更听江边柝，齐催海日红。

樟岩泊雾

四顾无云际，樟岩一片收。

翳翳封鸟道，隐隐卧仙邱。

水流华梦杳，松静鹤床幽。

何日能开影，乘驹逞此游。

《富春剡溪李氏宗谱》（民国）

东安八景诗

塔山拥翠

何年天上落奇星，幻作青螺拥县城。
许远祠堂忠胆壮，葛翁丹井乳泉清。
云归犹想旌旗影，滩沸还疑羽佩声。
衣锦归来登玩处，山光不改旧时情。

松葛双清

步入钱塘历翠台，东安佳景画图开。
两山排闼云边起，二水分源天上来。
雪夜乘舟回画桨，春风修禊泛霞杯。
明年水底蛟龙起，带得甘霖泽九垓。

贤明舒啸

长亭高构白云乡，亭上清风景趣长。
纵目四山频送翠，开尊六月有余凉。
马摇金勒人初到，筹打铜壶酒正忙。
今日重来一登眺，百年苦乐两相忘。

深浦潮生

钱塘江上早潮来，百里遥闻似震雷。
一水滚从深浦去，万艘摇向渌川回。
东连博望乘槎渡，西接严陵钓月台。
秋日登高冠盖集，雪山倒卷是谁推。

青牛雪霁

风卷南峰雪已收，雪深云白失青牛。

谁将天上琼花观，幻作人间白玉楼。
日色曈昽来海宇，雨声淅沥下林丘。
个中更有清贫士，高卧东窗傲五候。

碧沼春晴

阳鸟飞上海云边，便觉曈昽曙色鲜。
四面晓山呈翡翠，一钩新月弄婵娟。
池中鱼跃翻春浪，寺里钟声出暮烟。
独上南楼看生意，农夫足雨正耕田。

东陵芝秀

秀拔东陵生瑞草，琼枝玉叶异凡柯。
征应盛世千年兆，兴发商山四皓歌。
地气交通生意遂，天时顺序物情和。
莫言此土钟灵杰，自是频沾雨露多。

古渡桥横

落落双松拂汉齐，长虹千尺跨平溪。
路通衢婺闽山外，水落钱塘渤海西。
过客不劳忧厉揭，行人无复问高低。
青年射策曾过此，驷马登桥社必题。

《东安凌氏宗谱》(1928)

寿氏龙山八景诗

静山氏

龙山挺秀

山势游移似活龙，斯村依附自熙雍。
泉声滴沥传幽韵，树色苍茫透秀容。

石立丰裁成骨傲，松蟠格老作鳞封。
蜿蜿景象真难绘，严若更多真气钟。

雀里迎祥

追忆佳名何日施，贞观隆盛在斯时。
欣逢白雀来栖集，直闻丹墀上悉知。
雪羽霜翎夸皎洁，晴喧暖噪夺珍奇。
攸同洛水岐山瑞，廸吉迎祥万世维。

深潭拥翠

龙潭万丈漫相猜，特有源头活水来。
翠色四围重迭拥，清光三界积成堆。
幽明月下观形影，断续风前扫俗埃。
泉石团圆如一镜，澄鲜水远透青苔。

宝塔飞丹

村外高飞一色丹，幸逢宝塔右纵横。
嵯峨景象层层迭，峭拔神形面面呈。
烟护云迷推鹤集，梯回顶绝让鸦征。
效观数里人人晓，共嘱联奎不朽名。

黄墩佳气

墩起郊原住市涯，遥横数树绿阴赊。
猜擬朱里将相近，指点黄家是不差。
查岭安输真极绝，平沙夺胜莫增加。
深培地脉扬风宅，草木葱茏分外嘉。

葛水文波

砥砺南津岸上过，长流葛水日调和。
微吹荡漾频生浪，细织罗文小动波。
鱼眼风回观有术，龙鳞雨后撼无呵。

朝宗沔落情为好，再喜徘徊听濯歌。

高峰虎踞

高拥岧峣露碧峰，攸如虎踞恰豪雄。

牛吞猛烈青苔护，豹变文华绿树封。

浪涌松涛疑发啸，崖危石势讶从风。

眈眈两视其情逐，万里咸光竞逼冲。

侍堰虹垂

沟渎源流在宅前，深谋积水注兹田。

虹腰直系兴行捷，雁齿轻萦举趾便。

逆激潆回喷白练，飞空突兀带浮烟。

撞来有客何愁涉，泽溥人间百世传。

《东安寿氏宗谱》(1897)

芳地六景诗序

芳地簇居，连檐抵屋者百家。自大路层级而上，依山为砌，傍石为楹。俯瞰一切，有居高临下之势。西岩崒嵂于后，南山屏障于前。安吉如蛇蚓之伏，龟山作地户之关。四面宏厂，洋洋乎洵巨观也。辛巳秋，丐余纂修家谱，寓居运来公厅楼。每于风晨月夕，倚楼登眺之余，见茂林修竹，四围苍翠。麻径桑畦，交映其间。时而虹作山市，空中一抹；时而风生天籁，万谷齐鸣，盖令人有载酒着屐之想焉。因慨夫盛衰有数，显晦有时，穷通有命。物理人情，不谋而合。彼千余年来，使美景胜迹与荒烟蔓草，同兹泯没者何异？贞夫义妇身操完行，卒以托处荒村，长贫贱以没世，而不得一发潜德之光为可惜，亦更可痛也。于是乎表而出之，区为六景，赋成七律。山水有灵，当不以余言为妄者。夫都会之景，收于志，乡闾之景录于谱，一也，若夫平章风月，品题花鸟，此骚人逸士之事，非吾所能知，则遂不能多赘一语矣！

南山晓雾

谢庭葱郁对南山，雾镤岚光隐约间。
晨雨离迷封鸟道，晴云缭绕过松关。
乍嘘白屋蜃楼气，渐吐青螺翠黛颜。
最喜如屏拱户牖，何须五里作仙班。

岩云顶飞

西岩坐镇势崔巍，时有烟光逗翠微。
山雨裕来攒顶出，松风徐引带樵归。
轻描似锁文君黛，密布如披玉女衣。
更有一船持赠处，宣中鸟带断云飞。

平阳秋月

碧草铺茵匝地稠，银河落照倍清幽。
千年龙脉关山远，万里蛾眉放眼收。
牧罢归来吹短笛，柳阴深处见高楼。
恍疑人在冰壶立，竹影松声两岸秋。

竹林春雨

嫩绿含苞带雨新，枝枝抽出满山春。
藤萝石罅穿根细，薜荔墙头解箨匀。
四面纡青堪入画，千竿滴翠更无尘。
愿教青帝长司令，报道平安递主人。

幽壑松涛

花村结宇傍山高，赢得林间风势豪。
滴露应知有鹤泪，化鳞可道是龙号。
恍如人马从空过，隐若云雷各署曹。
枕上有时残梦里，雄心尚在浙江涛。

桃源流水

到此何从访故国，武陵遗迹渺无存。

细涧横斜通竹径，流泉屈曲绕花村。

乌从隔岭旋归坞，人到荒庵几叩门。

白云深处问桃源，水自流分山自静。

《富春芳地周氏宗谱》(2009)

湘溪八咏

郎学龙

天马兰香

敢将春性别繁华，翠色多从处士家。

最爱暗香浮动处，不教蜂蝶梦魂赊。

石湾垂钓

岩畔苍苔树影丛，丝纶摇曳水云东。

潭深泉涨生桃浪，几度凝眸看化龙。

横桥映月

一回香雾袭孤松，冷露无声树影重。

最是夜清人寂静，小桥流动月玲珑。

唐峨积雪

遥隔梨花落翠微，古人犹忆白云飞。

移尊漫笑峰前晚，尽道先生放鹤归。

春赏雨花(山名)

穆穆乌云点翠班，鸿蒙推出未经还。

圣僧若使回灵鹫，信道飞来又一山。

夏游仙洞

娥英昔日避秦烟，老却芙蓉古洞边。
鹤唳猿啼声未住，只今犹自伴流泉。

秋登遥石

占断风光下九州，逍遥人在碧云头。
醉眠一枕清风里，云作纱笼月作钩。

冬晏隆兴

清凉家味那如僧，映雪囊萤顿自新。
最喜午来佳睡足，瓮头初熟有余春。

《郎氏大同宗谱》（2005）

屠山八景诗并序

季尹氏

古今谈胜，概于两浙者，至湖山极矣。余以为此观海登狱之见也。不知涧泉岩谷间，亦类多幽邃辽蔓，奇异变幻。天设地造，而不可名状之。致特未得如湖山控名区而环郡邑耳！故虽有如：山之秀、水之清、野之旷；风雨之离合、鱼鸟之飞跃；木石之幽奇、高僧隐士之往来遊息，徒付诸乌有。而使穷天地，亘古今而不得与湖山争胜于寰宇也，可不惜哉？余雅嗜登览，每至一处，辄徘徊不忍去。因拔其尤者，八景而列之。以见富春屠山，地虽偏隅，而涧泉岩谷，亦自有湖山之胜概云。

狮山松吼

富春之胜境不一。如中沙落雁，小隐晴峦，龟川夜月，苋浦归帆之类，美不胜述，皆足为当世名士品题。而狮山松吼，独未尝与也。盖由狮山僻处富春西南之隅，窃比之英雄守困，托足林泉，如隐逸者，然其不克见知于当世名士品题也，曷怪焉？余尝设帐斯地，深企此山松吼之雅，无幽不芳，因不揣俚言，以弁诸首。

山号狮形气势雄，苍松盘结与狮同。
参天秀出鸣天表，拔地高凌响地中。
豹影镂金威躩日，龙鳞错彩壮吟风。
应知老干真无匹，长向名山类感通。

燕坞樵歌

山曰“燕坞”，以其山之形酷肖乎！燕，故名之然，亦无其深意。第见巨树长萝，稍翳云日。纠藤芳草，上接烟霞。而担柴之雅子，杂出其中。此唱彼和，余韵悠然堪听，故次拔之。

数椽茅屋隐山东，挈伴呼朋气合同。
轻入云峰身舞燕，调高林木响惊鸿。
朝迎旭日思薪束，暮抚寒烟恐雨蒙。
曲罢不知人世事，归来喜助郑公风。

甑岩瀑布

甑山之高，上出重宵。数十里江山之巨丽，一目无际。登岩远眺，尽足尽屠山之大观矣。然时有飞泉瀑布，而其活泼流行之机恒，足动骚人墨士之兴，爰歌以赠此。

劈腾瀑布裂山脐，疑是银河势泻低。
万派直冲翻雪浪，一痕远濞激花溪。
光摇幽岛惊飞鸟，气夺长鲸射彩霓。
石泛灵源终到海，派来天半莫端倪。

曲涧鸣泉

曲涧清浅，列矼可渡，曾无病涉而歌匏叶者。然其一种浩瀚汪洋清流激湍之势，调弄出无弦琴谱。俾闻此者，不觉躁心冰释，则鸣泉之足动人逸兴者，何多也？

四面云山中夹溪，深阿涌出泻高低。
声弹幽瑟娱清听，响激霜砧破俗迷。

两岸桥梁通出入，数村烟火列东西。
巢由选胜应游此，笑指鸣泉大品题。

方塘夜月

余尝读《岳阳楼记》，至“上下天光，一碧万顷”之句，恨未有以证也。及戊辰春来辑谱于柴氏，每乘夜独步于方塘，中见浮金沉水，月淡烟空。俨然“上下天光，一碧万顷”之妙。余喟然叹曰：“此真岳阳气象也。”余何幸而得此哉？当是时境清矣，情逸矣。虽无把酒临风之乐，亦自有心旷神怡之致。其能已于诗乎？爰为之索笔以赋。

一望长空绝片云，蟾光倒映碧波纹。
帘钩新挂双眉对，妆匣盈开两镜分。
触岸鲜鳞浮啖影，绕枝飞鸟匣离群。
心源静向方塘鉴，领尽清机远俗氛。

石阜晨钟

石阜者，僻介西山道口，土高而岭平。上建静院，下作小亭，无节棁之华。不断椽，不剪茨，不列墙。以白云为藩篱，碧山为屏翰，极天钟地造之成。虽精工良匠所不有者，趣也何如？然时闻山犬吠月，隆雊鸣烟。日与老僧疏钟相间，便唤醒人间许多梦矣。是耶！否耶！

何处钟声次第闻，晨嘘天籁涤尘氛。
应知古寺敲惊梦，始信高僧悟惜曛。
静证菩提传逸响，喝摩呗叶振层云。
莫言石阜无清趣，深省回头总在君。

余光积雪

此山岩壑重复，林麓阴繁，樵牧之子，未尝辍日，名之曰“余光”。则其峥嵘突兀之秀，不下牛山之美，概可知矣。然当重阴互寒之候雪经月，而不解岫影描文，山容作画，则积雪之助丽于余光也，又为何如哉？

重岩压雪木萧萧，烟雨迷离绝蓊荛。
冻碎玉楼光尽眩，妆成银鹤色难描。

皑皑絮舞铺千尺，滚滚花飞砌万条。

一望诗情何所寄，骑驴应上灞陵桥。

竹屿斜阳

竹屿山围如盂，天覆如盖。适柴氏居址之前，中列怪石，挺苍崖悬。古木奇形秀色，目不暇接也。居于斯者，宁复有俗累之诮乎？又见赤玉之盘，满地黄金之镜磨天，岚光云断，落日将曛。人曰："此斜阳也而已，含辉于竹屿矣"，能无说以处此？

名传竹屿竹萧萧，万个参天景独饶。

最爱夕阳影翻翠，更闻归鸟弄声姣。

霞光映壑浑铺锦，霭色凝岩似亲绡。

幽赏不须愁日暮，兴乘明月杖头挑。

《恩荣富春柴氏宗谱》(1905)

广陵八景诗

徐　彬

广陵袁宅，在新城县治之西，离城四十里。后山坐辛向乙，兼戌辰三分，本为省龙分支。其水自东注西凡十里，而与葛溪大会，为三溪口。三溪口望东北，以进八里许，而至广社，为倒骑龙袁之乡主庙也。过此又一里许，隔岸山明水秀，蔼蔼人村。其右为下水碓，峻峰公之派居之中，为溪口始祖能六公实始迁于是焉。再左为查坑坞口，望贤昆玉之宅。与跨左刘家坂秀山公之宅，遥相属也。坐山之分自省龙者，由沈岭以至观音尖，约十里许。其北为宁善，南为广陵，山列横帐。就来龙之高山为左帐，角形如覆釜起。余支之烟楼为右帐，角有卓笔状焉，中则垂头降势，顿起帐下贵人逆趋广源。左界则查坑龙潭注之，右界则木家坞咽泉为远近邻焉。中龙之起伏者，过峡为小秦岭。再起飞蛾作层峦势，以大尽于溪口。面开太阳，金星瑞疑。耸秀戴峰，三台朝拱而来如列榜捷报之状，拜堂为龟蛇案，则各房墓田庐舍是不一处。而允孚公之《拥万堂》，体仁公之《平山别业》，其尤著者也。山麓数椽与祖宅有夹涧之势，而拥万堂左实为塘园接壤之处。璋公之子孙尤有豪者，维祖宅既临溪口，溪源发马至坑，至此查坑之水会之。寻常汲水捣衣，最为称便入户，掩映着衣皆成绿色。仰见村后，山光苍翠欲滴，西来爽气，最是可人。左望雁坞，则钟声远送，称龙应者是也。而冷塘广社，俱在右首眉睫之下矣。是宅也，源远而流长，根深而实遂。四围山静，似太古之敦庞；一带流芳，注碧波之清白；竹苞松茂，敦诗说礼之家；人杰地灵，霁月光风之彦。岫云深以龙卧，林风摆以扬鸾。平畴错而农事勤，夜阑静而书案晓。行歌互答，樵渔赓山水之音；杵韵机声，妇女喜桑麻之盛。览山川之胜，概不夸城市烦嚣。溯家世于汝南，且为溪山生色。所为约其胜概，凡有八景而俚句以歌之。

广社骑龙

庙貌巍峨枕碧流，明神并辔驾苍虬。
云联画栋天门近，烟锁船坪地轴周。
翠盖扶疏乔木古，红儿宛转夜台秋。
汝南报赛勤禋祀，阴雨膏来介谷稠。

秦岭钟瑞

遥忆当年相宅劳，登临此日陟山高。
龙潭左注真堪挹，烟岫西关莫可挠。
雾锁长松惊豹变，鸟鸣修竹戛云璈。
一从月渚绵瓜瓞，分得祥光毓俊豪。

戴峰拥秀

晓看门阑列锦图，芙蓉矗矗点有芜。
英雄聚米昭方略，士女双蛾淡有无。
静对敦庞留太古，卓将彩笔画天衢。
闲来一试龙威屐，啸傲东山咏碧梧。

冷塘洄澜

绿杨阴里断沙堤，湍激潺湲欲转西。
何处方塘当日冷，我来曲水绕山低。
苔横古石临波浴，翠滴乔松倒影迷。
隔岸人家烟火接，等闲放马又呼鸡。

龙潭飞瀑

谁将匹练挂岩阿，畜眼频惊怪状多。
天际飞来翻雪浪，云端直下走银河。
中流洛浦珠光散，柱砥丰城剑气摩。
疑向龙堂仙露布，雄文共仰又如何。

咽水呈奇

探得灵泉忒煞奇，循环潮汐不须时。
乍聆汩汩声消矣，又见涓涓浪涌之。
吐纳旧敲词客句，盈虚只教化工知。
宝谟待制遗风在，疑是鸾台漏下迟。

应庵晨钟

山溪蓦处影曈曈，一派疏钟逗远风。
不向丛林呼鸟梦，敢邀曙色唤农功。
噌吰激越炉烟淡，鞺鞳深沈涧水蒙。
庆卜见田通月渚，龙吟新应蕊珠宫。

平山春晓

不记庐陵于汝南，画梁乳燕语喃喃。
桃红宿两侵苔湿，柳绿眠烟着树酣。
赋应秋声邀夜月，翻吟朝霭谢青岚。
他年看杏长安去，寄与春明诗一函。

又

八景诗引

徐辰所

扶舆清淑之气钟于山川，而山川即其所钟以钟人物。故君山着美，月渚流芳。访伊人者，未尝不仰溯夫天地人杰也。今袁氏之聚祖于兹，已非一世矣。其环居之秀挺者，左石柱而右烟拱，前戴峰而后秦岭，菖水如襟带焉。平山如琴几焉。其发祥也长，其献瑞也久，爰即其景之最著者，作俚语以志之。

广社琦龙

古庙骑龙脊，千秋俎豆香。
神明歌并辔，蔀屋同庆仰。
甫润三农慰，风和庶汇昌。
汝南勤赛祝，户户足仓箱。

应庵晨钟

何处钟鸣急，催人晓梦中。
书声犹断续，月影尚朦胧。
促起机头女，惊来田舍翁。
真堪发深省，八耳意无穷。

戴峰拥秀

启户揖东山，芙蓉霄汉间。
画屏千嶂合，翠盖数层环。
簇簇峰皆秀，巉巉石不顽。
相看情自远，人公白云闲。

烟拱凝祥

矗起芙蓉秀，峨然叆叇间。
云飞齐宝阁，雪满卧君山。
咽水通灵气，烟峰耸霁寰。
偏宜临拥万，相对日开颜。

冷塘洄澜

广原流脉远，曲曲绕村西。
水静芹沿涧，塘高柳偏堤。
潆洄通月渚，清澈比濂溪。
不是桃源路，渔人亦自迷。

石柱云高

势凌霄汉外，根截乱山巅。
云锦金梭织，天光玉笋联。
尽堪鹰养翮，还拟鹤孤骞。
日与芸窗接，平山好句传。

平山春晓

平山饶秀色，好景丽芳春。
桃李当门盛，芝兰绕径新。
似闻弹柳汁，常爱坐花茵。
莫卧山中雪，乘时拜紫宸。

高村翠映

凭栏恒极目，壮朵亦佳哉。
曙色芳菲叠，晴光锦绣堆。
尽堪供写照，还足费敲推。
日暮渔樵返，群歌归去来。

又

八景诗

静庵希敩

广社骑龙

社庙背水面山，逆骑龙脊，故名。

勾龙配享倒骑龙，弃稷遗休佑我农。

古庙朱村思旧社，诞辰同日祝华封。

（二神像一系朱村朱明府君四乡社神，一为本社钱明大王。）

陈牲荐酒神恩厚，讲让型仁礼意恭。

（庙上士民值年，必于二月初五日平明，命戏子投帖。庙下士民值年亦然，点神戏四剧，亦必两相逊让。此风俗之极美者也，后人谈得此意，必无争竞夸胜恶习矣。）

题额名公垂锡类，寓规于颂似晨钟。

（里人雍正癸丑进士章楹，字柱天，先生题额曰“同仁锡类”，必类于神之正直仁慈，方蒙锡福。规劝后人之意深矣。时请公题名曰“此众社也”，辞不书，其谦又如此。）

高村翠映

遥望高原入翠微，山光欲滴映人衣。

牛羊岭上村烟迴，鸡犬云深树影围。

近日名庄完国课，当年聚族大门扉。

（沈邑尊命编顺庄，予里名曰“高村庄”。）

兴衰自古无常定，要在仁心永与依。

（昔年曾开徐族。）

烟峰卓笔

鼍江卓笔在南居，此接西流入太虚。
映涧影疑蘸水后，生花梦似绮霞余。
淋漓泼墨烟云绕，次第成行雁字书。
拥万堂曾资润色，百城南面不相如。

戴峰拥秀

村居联络对东山，数派原泉绕户环。
晓暮峰阴暗半途，升沉雾色碧深湾。
徘徊月上庭如玉，层叠霞生锦似斑。
自古秀升常有士，后人毋得畏维艰。

冷塘洄澜

澜回提转近塘园，突兀狰狞怪石蹲。
曲水西流十八里，隔溪东向两三村。
洪波乍涌思遗泽，细浪迟生识有源。
绝似冷泉亭畔望，绿阴深处暮霞屯。

龙潭瀑布

入山未半动遐观，瀑布皑皑百丈寒。
可似白龙垂渊底，真如素练挂山峦。
疾徐弦管调笙瑟，大小珠玑落玉盘。
我欲于斯深诵读，道心庶启令心安。

平山春晓

当年曾喜曙光寒，莺啭平山春色阑。
文向苏韩辟户牖，诗期屈宋作衙官。
花生笔颖星初落，柳拂书帏露未干。
欲造凤凰池上客，阳春白雪不辞难。

秦岭钟瑞

人杰何须恃地灵，高山天作似围屏。
生支布脉分莲叶，溯本寻根公蒂形。
玉印凌霄凝壁翠，烟峦插汉霭云青。
依稀紫气祥光浦，百代烝尝俎豆馨。

八景和韵

云岩大嵩

广社骑龙

顺成万物倒骑龙，两处明神一处农。
昔自朱村分拜献，今同广社并华封。
穰穰多稼思谁力，赫赫重光敢不恭。
二月诞辰常谨凛，衣冠济济待晨钟。

高村翠映

高村隐隐岭微微，一带崇冈翠扑衣。
旧有居民八九户，今余古木十余围。
朝乘晓雾寻芳草，暮看残阳映野扉。
吟罢重悲兴废事，往来凭吊更依依。

烟峰卓笔

一峰矗起接天居，缭绕烟云入紫虚。
岂是香炉华盖顶，真如笔架墨池余。
高秋寥泬霞笺展，落日参差鸟迹书。
似此地灵宜足恃，文光射斗竟何如。

戴峰拥秀

闲来何日不登山，况乃连峰对户环。

雨霁即看云护顶，夜深常见月明湾。
鹿鸣犹忆来三捷，豹变还期见一斑。
岂独峨眉能毓秀，惟几发愤莫辞艰。

冷塘洄澜

菖溪西注绕塘园，忽遇山根巨石蹲。
障彼中流成砥柱，汇为曲涧锁平村。
湍急科盈见原广，岩垂路转如高岭。
杨柳阴中闲怅望，炊烟多处暮云屯。

龙潭瀑布

历尽川原不足观，胸中早为此泉寒。
断虹一线垂危石，匹练千寻挂翠峦。
古洞幽深疑虎踞，潭空夭矫讶龙盘。
庐山面目诚无异，不觅匡公心亦安。

平山春晓

回忆平山春晓寒，谈经绛帐到更阑。
微言足发程朱奥，妙论频惊耳目官。
何意老成人易谢，那堪后学泪能干。
鸟啼花笑还如故，步武前贤勿畏难。

秦岭钟瑞

群山万壑效精灵，左右盘旋作锦屏。
潜伏真机成小岭，别开生面敞金形。
嵩生岳降人民古，瑞霭祥凝松竹青。
玉树蓝田凭种德，梅岩姓氏有余馨。

《东安袁氏宗谱》(2010)

银川八景诗

陆其旋

章家坞深

地僻名章坞，山高聚暮云。
丁丁樵斧响，只在望中闻。

松竹伴泉

泉水在山清，冷冷出岩岫。
我来松竹间，众音疑竞奏。

虎塘陈迹

昔者过浔阳，虎溪传三笑。
兹塘名虎塘，日落山照耀。

古社仙遗

神仙不可遇，古社有留遗。
一任沧桑变，飞鸿雪爪奇。

灵峰挺秀

旭日瑞烟浓，灵光透碧峰。
天然开妙相，不独秀孤松。

银麓迴祥

丹水非吾事，不贪夜识银。
君看此银麓，时有宝光新。

团山凭眺

最是团山顶，周遭眼界宽。
四围空阔处，一气逼高寒。

野碓冬舂

未把疏篇漉，先宜野碓舂。

黄金将纸铸，白玉待题封。

《富春银川彭氏宗谱》(2011)

桐洲八景诗

黄山古渡

千里长江绕带襟，当年疏治禹功深。

津头息担征人待，驿道飞尘风使临。

南北明都从此历，东西衢道可由经。

有舟通济功无限，不与乘舆论小恩。

吉祥晓钟

秀水丛林一地平，梵王殿宇耸娉婷。

云封禅刹随时寂，霜吼鲸音半夜鸣。

下界分光天欲曙，上方散影月犹明。

村居地宅相邻近，侵晓频闻百舌声。

马浦归帆

风帆摇曳起江滨，发棹回来逸兴生。

迅速疾如鸿度景，奔驰快似马行程。

商人到岸归心尉，游子还乡旅况宁。

纵目家山情思好，庭闱欢聚乐无垠。

桐沙落雁

洲渚沙边绿蕊盈，秋深鸿雁自来宾。

澄波濯浪油然逝，掷蓼衔芦顺适宁。

宿食咸依千岁草，飞鸣穿破一天云。

从今嘹呖经彭蠡，分木关头好听音。

东梓牧笛

钟鸣万室尽开门，叩角长吟独在勤。
刳竹为音信口出，调腔发韵隔洲闻。
声盈垅陌农工省，响动村庄蚕妇惊。
虽是人间刍牧子，也能应候报阳春。

后山樵歌

后岭樵归已夕阴，一声嘹喨霭云深。
穿林尽是高山调，渡壑无殊流水音。
互苔懒观仙子弈，行歌不愧买臣心。
他年犹挂黄金印，应与苍生作传霖。

桐江夜月

乌飞天末月初升，万里长空一色明。
玉兔沉波堪并洁，嫦娥照水喜相亲。
洪川荡漾辉流动，皓魄澄清彩愈精。
若效严陵垂饵钩，一丝牵动广寒人。

深浦潮生

深浦寒潮向晚生，渔舟荡漾了无惊。
银山巨浪冲岩石，雪压洪波激蓼汀。
涛涌海门何日静，鳌腾江汉几时平。
人情世态多翻覆，不似沙头水易清。

新增桐洲八景律诗

清·朱元佑

黄山古渡

桐川南北水东流，杨柳垂垂古渡头。
骚客寻幽飞短棹，征夫逐队漾轻舟。
村墟寂历尘嚣远，烟树迷离景物幽。
到岸暮云催落日，渔歌遥唱隔沧州。

吉祥晓钟

绀宇凄迷隔世绿，遥传清响彻前川。
微闻断续催僧梵，不定悠扬扰客眠。
酒醒半生堪憾事，梦回午夜欲明天。
发人猛省知何限，尘鞅劳劳倍惘然。

桐沙落雁

秋江摇落露初溥，云外纷披雁阵寒。
遵渚有情依古岸，随阳应候振飞翰。
凄凉绝塞哀嗷惨，寂寞孤汀饮啄难。
何似平沙眠处稳，空潭皓月任盘桓。

马浦归帆

平江放棹泛中流，烟水微茫一叶浮。
日落远山含暮霭，风轻古渡送归舟。
鳞鳞渔艇收前浦，点点沙鸥集小洲。
十幅蒲帆俱已落，且依汀渚漫勾留。

桐江夜月

皎皎银河夜色浮，冰壶冷浸碧云秋。
光涵水面浑无定，影入波心恍欲流。
万顷清辉明似画，一泓澄洁境偏幽。
良宵如许休虚负，鼓枻高歌竟夕游。

深浦潮声

津亭东望海门遥，候应凉飔气泬寥。
水势拍堤翻白浪，风声入夜卷银涛。
舟随巨浪行难稳，帆带奔雷影亦摇。
最是客愁消不尽，烟波无奈石尤骄。

东梓牧笛

关名东梓夙相闻，户习农桑树艺勤。
几度挥鞭游草径，有时横笛送朝曛。
数声吹唤黄昏雨，一曲歌翻陇上云。
莫谓梅花无处落，野垂天籁自缤纷。

后山樵歌

深山幽径日相牵，每为樵苏入境偏。
岩畔披云锄落木，岭头蹈雪乱浮烟。
歌声断续遥相和，石磴攀援黯自怜。
却笑驱驰名利客，负薪无事得高眠。

桐洲八景旧咏

明・叶国宾

黄山古渡

洲尽沙回贮碧天，风尘攘攘问前川。

木兰横处芦花泊，桂棹开时水浪溅。
鸥鸟浮沉身自适，杨枝迎送意犹牵。
迂儒尽日苍茫里，渡口含情更怅然。

吉寺晨钟

翠微深处小蓬莱，袅袅疏声动客猜。
岂是故园闻夜笛，还疑隔岸赋秋台。
陇风晓应空尘韵，山月残催醒世雷。
清露晨音同棒喝，三车顿悟出凡胎。

马浦归帆

波绉风披戛石鸣，斜阳掩映挂归旌。
棹声不断行人倦，渔唱初闻宿鸟惊。
斗酒闲谈已浦近，片帆飞送觉船轻。
广陵虽是乘槎路，归去来兮听柳莺。

桐沙落雁

江天漠漠浸寒涯，一抹青洲白羽赊。
三两欲垂云际影。栖飞不定荻中家。
日蒸烟暖声声起，风掠芦低阵阵斜。
闻说潇湘严月夜，可曾菰米少桐沙。

深浦潮声

秋风淅沥到林东，日夕鲸音万里通。
鼍鼓应知银作浪，雷鸣何事雪为蒙。
好绿倒峡文思壮，敢借翻津笔意同。
漫道钱王遗胜迹，青江白练古今雄。

长江夜月

冰壶光漏淡银河，把酒相看爱素娥。
明是一轮悬碧落，却分全体浸澄波。

风回薄浪鱼儿跃，云散天空雁影过。

几度悲哀归未得，溶溶皓魄夜如何。

东关牧笛

儿童那识石和丝，短管声从林外知。

有韵漫思吟月夜，无腔却似落梅时。

风头雅奏留云急，牛背横吹送日迟。

长啸一声天际远，归来不觉夜何其。

后麓樵歌

缓步东林远树齐，清歌婉转协高低。

负薪已得吟云意，息担何妨听鸟啼。

空谷余音三曲后，夕阳横担两肩归。

俯柯酌酒频吹黍，向晚回沙问旧溪。

《富春桐洲俞氏家谱》（2009）

瑞峰八景诗

龙虎捍门

山际风云会，形昂势亦蹲。

时金且时啸，相对不相争。

高平夕照

日落影婆娑，樵歌起晚阿。

高平留不住，夸父奈如何。

白云禅院

白云深锁处，清静是禅家。

寂寂柴门闭，何人问落花。

岩洞仙踪

石室自天然，栖居不构椽。

烟云锁咫尺，谁识是桃源。

屏山帏帐

坐椅玉屏峦，云山拱翠端。

重重帏帐列，何虑北风寒。

溪流曲水

水势多屈曲，情高更徘徊。

波洁映天色，疑似斗牛来。

竹林鸟语

明窗对修竹，雨过鸟飞齐。

朋友枝头唤，文章有品题。

虬松蟠溪

溪边数株松，屈曲似蟠龙。

有日风云会，蜚腾上九重。

《富春瑞峰王氏宗谱》(2010)

桐洲八景诗

汤守政

桐江夜月

鸟飞天末月初升，万里长空一色明。

玉兔沉波欣并洁，嫦娥照水喜相亲。

舟横一叶烟波渺，怀举三人对影成。

试望子陵垂钓处，悠然抛却利名心。

吉祥晓钟

秀水丛林一地平，梵王殿宇耸聘婷。
云封龙坞僧房寂，霜落鸡声江舍鸣。
下界分光天欲曙，上方散影月犹明。
谁来唤醒春婆梦，但听吉祥百八声。

前畈春耕

春到江边奏杜鹃，犁锄取次达连阡。
黄牛耕处云生陇，白鹭飞时水满田。
桑柘阴浓情款款，杏桃色丽兴翩翩。
老翁休问荣华事，试听蛙声卜稔年。

平原桑柘

绿罩园林景色新，柔桑处处动勤辛。
横河夹路浓阴秀，茂叶盈畦翠影匀。
莫道提筐劳妇女，还期成茧报君亲。
从来不比闲闲木，黼黻文章自此陈。

后山牧笛

曙色将开梦正醒，儿童短笛隔江浔。
词无腔调随声出，响杂晨潮带晓吟。
祇觉荷蓑横犊背，谁思叩角摅雄心。
樵歌一答音逾远，回向白云深处寻。

马浦渔歌

江南马浦带如虹，沙嘴遥连碧自空。
钓艇去来烟霭际，渔歌断续月明中。
桃花夹岸仙源近，杨柳垂波潜宅通。
谩道此翁无乐趣，夕阳市散数青铜。

黄山古渡

雨水分流天地心，黄山对峙隔江浔。
津头息担征人待，驿道飞驰星使临。
落日亭亭红蓼碧，平沙渺渺白云深。
桐川此渡由来古，不与乘舆论小恩。

龙坞暮云

坞中风景甚清奇，上有祥云布岭迟。
高阁凌空霜月古，佳山俯槛竹风时。
潺潺涧水关怀远，霭霭林霞瞥眼迷。
四望炊烟江舍起，速招诗友莫行徐。

《富春桐洲汤氏宗谱》(2010)

诸佳十四景诗

明·胡　浙

小桥春眺

双髻山北桃源头，下有阡陌路悠悠。
野树浓花开两岸，小桥横锁中溪流。

翠石矶

雨霁层崖宿雾收，荷蓑渔隐渡滩头。
临流石上堪垂饵，何必蟠溪下钓钩。

桃源仙迹

百年香市祷龙孙，松径横斜古迹存。
底是郊禖留一足，分来踏破石苔痕。

迎云洞

古洞悠悠一径开，雨余巉石点苍苔。

昔年丹鼎今何在，空有闲云破月来。

龟潭望月

灵沄隐约逗疏星，怪石巉岩锁晚汀。

夜静月明人独钓，波光倒映树峰青。

鹤岭松涛

绿垂藤影晚峰高，醅饮林泉兴倍豪。

鹤岭枝头无鹤唳，松崖石上有松涛。

永丰泉瀑

独坐茅斋更鼓催，推窗移月落平台。

读残蜡炷空山静，不觉泉声槛外来。

双髻浮云

倚仗看山小苑东，雨余不与众山同。

残云半展千层翠，锁就双鬟透碧空。

平山夕照

云移日影沉林黑，雾散峦光满眼青。

更喜晚来悬绝顶，余辉遍照读书棂。

峰聚晴霞

驱车盘谷检秋华，满径丹枫闪晚霞。

过客不知霜后叶，隔江遥指一杏花。

上阪农歌

耕罢闲云荷短蓑，一犁好雨伴春和。

归来互答长林外，信口无腔趁晚歌。

虎头泉

跃马寻芳到虎头，绿阴深锁五陵游。

满山好鸟通南语，双涧清泉向北流。

狮子屏

柴扉两板对狮屏，早映烟霞暮映云。

鸟道已通宦游迹，龙吟不独终南闻。

横山松雪

雪霁横山逞马蹄，银沙踏破月痕西。

几番回首云深处，万树寒松翠更齐。

《富春胡氏宗谱》（1948）

船岸村八景诗引

杨　洵

东安之西去城六十里，有一村名“船岸”，胡氏世居之其山。回水绕，诚钟灵之地也。宅拱三秀之峰，四时拥翠；村浣一溪之水，万古流清。门前乔木参天，先朝之所培植；屋后井泉澈底，上世之所经营。冈号青山，如龙蟠而左峙，岩名“滴水”，如瀑布而前垂。日丽前原，牧童互唱；风清后坞，樵夫高歌。有此形胜，宜乎代毓英豪，家皆丰豫，地灵人杰，信而有征也。爰为之咏八景。

三山拥翠

门前突兀拱三峰，形势参差笔架同。

峭壁雨余凝黛色，危岩云卷插苍穹。

岁寒耸秀松擎盖，春老飞青草袅风。

几度画师描不就，天然符瑞着诗中。

一水环清

玉带环前谁琢成，迢迢递递出新城。

看来湛色连天碧，望去莹光并鉴明。

烹茗调羹欣用汲，濯缨涤爵喜乘清。

旷观道体如斯意，源远流长信有情。

乔木荫森

森林古木林魁镇，宅凝庥自祖栽人。
入地灵根深莫测，参天老干永无摧。
扶疏翠积陶门径，蓊郁阴浓葛水隈。
王佑三槐如共植，贞心自是栋梁材。

井泉甘洌

千秋古井藉谁穿，味擅南安第一泉。
澈底清涟能鉴物，涵虚湛洁直连天。
甘同醴酒随时挹，净似元羹自昔传。
受福王明诚可慕，云仍汲引几多年。

青山冈秀

名山蟠曲似龙形，万古苍苍列翠屏。
荏苒柳枝衣染绿，嵯峨螺髻雨梳青。
乌啼夕照岚光媚，花落溪流水味馨。
得此天生祥瑞景，行瞻赫濯起声灵。

滴水岩高

层峦奇石势崔嵬，更有源头活水来。
万仞危崖拖白练，千寻绝壁缀苍苔。
窟中清液常流溢，洞外闲云任往回。
遥拟庐山垂瀑布，赏心何必忆蓬莱。

前村牧唱

村北村南唱牧童，行吟互答每相同。
高低纤调随晨旭，续断余音逐晚风。
不效乘槎凌汉客，讵师投饵钓鱼翁。
漫云驱犊无英俊，扣角歌闻着霸功。

后坞樵歌

深林薪木锁云烟，采罢归吟暂息肩。
古调惊松怵鹤梦，余音偏惹木龙眠。
紫芝竞道商山老，白雪犹传后坞贤。
份效买臣未遇日，且樵且读不知年。

续咏八景诗引

徐若文

历观风土之宜，环览山川之秀，胡宅之形胜，不仅如前所咏之八景而已也。犹有卓然可见者，塔山为一源之关键，五凤为锦里之祯祥。三九名山，近拱锦峰绣岭；灵隐仙洞，遥传暮鼓晨钟。堂开船岸而安居，诒谋甚远；桥号“菖蒲”而巩固，利济弥宏。春野耕云，俨然陶唐之遗俗；晚溪钓月，宛然渭叟之余风。缅此佳境之堪娱，余是以不辞谫劣，而为之续咏八景。

塔山耸秀

塔山秀丽拟蓬瀛，关锁村居信足称。
怪石嵯峨时磊磊，通衢络绎日林林。
鲸音远递惊人耳，梵语遥传悦客心。
旷览更余无恨趣，琉璃晨映波涔涔。

五凤呈祥

东安胜景首南乡，亘古争夸五凤翔。
联翩欲偕腾碧汉，比肩似共集朝阳。
村居钟秀恒呈瑞，县志标题永树芳。
肇锡嘉名原有意，祥征奕祀咏高冈。

三九名山

名山毓秀斗芬芳，曙色霞光照玉堂。
三九蟠龙随地轴，两三飞凤驾天梁。
登临眺览寰区小，作息优游岁月长。
应信钟灵形势异，宗支奕叶出贤良。

灵隐仙洞

聿登仙境访仙踪，日照霞烝洞半红。
石碧有痕苍藓缀，岩门无锁白云封。
载酒寻芳多胜友，携琴玩境有高翁。
乘龙脱去尘寰外，控鹤飞来古迹中。

船岸居安

船岸开基数百年，支分派衍庆绵绵。
世传文定经书业，代凛苏湖教授诠。
漫拟锦旋荣故里，每安古处乐熙天。
风淳俗厚追怀葛，钟毓群英绍昔贤。

菖蒲桥固

石虹横亘利行津，潋滟波流分外清。
地脉续联凭永固，川源迢递藉长生。
通衢坦道征无息，落水寒泉听有情。
谁似相如能奋志，高车驷马播芳名。

春野耕耘

一声布谷雨余天，蔼蔼春风散晓烟。
应候耕锄何取后，乘时芟柞正宜先。
东作既能无倦日，西成自克有丰年。
盈宁比户诚堪庆，爰诵尧民击壤篇。

晚溪调月

落霞光映碧溪流，忙展丝纶棹钓舟。

鸥鹭惊心移蓼岸，鲦鲙尝饵上金钩。

乌轮西坠情弥切，兔魄东升兴未休。

直待柳条穿已满，一声款乃楚天秋。

《东安胡氏宗谱》(2009)

杨家八景诗

明·徐存忠

自古山川之胜钟灵毓秀，挺生贤喆。以为名门右族，保世滋大。良由所居之地，灵异非常，必有层峦叠秀，揖前拜后，以肇百世之昌炽，故胜地尚焉。爰题八咏以志地灵人杰之意云尔。

结岭通衢

世第名区岫迭嵬，四围佳致自天开。

楼台皷角如交锁，古道相通便往来。

鳌山拱秀

沧桑几变形常耸，圭执严仪势攸拱。

钟灵萃秀景最佳，岳降英才生接踵。

芙蓉耸峻

峻极于今山远峙，崚嶒削出芙蓉势。

英精辐辏萃灵薮，旺气索纡族昌炽。

杉岭崔嵬

嗣山历世因名岭，巍迭罗城关锁紧。

云根望外脉来奇，八咏分开称一景。

横山迭嶂

山势横来峰不发，浪涌层层千仞落。
灵光骈集迈名门，济济跄跄英翠拔。

洪水岭高

形如泰华起层峦，豁目遥瞻宇宙宽。
地接分阳洪水界，山高六月尚生寒。

桐桥旧趾

久历冰霜古神庙，坐镇风沙关紧要。
小桥回合水如澜，环绕门墙征有兆。

上观古迹

玩水游山觅龙向，美景天落南山上。
华表捍门水口居，中有古迹奇灵状。

又

杨际春

吉岭通衢

吉岭嵬峨有几重，苍松挺秀独玲珑。
萋萋芳草山川丽，隐隐云衢曲径通。
自有狂风来助啸，奈无猛虎往山从。
岩称八字标名立，夕宿留鸦噪日红。

鳌山拱秀

鳌头独占把名扬，此地天然景倍良。
体势崎岖峦自拱，形容峻峭彩相妆。
岩名滴水飞泉秀，境号龙潭吐雾香。
傍晚烟霞横一色，四时佳趣独留长。

芙蓉耸峻

岭号芙蓉独透才，四时佳兴共徘徊。
千红万紫芬芳门，淡抹浓妆娜袅材。
峻岭崇山峰列秀，茂林修竹景相陪。
骚人墨客时相遇，玩水游山乐举杯。

上观古迹

古迹相传史载扬，东安名地一村庄。
青山不老钟灵秀，绿水长流点缀良。
屏嶂文昌联武曲，境开龙坞续湾塘。
西园翰墨登科第，司马传家姓氏香。

横山叠嶂

山势横形气象鲜，桃源可比别重天。
峦头突兀峰连岫，岩上清流雾卷烟。
阡陌往来人杰地，田畴灌溉水奇泉。
通幽曲径如交锁，盘谷安居乐似仙。

红狮岭高

峻岭崎岖高复高，层峦迭嶂见峰挠。
红狮跃舞奇形态，白马驰驱异像操。
直坞樵歌声袅袅，岩头瀑布水滔滔。
行人到此徘徊处，胜入云霄意自豪。

杉岭崔嵬

山重水复势崔嵬，四面峰回路转开。
落月有时横岭上，闲云无意映村陪。
崇山峻岭通于处，率友登临去复回。
最喜岭头松自啸，村前村后好徘徊。

同桥旧趾

旧趾存犹古迹留，双崖关锁景优优。
虹腰天就非人筑，雁齿排成水自流。
密密松林苍翠色，层层岩石白云浮。
清泉滴沥潺潺响，往返行人牧放牛。

《东安杨氏宗谱》（2007）

唐棣八景诗

大江飞帆

日暮潮头长复回，帆飞江上聚成堆。
无穷樯影亭亭去，又见乘风破浪来。

凤山积雪

六出纷飞鹤梦归，禅房寂寂掩双扉。
岩寒不管浓庄艳，白玉还添翠凤翚。

横沙落雁

山前隐约字偏斜，傍晚归来路不差。
掠过村西声断续，多情寄迹在横沙。

守谦古渡

古渡缘何号守谦，济人往返乐无嫌。
一枝柔橹随波漾，能让风涛能养廉。

商园夕照

日坠西兮月未东，牧归樵返暮烟中。
寻巢孤鹤穿云去，蘸得斜阳顶上红。

后浦农耕

一犁好雨燕泥香，补得新巢话夕阳。

布谷劝耕声断续，披星戴月务农忙。

小桥牧笛

晚来风送笛声尖，山馆呼童卷上帘。
何处管吹音细细，小桥流水韵相兼。

东岗旭日

宵深玉兔甫沉西，何处钟声又报黎。
回首东岗光四射，荡开云阵照山溪。

前山映月

月映前山绝点尘，长天秋水更传神。
沉潭免魄波潆玉，涧泛蟾光浪涌银。
皎洁清时蜃气淡，圆融明处蚌珠新。
千年不改长堪赏，何用乘槎别问津。

长江春水

漫漫春水远连天，派出衢严动百川。
灏瀚直将弥古岸，汪洋疑欲遍方田。
登高策杖看林树，带雨携樽泛钓船。
想是银河天上落，乘槎何必问张骞。

石壁观鱼

危危石壁下临波，鱼跃寒潭队队过。
纵壑悠扬牵白芷，沂流宛转动青莎。
余阴历幕天光静，曙色参差人意和。
为问纤鳞乐也否，纤鳞应问我如何。

东山积雪

东山峻拔莫能攀，天上同云素翠环。
点缀三冬成白泽，晶莹一色失青山。
游人瞥讶铜驰积，清夜遥疑玉马还。

糁入松林浑似鹤，纷纷节下散幽湾。

其　二

素彩横空远接天，皑皑白雪出层巅。
经莹每助窗前读，皎洁频欺郭外田。
孤屿不逢垂钓客，山阴谁见献之贤。
岂因欲胜梅花色，何故深深自斗妍。

东山曙色

晓起东山曙色微，春晴天朗动天晖。
徘徊树杪云犹泾，掩映岩阿露未晞。
鸟弄晨光连野碧，花迎旭日满林绯。
锦霞一丬岗峦布，贪看随将启竹扉。

其　二

东山何故霭沉沉，曙色参差绕远林。
幽径人稀盈宿露，荒村烟起乱鸣禽。
晨光掩映峰峦合，旭影霏微岩岫深。
景胜苏堤春晚候，兴清舒啸竟登临。

西畈斜晖

帘钩红日已西斜，偶向春郊探落霞。
夕霭南披高树杪，余晖东射野人家。
牧童嘹哓横吹笛，啄雀纷飞乱落花。
若得鲁阳戈永注，名贤何事惜年华。

其　二

西峙山峰下夕阳，残红倒影焕余光。
烟横紫岫林容淡，霞落苍苔树色凉。
寒雁数声投曲浦，昏鸦几点入垂杨。
徐徐海月楼头白，樵牧村前归去忙。

东桥步月

散尽浮云天气清，东桥明月对长庚。
一轮夜色菱花皎，几阵香风桂子倾。
傍沚孤松邀鹤舞，隔溪流水乱蛙声。
满身风露凉于水，疑是清虚出五城。

平堰观鱼

碧溪环向翠屏穿，平堰观鱼竞赴渊。
掉尾勿贪任子饵，扬鳃欲跃武王船。
柳丝傍水疑垂钓，荇藻随波岂被牵。
谁谓从容非汝乐，修成头角自冲天。

长堤归牧

疏树横离日坠西，闲看牧竖上长堤。
无腔笛韵随风落，有调歌声带水嘶。
叩角未逢明主听，食牛终得好人提。
平原绿野秋江冷，笑傲长驱过竹溪。

苑上晨烟

晓起幽斋理素弦，遥看苑上结晨烟。
乍疑春雾藏文豹，又拟浮云渡老禅。
惨淡乔松迷劲节，氤氲修竹夺芳鲜。
挥毫落纸曾堪比，更忆当年积火仙。

曲浦浓阴

一提春色为谁留，傍水深林气更幽。
弱柳垂丝烟密锁，乔松舒翠雨初收。
藤花散绮香来座，野鸟鸣风声过楼。
曲浦潆回多逸韵，每教着屐恣遨游。

绿野耕云

率作兴农春日迟，鹁鸠声彻海棠枝。
播禾绿野云千亩，引犊苍苔雨一犁。
胼胝要勤莘野业，伛偻无畏历山时。
愿通入蜡成丰稔，拼醉秋风赛土祠。

秀峰环翠

峰峦耸翠立层空，万卉千葩锦色浓。
晓日未升先拱彩，夕阳虽淡尚留红。
举头顿觉天阶近，蹑足何辞云路重。
俯视下方尘世隔，奋身飞入广寒宫。

横山秋色

苍山碧瘦雨生凉，海雁南来燕去忙。
万树霜飞枫叶赤，千岩露滴菊花黄。
天高月朗林容净，云敛烟飞野色芳。
潇洒更添清意味，芙蓉映水桂子香。

晓　日

扶桑拥出一轮红，光映芙蓉第几重。
曙色渐低青嶂月，晴暄徐透碧岩松。
人间突起鸡声歇，天上河收斗柄融。
是自云开岚气敛，翠华都在照临中。

钓　月

昨夜桃花雨正稠，东邻桥畔鳜鱼浮。
垂纶月下泉声急，布罾滩头色自悠。
顾兔窟边蹲钓石，婆娑树里系渔舟。
坐来幸接婵娟面，不得金鳌休未休。

闲　鸥

芙蕖十里递香清，对对凫鹥衬水深。
绿泻露珠濡翠羽，花开红瓣映青翎。
忘机游泳波心润，得意栖迟雨盖阴。
日倚碧筒还级远，安然无意学鲲鹏。

渔　歌

村网潜身系柳河，得鱼沽酒便高歌。
数声山谷鸥群起，一曲沧浪雁阵过。
彭蠡相传吴韵巧，汨罗还向楚音多。
醉来忘却筐和调，三迭秋风笑碧波。

沙堤红叶

秾郁霜华结向晨，沙堤红叶胜阳春。
寒林欲斗娇研色，老干偏能点缀新。
莫道江河多落寞，应知橘柚倍精神。
缘溪夹岸皆堪赏，何必桃源去问津。

前川映月

江水潆洄东北流，前川月色两悠悠。
一轮皓魄波间涌，两岸青山涧底浮。
潦净已惊蟾影瘦，潭清秖觉渚烟秋。
夜来偶向山腰过，近接清光数斗牛。

沙堤红叶

秋深无事步中沙，秖见霜酣斗岁华。
树树浑凝朱汁泼，林林都认袆衣遮。
晨游绣陌凝朝旭，晚眺芳郊贮暮霞。
竟日盘桓情未了，题诗应梦笔生花。

《富春唐棣朱氏宗谱》（1931）

东梓八景诗

清·许廷耀

长塘夜月

万籁无声夜气凉，长塘景色拟河阳。
更阑徐待冰轮上，逐队随游乐未央。

龟山夕照

夕阳斜照影犹圆，画景潜消认翠鬟。
数处烟光多着树，一轮落日半衔山。

回龙晓钟

一梦华胥尚未回，尘怀种种有谁催。
那知清夜天将曙，蓦听钟声枕上来。

庙山归帆

两岸行行路亦通，崎岖半在乱山中。
问君底事归偏速，为有轻帆饱顺风。

横沙落雁

一望横沙荻干修，数行雁落杂沙鸥。
客中对此应添恨，点点飞来已带秋。

紫薇观潮

紫薇江畔息征辕，料到洪涛起海门。
顷刻浪如山涌雪，招招应接倍声喧。

何桥残雪

晚来料峭觉风寒，尚有何桥雪未干。
奚必诗情驴背上，杖藜扶我过前滩。

道院松涛

长松偃蹇不知年，艳似□地外有天。
听得风声林外起，多情浑欲醒龙眠。

乾隆四年岁次己未冬月之吉

《富春许氏宗谱》(1918)

甘坑八景诗

丹山拥翠

高插青峰列画屏，排空石磴接云停。
枯藤曲绕湘帘幔，峭壁流涎锦绣林。
霞蔚森罗凝翠黛，风清绮谷映春庭。
旷怀兀坐迎朝爽，玉蕴山辉表地灵。

儿潭垂钓

柳岸连山坐翠微，临潭俯察瞰鱼池。
泳游自得天心乐，牣跃频惊香饵威。
潭下投竿澄俗虑，岩边垂钓畅天机。
想当寰宇清宁日，收拾丝纶付石矶。

塔岩高松

曾闻昔日大夫松，偃盖村隅环秀峰。
绕地连阴三四里，傍岸啸两百千重。
夜深风过疑潮吼，日午烟凝觉黛浓。
天乔扶疏蟠岫岭，只今俱化恕涛龙。

球庵夜读

突兀禅庵毓秀灵，书声长夜伴文星。
然藜湘帙研千卷，篝火寒窗诵五经。

野老还歌烦虑涤，山僧悟彻道心宁。
莫嫌高唱惊人梦，笑对龙堂仔细听。

茶阁新梅

滴翠高枝挺众芳，玉梅破腊试新妆。
色侵书幌曾怀古，貌婉冰肌引兴长。
三经家风无俗韵，孤山春意有余香。
几回览胜凝瞭远，踏雪何须笑孟狂。

石亭接雪

六出飞花处处同，漫天辽乱逐东风。
水晶帘外瑶阶净，姑财亭前鸿印空。
碧宇铺成银箪席，琼枝砌尽玉玲珑。
石檐僵卧琴书伴，赢得陶朱味不穷。

倒石生辉

何事乾坤聚不平，嵯峨萃笔复峥嵘。
玲珑湫冥龙为宅，峻削蒙薪虎作营。
州域扶舆五岳镇，昆仑散布四方行。
蚕丛力士谁能斗，天柱乌容头触崩。

于桥观渔

曾传桥口水怀珠，更见潜鳞戏藻蒲。
荇带轻摇常掉尾，鳞鳌鼓荡几扬须。
参差隐现殊难数，牣跃浮沉意自娱。
闲坐石矶观玩久，幽情得与尝心俱。

《东安甘坑王氏宗谱》（1942）

文村四景诗

文岭古刹

山廻路远，文峰插天。建有僧院，为新分要道。

文峰曾迭迭，绣岭更层层。
密竹栖鸾凤，疏林访院僧。
天低云黯淡，石峻水清澄。
俨若蓬莱境，登临月作朋。

太平古迹

良梅山有平坦大石，上刊“天下太平”四字，古迹俨然。

太平传盛事，千载颂芳名。
介石苍苔衬，云巢茂树营。
老猿安信宿，孤鹤任归程。
古迹今犹在，盱衡万象清。

樟树桥景

庵下桥侧，樟木翠如华盖。山水相拥护，乃余村之瑞也。

山溪交掩映，古木锁烟霞。
势曲疑无路，花开又有家。
石虹跨涧渚，水镜澈天涯。
钟毓多灵秀，停车望眼赊。

古岭锁钥

两山拥抱，犹如狮象。一水中流，上建僧庵，为毕源之锁钥处也。

一岭由来古，溪泉夹岸流。
金狮横水口，王象镇源头。

锁钥云归岫，萦洄月挂钩。
谣传清磬响，胜地复何求。

文村十景诗

梁含章

舟形阳宅

池岩下乃船行也，故曰舟形阳宅。

宝艑创成亿万年，风平浪静系江边。
仓中满载粮余万，篷外多迎客一千。
王濬益州何日往，苏翁赤壁至今传。
池岩妙境留佳话，百世鸿基仰祖先。

黄墓古刹

即大雄宝殿是也。

黄墓幽幽曲径通，茂林遮盖梵王宫。
西天竺国凭堪画，南海陀山此可逢。
法雨瓶中生柳絮，慈云座上拥莲蓬。
黎民育物恩施徧，妙境声传万里风。

文昌阁

在上墓凸即黄泥凸。

圣德昭垂万古香，崔峨高阁艳文昌。
三层及点三元第，四面名留四海扬。
画栋连云如玉宇，朱帘卷雨比滕王。
品题士子成佳会，毕里咸称锦绣场。

笔竿石

在湘涧屋后山上，大石三块，俨同笔管。

郲水朱华此境逢，三竿笔石插绕峰。
临川光照遐千里，阆苑名书第一重。
像着宛然眠犊迹，形留堪比望夫踪。
良辰美景敲推便，骚客题来兴独浓。

文溪锦浪

文溪之水，其浪尽细，潆洄日锦。

一带文溪锦浪翻，澜回秀拱涨平轩。
潜鳞密密常游泳，渥泽恩波徧野原。

白石云岩

杜坞口白石塔高耸，常有云浮于其上，故曰“云岩”。

白石云岩耸九霄，犹疑瀑布泻峦腰。
空中野鹤归来晚，仙府坛前隔水遥。

湖山桥

村下首有石桥，此乃在湖山之间，故名之曰“湖山桥”。

湖山相隔路迢迢，毕里文溪一小桥。
万户同行皆得意，往来何处不逍遥。

放鸭池

村内之池，人家常放鸭其中。

绿水波纹皱满塘，满塘青草鸭悠扬。
蛙声唱辍春和调，羡得诗人动锦肠。

楼外青山

即黄墓岭殿后上之青山也。

山外青山楼外楼，白云深处最清幽。
平冈叠叠含螺黛，高阁层层摘女牛。
社土禅房成妙景，苍松翠柏结风流。
贤乡咫尺西湖并，骚客停骖把笔留。

象鼻峰

在塔极坞口坟地上。

神象何年到至传，能齐玉德保君前。

黄门拜舞欢唐主，未许亭狂物自牵。

《汾阳沈氏宗谱》(1907)

屠山壶源景诗序

清·柴大山

尝思：闭户而着书，不能与圣经贤传争名；居肆而习艺，祇可与匠氏工师竞胜。而暨夫课雨问晴之辈，行商坐贾之俦，亦不过能谋其食，克营其利，而未足卓卓称奇焉。然则，于士农工贾之外，别求表异于人之处，其惟穷幽探异而洗涤其尘容俗状乎！顾徒有好胜之情，而毫无济胜之具，虽复旷观游历，亦俗人浪迹而已矣。于是知绝尘胜地，赖乎学士文人以赋之，庶名区佳景可因诗而传之后世焉。由是言之，凡谱中备列景诗，非以炫雕龙之技，夸绣虎之才也。诚不忍天造地设之景，埋没于荒榛断梗之所耳。今如《屠山壶源八景》者，回非恒径所可比。予及文洽诸公等作诗如左以记之，用载诸凌氏家乘。异日者，太史輶轩采风问俗，载斯景于史志之中，将僻坞穷山之景，亦得与泰华衡嵩同垂万古而不朽矣。是为序。

大清乾隆四十八年岁次癸卯春王正月

山环户绕

群山如带拱，构宇在其中。

虽杂人烟众，太行盘谷同。

水抱村流

一曲溪流碧，村西抱去奇。

辋川疑在此，居自有王维。

石阜烟光

石阜高凌汉，烟笼入望微。
纷纷簿暮景，不辨雾齐飞。

栗园霞彩

五色霞光灿，轻飞映栗园。
朱华何处丽，残日落高轩。

罗汉松风

罗汉孤峰耸，松高舞受风。
此情谁领略，故是属陶公。

观音竹雨

谁把壶源地，观音号塔名。
林深认紫竹，花雨落无声。

横山牧唱

何声风远递，尔牧唱横山。
信口传新曲，宫商知未娴。

直坞樵歌

流水高山曲，骚坛雅致人。
樵夫歌直坞，亦善奏阳春。

又

裘文洽

山环户绕

碧岫透迤叠，相环俨若城。
青光排闼送，翠色对门生。
草木文章湛，云霞锦绣明。

结庐尘绝境，爽气豁胸情。

水抱村流

两水村中合，同流抱出西。

深蓝抱曲岸，浅练曳长堤。

色映苔容静，声随玉韵低。

溶溶归大壑，波浪涌天迷。

石阜烟光

千寻挺石阜，烟景碧崇巅。

岩窟深深罩，峰嵌叠叠缠。

轻笼残月夜，密锁夕阳天。

欲识何时霁，清风扫渐蠲。

栗园霞彩

栗园何景美，霞色丽非常。

余彩风前散，农妆雨后彰。

丹弥娇日影，红欲夺花光。

与骛齐飞迥，辉流天际飏。

罗汉松风

千尺虬枝耸，苍苍罗汉横。

清音惊鹤舞，逸韵和琴鸣。

籁远尘心息，形疏野气盈。

秋风坚劲节，应着大夫名。

观音竹雨

修竹含朝雨，遐观景色幽。

濯筠余垢去，洒叶宿尘收。

气爽探稽叔，声清赏子猷。

观音栽植满，不异渭川稠。

横山牧唱

牧人归晚候，绂唱横山陲。

未叶宫商调，如怀山水思。

曲随风响远，音杂鸟声迟。

会得儿童乐，非同宁戚悲。

直坞樵歌

薪蒸樵直坞，歌响满山隅。

浊调秦筝异，洪音羌笛殊。

烟霞生意旷，泉石野心纡。

佳话朱公事，千秋苦行儒。

又

许履安

山环户绕

丹崖翠嶂侵云天，恰爱如环相护缠。

山色有无开户望，个中佳处画难传。

水抱村流

碧涧清波村内穿，西流曲转抑何妍。

四明狂客剡中景，遥识风光似此川。

石阜烟光

漠漠浓烟石阜飘，如缣似练拥岧峣。

欲观气色何时美，最是晴开雨后饶。

栗园霞彩

莫道红霞生赤城，栗园今见碧霄横。

涂朱错绛无边丽，雾懿云罗讶彩轻。

罗汉松风

气从苹末土囊封，倏尔清风集古松。
拂拂影飘罗汉上，凉飔爽籁豁尘胸。

观音竹雨

竹疏雨集韵清奇，入夜潇潇静里宜。
谁谓琅玕淇淯盛，观音今已植多时。

椣山牧唱

横山一碧夕阳催，牧唱高低任意来。
遥拟曲中真指趣，天际呈露不须猜。

直坞樵歌

樵夫直坞浩歌新，不异苏门长啸人。
理乱厌闻当世事，飘然自得葛天民。

又

凌兆伦

山环户绕

四面冈峦体秀灵，结庐其际赋攸宁。
群峰合匝排城郭，叠嶂周遭列幛屏。
万丈青岚来户牖，千重碧黛接门庭。
惯诗工部如犹在，定费推敲极意形。

水抱村流

小沼溶溶出谷隈，村西折去似环回。
澄波绿衬长堤柳，碧浪清涵曲岸苔。
水面气凝经雾锁，潭心纹碎受风裁。
捕鱼钓叟如身至，错认桃源喜得来。

石阜烟光

嵯峨石阜乱烟遮，漠漠浑连霄汉赊。
方讶堆尘迷落日，几疑积瘴蔽朝霞。
瀑光仿佛岩前挂，树影依稀岭外斜。
密雾浓云如共结，岗峦深锁失归鸦。

栗园霞彩

日精水气结霞烘，锦绣明眸薄暮笼。
夏共长虹横远岫，秋随孤鹜没遥空。
光临媚杏脂凝绛，色落寒枫血染红。
若至栗园探景物，山阴道上拟相同。

罗汉松风

鹤骨虬条色郁葱，婆娑摇曳接苍穹。
寒吹密雪堆犹落，徐激凝烟散更笼。
夜动疏枝遐扫月，晨翻细叶疾梳风。
假饶庾肃来登涉，勒颂知标罗汉中。

观音竹雨

龙孙凤尾插烟浓，剧爱葱葱雨刷容。
淅淅闻疑洒败柳，潇潇听似滴疏桐。
春朝响润谐鸣鸟，秋晚音凄集草蛩。
谁锡虚心君子号，嘉名此美大夫松。

横山牧唱

牛羊日夕下来时，牧唱横山有所思。
高韵从心徐启口，欢声在意自低眉。
新腔缓谱落梅曲，别调清传折柳词。
刻羽引商虽未谙，悠扬委婉若弹丝。

直坞樵歌

长坞歌直俨吹竿，知是苏薪被褐夫。

雅韵翩翩晒郭讷，清音朗朗继绵驹。

岩飞皎雪声何美，树遏闲云调自孤。

利锁名缰抛已尽，萧然刈楚傲当途。

新增八景诗

汪雨生

山环户绕

重重山势抵城环，老树槎枒怪石斑。

中有烟村藏不见，但闻鸡唱翠薇闲。

山抱村流

东涧流来西涧连，浑如洙泗杏坛前。

雨余欲霁天将晚，父老闲看景色鲜。

石阜烟光

峭壁千寻未许梯，岩岩形势若难跻。

那知瘴散烟笼日，有时人听山鸟啼。

栗园霞彩

土宜树栗栗成园，茅屋三间少俗喧。

莫笑山人无逸趣，晚来霞彩映蓬门。

罗汉松风

陇名罗汉迥寻常，上有长松千百章。

扶杖逍遥林下过，涛声宛似奏笙簧。

观音竹雨

竹号观音种自奇，森森当户俗经医。

还嫌径畔尘飞到，洗借云中雨密施。

横山牧唱

群山环绕一山横，引得村童跨犊行。

执笛无腔刚弄罢，太平歌唱两三声。

直坞樵歌

何处歌声串似珠，山坳蹲个采樵夫。

一条石径如梯度，路问曾行之字无。

《富春屠山壶源凌氏宗谱》(2012)

里仁八景诗

民国·朱　正

沈岭看云

策杖行吟上翠微，纷纷玉叶傍人飞。

几疑瑶壑承华盖，莫教天风湿羽衣。

待作甘霖争出岫，因移岩穴总凝晖。

翻然招手浑无语，亲舍如何意竟违。

洞桥玩月

碧天无忌夜朦胧，小洞桥边野店东。

红菡香残水明灭，青螺髻小月玲珑。

举头不觉光华满，扪手方知色相空。

隔岸何人吹玉笛，又将清响惹渔翁。

蚕山春晓

长丘音乐晓光含，岚彩浮空孵石蚕。

鸟唤画眉声第一，烟堆杨柳月初三。
渐教旭日凝金碧，总被春风染翠蓝。
借问前途名利客，可曾此处一停骖。

葛水斜阳

秋风瑟瑟水粼粼，掩映清溪濯锦鳞。
波底夕阳红欲染，渚边芦荻白初匀。
砧声时兴滩声急，晓色如何莫色新。
浮筏渔郎歌浩浩，归来沽得瓮头春。

道场陈迹

九天阊阖启坛场，丹鼎曾烧龙瑞香。
火枣交梨供灿烂，闲云野鹤任徜徉。
而今狐鼠成猖獗，自古神仙属渺茫。
只有桃花红未灭，春风岁岁吊残阳。

玉印流晖

青山蕴玉篆龙文，中夜瑶光接紫云。
不遇卞和甘守拙，岂随巢父欲离群。
匠心敢说人难运，季世终虞石俱焚。
安得五丁同一凿，好将符檄策奇勋。

寄马遗踪

行到溪山欲尽头，将军遗塚凛千秋。
几从岁色飞青嶂，一片藤花俯碧流。
烈士豪情悲寄马，野人闲话笑骑牛。
兴亡漫感前朝事，故国烽烟正未休。

东平胜会

千家俎豆大王祠，正是云黄稻熟时。
箫鼓喧喧陈礼乐，龙蛇栩栩动旌旗。

携来父老谈天宝，归去儿童唱竹枝。
此际何心更怀古，睢阳曾自系安危。

《东安里仁朱氏宗谱》（1999）

港东八景诗

元　亨

坐山毓秀

两山秀峙曲江滨，镇护村居气象新。
耸翠延钟千古杰，排青合送万家春。
烟霞掩映疑仙境，风月光华证夙因。
游遍层峦连步上，他年应兆玉阶人。

江水凝祥

桐江合处派分流，古事祯祥说未休。
沱水尚余青白气，鱼台遥忆紫金钩。
雁鸣沙岸知行序，鸥逐云舟任去留。
莫羡沧浪缨可耀，子胥忠迹看潮头。

左将台山

壁石墩房古将台，天然排列仰崔嵬。
如城绕郭屯兵甲，青水为营见智才。
港口踞威氛气静，江头耀武帅旗开。
将门有种娴韬略，预卜他年景夺魁。

右状元峰

奇峰高耸出天然，往古来今奕代传。
天上文星临世界，地中灵气应山川。
俯观绿水蓝为带，仰接青云碧透天。

藉此屏藩三岸口，东安静镇万千年。

庭边修竹

漪漪菉竹满庭边，独爱清幽远市廛。
曲径风来声细细，疏林雨过水涓涓。
寒盟止愿亲三友，雅操还当近七贤。
雪冷霜凝青不改，高标直上九重天。

户外方池

一池当户甚清沦，廊外天开宝镜新。
月浸花枝明弄影，霞飞锦片荡如鳞。
水光潋滟晴涵翠，波色涟漪雨洗尘。
欲把西湖来比我，四时景色也宜人。

合江月色

水势流长清更清，鼍江连合大江横。
潮生潮退东西渡，船去船来上下行。
蟾兔降临千仞冷，鱼龙争戏一轮明。
如斯良夜情何遣，珠点波心泛酒觥。

井泉钟声

井庵云树锁平冈，听到晨钟会意长。
世事觉来千户梦，佛灯催上一枝香。
清声隐隐敲残月，流水涓涓冷晓霜。
无限慈悲能畅醒，严华起读两三章。

安隆公祠庙前后八景诗

余元明(二十世孙)

元峰插云

占得灵鳌镇峙雄，祥云隐隐插元峰。
螺鬟斜带金枝丽，黛髻高簪玉叶浓。
翠拥天梯夸独步，霞蒸凤翥叹谁从。
宛如执笏时端拱，天子冈前拜诰封。

将台列石

当年八阵向云开，怪石岩岩排将台。
猛士弓张疑虎踞，山人鞭策喝养辣。
如兵埋伏为垒壁，似戟森罗半草莱。
圣主当阳休战久，唯余遗迹傍崔嵬。

井庵晓钟

梵王宫里晓钟鸣，惊破人间名利情。
风度疏林音断续，霜清远岫韵噌吰。
经坛虎啸难同响，咒钵龙吟无此声。
预拟他年金阙下，封书待漏达愚诚。

合江夜月

合江一月可中分，一月中分却共明。
金镜光沈无点翳，玉壶冷浸有余清。
双流夺魄波难定，二派吞辉浪未平。
待到十分圆满夜，东西各半两无争。

庵井白泉

井开锡卓是何禅，绝胜临卭一粉泉。
抱瓮汲来云片片，携瓶盛去月娟娟。
炊成香稻银花灿，煮出新茶云乳鲜。
岂是杨枝甘露洒，暗流石罅弄潺湲。

秋江红叶

霜刀剪得绛绡工，装点吴江一晓枫。
碎锦芳菲秋雨里，彩霞辉映碧波中。
停车坐爱思崔老，拨棹沉吟忆社公。
留得一枝春色丽，天然佳景画难同。

前渡渔歌

钓罢鱼鳞即系舟，扣船鼓枻韵悠悠。
近随鼍吼澄江月，遥和龙吟沧海秋。
一笛晚风吹不尽，半篙春水曲中流。
何年大展经纶手，太息投竿颂帝休。

后山牧笛

牛背横悬得意多，三三两两聚平坡。
脱蓑砍竹剜新笛，扣角调腔学短歌。
一曲欲催红日落，几声能遏白云和。
虽然难治宫商奏，俏戏当年意若何。

《东安余氏宗谱》(1916)

黄山八景诗

五峰拱秀

其山起五峰，形同五指，挺秀凌霄，常透烟云高出群山之上。灵奇特异，一境之伟观也。

奇峦峻削斧斤工，巨手撑天抓碧空。
道合阴阳伸五指，数叅河洛位中宫。
翠从笔架层层起，云向台山叠叠封。
不特临新占秀气，须知偏拱阜源中。

门前兀突拱奇峰，笔架叅天孰与同。
峭壁雨余凝黛色，危巅云卷插苍穹。
岁寒横紫松擎盖，春暖飞青草弄风。
几度画工描不尽，我来收拾在诗中。

二水环清

其水一自釜岭流出，绕黄山而去；一从宅之右滴水岭流出，亦绕黄山而去。双流抱宅，可濯可掬。

二派长川天琢成，迢迢百里出新城。
环门湛色无波浪，抱宅清光若鉴明。
客至每提烹茗水，孺歌常听濯缨声。
乘闲观尔漪涟意，逝者如斯道体行。

一缠一拱两相迎，源远流长悟本生。
釜岭文波当户白，龙峰惠泽绕阶清。
莫言昔日堪濡耳，更觉今时可濯缨。
活水滔滔应取尔，彭城从此振家声。

龙坪晚霞

此坪在宅之前，从堂子山觅路而上，有窝坪。虽在山顶，如在平陆。早晚霞气，更为奇观。

龙坪高敞晚霞飞，信步登临顾不违。
喷起烟云凌汉远，散成绮彩傍岩微。

层峦相映开奇象，尺木堪凭烂锦辉。
暮景催人回望处，松梢月满夜珠归。

浮云散尽晚霞明，山顶坪开天琢成。
松卷红绡能夹月，石穿紫锦似连城。
丹青万叠腾光丽，金翠千重落照莹。
剪作龙袍供上帝，何时两腋得风生。

黄山耸翠

是山高坐宅后，如飞天凤凰。春夏之季，苍翠异常。

武林曾睹凤山青，此地凰山列后屏。
萧史自堪陪玉辇，陈完应得御懿軿。
色分仪舞胜光彩，鸣叶归昌合典型。
鸿渐莺迁欣有宅，都缘间气独钟灵。

牧童吹唱

其山在宅之前，原曰“白重坑”，乃牧放之所。笛声歌唱，四山皆应。于斯，牧童乐何如之。

村北村南聚牧童，声声互答出山中。
高低雅调随明月，断续余音逐晚风。
笑煞长安骑马客，唤回渭水钓鱼翁。
于今若有桓公识，可比当年宁戚功。

张坞樵歌

其坞泉甘土肥，山青水秀。民多朴茂樵采，相友欢呼各得。

森森林木锁云烟，晚唱归樵暂息肩。
古调不惊松鹤梦，余音偏恼水龙眠。
紫芝共约商山老，白石谁知张坞贤。
带月悠扬听未了，斧柯烂尽已千年。

采芝步入张家坞，息担樵夫得意多。
傲世不知荣辱事，遏云常唱太平歌。
声声似说功名淡，语语如谈物我讹。
唤醒世间名利客，谩云王氏烂仙柯。

灵风律应

宅左名“风洞”，离村二三里，在钟村之坞中。名呼“风洞”，岩有灵风焉。其洞在大石之中，深不可测。四时有风，昼夜不息。春夏则风从洞出，秋冬则风从洞入。里人以物试之，一喷一吸，不爽时候。盖得天地自然之气，合阴阳消长之机。按四时，应六律。若冬至而葭灰飞，有不期然而然者，非人力之所能为也。故以灵风应律名之，载入谱中，使后人知时中之道，相时而动之机焉。

涧谷深幽候履更，忽闻石宝转风声。
机行橐钥频呼吸，气备寒暄有送迎。
春夏恍闻威虎啸，秋冬疑是伏兵营。
阴阳应律天然巧，造化何须巽二鸣。

童桥关锁

是桥黄山之尽处，钱氏之水口，环绕阜源之总钥。通临安，会省要道，实山川蓄气之门户也。

黄山尽处一桥横，锁钥源头万水清。
两岸翠屏山峙秀，千秋古迹道斯行。
灵踪不共溪流逝，瑞气还从鳌背生。
题柱必然多后起，彭城焉得没奇英。

《东安钱氏宗谱》（1916）

里居八景诗

清·徐秉衡

灵山晓钟

百尺灵山觉路开，蒲牢断续晓风催。
元音每逐松音过，逸韵时兼竹韵来。
午夜敲残天际月，一声惊破梦中槐。
清心妙处机心净，此地无非上刹台。

鹰石凌云

崚嶒瑞石俯遥空，势欲凌虚薄太穹。
敛翮稳教侵夜月，摩霄岂必驾秋风。
不鸣非待三年后，计息何须六月终。
自是山川钟异质，肯将搏击逞时雄。

狮松吼雪

幽岩郁郁秀孤松，枝作虬盘甲作龙。
惟是雷声轰深谷，却疑狻猊傍高峰。
遥知斗尾风前舞，无数金钩雪后封。
吼出一天银世界，也应貔虎共潜踪。

叠嶂围青

茂林修竹四时青，叠嶂重重列画屏。
晓色苍苍浮锦里，晚烟漠漠护松扃。
一天好景风前取，满地清阴阁外停。
最是春明秋霁后，兰苔桂蕊共芳馨。

方桥锁翠

凿出深岩石一方，横临古岸作高梁。
迎来春色并秋色，锁去山光接水光。
雨际千岩松柏秀，风和一涧荏蘅香。
当年创建伊人往，遥望蒹葭白露苍。

仙潭夜月

皓魄当空似镜悬，仙潭珠彩共争妍。
光摇水面来还去，影射波心碎复圆。
常助庾楼联韵客，何须袁渚咏诗船。
我来静对清虚景，疑在蓬壶别一天。

玉泉瀑布

何处飞来一道泉，玉光如许挂长川。
涛翻百尺疑雷起，壁立千寻只线穿。
岂是银河天际落，谁知疋练望中悬。
拖痕闲断青山色，山色青青水接天。

环岩风篁

盈盈苍翠绕岩前，修竹林中别有天。
风里听声晴带雨，霜前迎暖日生烟。
渭川无主空摇影，幽谷流光欲隐仙。
莫谓高人惟七子，还将磨琢继前贤。

《富春蔡氏宗谱》（2006）

桐洲八景诗

孙绍千

梅林夕照

分得南枝种此乡，孤山风景入斜阳。
客游远索窗前信，岁晚寒留世外香。
数点花凝妆淡白，一钩月待挂昏黄。
蓬庐雅称高人卧，纸帐浑忘夜半霜。

柳岸晓风

春光漏泄小窗南，绿绾长条欲系骖。
冷逗疏烟迷野渡，暖迎晓日映江潭。
絮飞有意随高下，笛弄无心听再三。
为忆当年张绪好，风流一半与君探。

平沙积雪

十里芳洲贴水平，琼瑶满眼照来清。
印留鸿爪书偏古，光烛龙鳞夜亦明。
柳絮飞于看莫辨，梅花落处听无声。
灞桥已远人何在，诗思还教踏冻生。

长江征帆

推移不费付中流，五两飘然远客舟。
细雨湿时来觉重，好风饱后卸难收。
遥看一叶浮沧海，瞥见千樯过驿楼。
夕照渐低烟月出，呕哑听得橹声柔。

古寺梵钟（残句）

古刹高擎紫翠间，云中八百度迴环。

更鸡乍经三□□，宿鸟□叶韵空山。

夜来多少痴迷梦，猛省回时屡自删。

远山牧笛

信口吹来隔岸听，斜阳牛背数峰青。

山花满髻迷烟笠，芳草连天入画屏。

已向悲风惊客梦，旋从流水度邮亭。

阿谁叩角歌千主，卧月眠云起晓星。

钓者春潮

奔驰白马吼沙滩，处处渔翁下钓难。

侧浸桃花流野涧，平铺荇菜入荒坛。

千重雪月光摇荡，万里风雷思涮漫。

欸乃一声鱼艇□，满江鸥鹭□□□。

芦汀霁月

最是芦洲夜景清，盈浓月色照初晴。

镜悬水底寒鱼见，弓挂林梢宿鸟惊。

小艇轻妆霜色重，闲鸥暗度玉华明。

游人多少怜春意，留剩幽思向晚生。

又

孙明曾

梅林夕照

飞雪融残照，休教品絮盐。

一枝花数点，春意到茅檐。

柳岸晓风

小阁临池岸，春深绿满庭。
晓风花尽落，独有柳条青。

平沙积雪

留得书窗映，寒光拥雪深。
海惊银海眩，满地玉为林。

长江征帆

时来得风送，千里任高眠。
安稳布帆去，坐看云水边。

古寺梵钟

隔岸猿啼急，寒空雁唳增。
钟声催夜半，愁引客舡灯。

远山牧笛

客梦惊初断，笛声牛背新。
明朝入山去，挑得一肩春。

钓渚春潮

家住芳洲上，春潮带雨来。
一竿蓑笠里，胜上子陵台。

芦汀霁月

天气喜初晴，芦汀分外明。
飞花秋作雪，彻底月光清。

《桐洲孙氏宗谱》(1911)

杜墓山八景诗引

潘　玑

且贤才挺生，原不择地。而山川灵秀，往往有所独钟。汪氏六十六世祖全八公，隐君子也。当元末，避居东安杜墓山之麓，而以穑事开基。余观其山，环如抱中。有田园，无城市嚣尘。非山林幽僻，是为“杜谷”，爰接松溪。听晓钟而午梦初醒，跻高峰而云根欲动。烟霞万顷，松雪一斋。汪氏聚庐而居，敦本尚实，都人士争慕焉。迄今凡一十三世族，曰以昌英贤接踵。噫！天地之理，欝而必宣，抑则倍畅。所谓“援灵而挺秀”者，其在斯乎。爰赋八景以志。

西关雨望

小亭烟树里，闲望欲何依。
涧水争流活，林鸟染翰飞。
北山无处觅，南极此时归。
最好沙堤草，承恩待紫薇。

杜谷春晴

闻说桃源好，桃红更有春。
峰回藏晓日，花发竞芳辰。
燕语家声旧，莺穿柳眼新。
千金还孰重，试问惜阴人。

松溪铺炼

浩浩松溪水，迢迢绕渌川。
一泓环玉带，万里泻龙涎。
锦浪空沉壁，银河定接天。
凭谁从此渡，只在白云前。

通灵早钟

钟声忆何处，客梦尚通灵。
几许传更漏，阿谁倒枕铃。
村居无俗韵，风入且工听。
多少笙歌里，年来定欲醒。

玉兔积雪

几时还月窟，寒尽卧山中。
日出形常瘦，花飞体乍丰。
素娥难觅迹，青女倍争雄。
自入琼瑶里，何堪消息通。

枫林惠泉

古人遗迹在，百尺涌沧浪。
彻底乾坤窄，闳中利泽长。
李仙分酒冽，庐氏得茶香。
帝力曾何有，衢歌载道旁。

雀山之秀

终岁松林里，惊飞待杏开。
祥光舒丽日，瑞气入苍苔。
何处传佳种，当今产异材。
九茎齐耀彩，色色映楼台。

三宝凌霄

万叠峰峦峻，擎天鼎足分。
春晴常叆叇，雨霁正氤氲。
采药脂生石，登霄路接云。
始皇遗法在，高跨觐吾君。

《东安汪氏宗谱》（2001）

岁寒四景诗

清・钟立廷

卓笔奇峰

山名卓笔主文明，位镇南离旷望生。
低蘸鼍江秋水净，倒书雁字碧空晴。
硬黄搨向千螺墨，飞白临将百雉城。
下有坡翁题句在，登云钓月旧留名。

接台石壁

接台山石旧嵯峨，万仞烟峦万斛螺。
霞片飞时通牧路，雨声晴处送樵歌。
秋高藓壁和云净，夜永松涛带醉哦。
合有悬崖蝌斗字，棕鞋桐帽几回摩。

云山春霭

道是晴螺拥作堆，翠屏千仞枕溪隈。
雪消鸿爪青迎屐，水映鱼鳞绿泼醅。
仙掌层阴环几席，佛头浓碧护楼台。
莳花种竹浑闲事，好趁春晖觅句来。

松水秋淌

村临松水抱渔庄，几曲寒流绕岸长。
万斛螺青晴拥树，一弯鸭绿夏生凉。
明蟾夜映鱼天静，老鹤秋慵燕寝香。
好是东君爱垂钓，凫汀鸥墅自回翔。

续四景诗

吴志敬

船形奇景

山势攲斜形似船，平林无际草芊芊。
千层蓬叶飞秋露，一点桅灯漾碧天。
鸟语唤开朝日影，蝉声闹乱夕阳烟。
登临宛若乘舟楫，远树云霞色色妍。

斗阁登临

嵯峨斗阁出云天，暇日登临好景妍。
一水涨开鳞路外，万山青到马蹄前。
千人走破康庄道，一色平铺阡陌联。
因果分明钟声里，香烟绕处是神仙。

大桥雄踞

汩汩淙淙水势强，长虹横卧气堂皇。
行人赠柳征鞭缓，诗客题桥美酒香。
四洞通流狂澜挽，三墩迎湍浪花扬。
往还无异康庄道，锁钥东陲镇一方。

松流垂钓

清流婉转绕村庄，深致雅人纲不张。
短岸柳疏红日漏，间潭水静锦鳞扬。
银钩骤下波纔起，香饵新抛浪渐长。
借问岩陵垂钓者，桐江风景孰仰昂。

《东安沃氏宗谱》(民国)

洋涨八景小引

盖闻地灵以钟，人杰故览景，可以知人。人杰以征，地灵则因人爰以卜景。伟哉斯地大有奇观，如晴江帆影与寒郊红叶而交映，庙坞斜阳并疏林夜月以联辉。新店归樵，墓投江渚；洋沙落雁，夜宿莎隈。非丝非竹，发清音于向明之际者，净土晨钟也；如埙如篪，振逸响于泽畔之间者，野浦鸣�也。人文之兆阅胜可知，昌大之风于兹可卜。八景列图于前，七言再赋于后。聊申小引，以志不朽云尔。

大清康熙三十二年岁在癸酉既秋之吉

净土晨钟

闻说名山僧占多，瓜邱法界更如何。
灵园本是南都地，钟磬依然西域坡。
日暮烟云笼古刹，更余嘹亮诵弥陀。
清晨心地无他念，又听梵音悟达摩。

庙坞斜阳

嵯峨峦嶂映斜阳，古庙临江暮色苍。
隔坞重重呈瑞霭，平沙闪闪动霞光。
窗前返照图书焕，树里纷坡花木芳。
欲上层峰高处步，停车且看下牛羊。

新店归樵

新店村烟锁夕阳，樵歌出谷韵悠扬。
积薪满艇如鸦集，偕侣平少似雁行。
陟岭扳萝嫌日短，沿江拍棹乐天长。
柴门妇子遥相望，藜糗怡情酒一觞。

晴江帆影

微风拂拂漾轻舟，片片飞帆江面浮。
逆浪渐归新店渡，沿波还傍赤山头。
高低长工霞光恋，斜正多随烟景留。
最是群峰交映处，悠然一色拟瀛洲。

洋沙落雁

白苹霜露冷洋沙，北塞来宾暮色斜。
千里飞云冲碧落，数行依月宿芦花。
翱翔惊断征人梦，嘹呖愁萦嫠妇家。
野老忘机矰镞远，数声叫起赤城霞。

野浦鸣槔

野浦潮冲水渐浮，车声响激碧滩头。
飘开雪浪层层绉，翻转银涛叠叠流。
陆续随波惊鰋鲤，东西遥应起凫鸥。
归来曳杖西畴下，远听咿哑韵更悠。

寒郊红叶

远望寒郊淡复浓，秋风萧瑟际长空。
繁华洗尽丹青笔，造化频添脂粉功。
灼灼芳菲浮晓露，翩翩霞彩袭帘栊。
也知二月花如许，御水何如霜叶红。

疏林夜月

一轮皎皎太虚空，万木丛中景不同。
破碎银河飞白霰，游移铁杆待清风。
露濡新叶光饶彩，云散平林花倍工。
翔步孤村频玩赏，恍乘槎泛到蟾宫。

《富春瓜邱孙氏宗谱》（1858）

双溪八景诗

竹亭星聚氏

狮岩积雪

素翠横空远接天，皑皑白雪出层巅。
精莹每助窗前读，皎洁频欺郭外田。
孤屿不逢垂钓客，山阴谁见献之贤。
岂因欲改灵貌迹，何故深深自斗妍。

龟川映月

壶水潆洄绕北流，龟川月色两悠悠。
一轮皓魄波间涌，两岸青山涧底浮。
潦净已惊蟾影瘦，潭清祗觉渚烟秋。
夜来偶向山腰过，近接清光数斗牛。

东山曙色

晓起东山曙色微，春晴天朗动春晖。
徘徊树杪云犹歇，掩映岩阿露未晞。
鸟弄晨光连野碧，花迎旭日满林绯。
锦霞一片岗峦布，贪看随将启竹扉。

西麓泉声

何处飞泉漱玉声，西陵麓下听凄清。
好将轻重随风送，却似铿锵带雨生。
溜尽碧潭天一色，滴残客梦月三更。
何当此地耘锄早，放眼春郊已力耕。

壶源春涨

漫漫春水远连天，派出壶源动百川。
灏翰直将弥古岸，江洋疑欲遍方田。
登高策杖看云树，带雨携樽泛钓船。
想是银河天上落，乘槎何必问张骞。

石壁观鱼

危危石壁下临波，鱼跃寒潭队队过。
纵鼇悠扬牵白芷，沂流宛转动清莎。
余阴历羃天光静，曙色参差人意和。
为问纤鳞否乐也，纤鳞应问我如何。

沙堤红叶

秾郁霜华结响晨，沙堤红叶胜阳春。
寒林欲斗娇妍色，老干偏能点缀新。
莫道江湖多落寞，应知橘柚倍精神。
绿溪夹岸皆堪赏，何必桃源去问津。

板桥古渡

曲折壶源西复东，渡头古岸板桥通。
静观竹屿清溪里，伫看行人明镜中。
涯涘未知何日起，风尘遑问几时终。
绵绵一脉常横亘，宛似长虹驾碧空。

又

环山介眉氏

狮岩积雪

狮岩峻拔莫能攀，天山同云素彩环。

点缀三冬成白泽，晶莹一色失青山。
游人瞥讶铜驰积，清夜遥疑玉马还。
风入松林涛似吼，纷纷节下散幽湾。

龟川映月

月映龟川绝点尘，长天秋水更传神。
潭沉兔魄波潆玉，涧泛蟾光浪涌银。
皎洁清时蜃气淡，圆融明处蚌珠新。
千年不改长堪赏，何用乘槎别问津。

东山曙色

东山何故霭沉沉，曙色参差绕远林。
幽径人稀盈宿露，荒村烟起乱鸣禽。
晨光掩映峰峦台，旭影霏微岩岫深。
景胜苏堤春晓候，兴清舒啸竞登临。

西麓泉声

遥闻西麓响盆秋，想是飞泉带雨浮。
每助鸣琴弹汨汨，频催钓客赋悠悠。
喷崖清叶商音奏，泻磴铿余金韵幽。
漱玉声从山下出，相将自可悟川流。

壶水春涨

春水弥漫四泽多，壶源新涨更滂沱。
风和举酒临清涧，雨细乘舟泛绿波。
两岸溶溶浮碧宇，双溪滟滟泻银河。
濯缨濯足凭人取，爱读沧浪孺子歌。

石壁观鱼

石壁崚嶒矗太虚，潭清潦净跃游鱼。
纷纷从壑波翻藻，坠坠潜渊浪漾渠。

雨后扬鳞喷沫细，风前掉尾嚼纹舒。

虽然不是濠梁客，临水相观乐自如。

沙堤红叶

秋深无事步中沙，祗见霜酣斗岁华。

树树浑疑朱汁泼，林林都认绯衣遮。

晨游绣陌凝朝旭，晚眺芳郊贮暮霞。

竟日盘桓精未了，题诗应梦笔生花。

板桥古渡

数道长桥接两堤，未知何日驾金溪。

依稀疋练拖明镜，仿佛晴空落彩霓。

往复身疑银汉近，去来跨觉玉绳低。

行人不啻天台渡，一任东流水绕西。

《富春孙氏宗谱》(2007)

宧塘八景诗

潘丙奎

庵山春晓

晓景最澄清，庵山瑞色明。

松枝高浥露，娇鸟唤春耕。

西坞夕阳

一径通西坞，斜阳傍晚曛。

画图差可拟，佳气接氤氲。

金峰耸翠

千仞金峰耸，重重积翠深。

插云高莫并，毓秀古犹今。

郑井流芬

最爱名泉味，流芬忆郑公。
碧涌清况共，惠养自无穷。

双溪月影

团团秋夜月，遍照甲峰西。
何处留清影，前溪与后溪。

两驿秋声

驿站喜平铺，秋风陡起初。
柝声相击应，旅梦屡惊虚。

上岭松涛

峻岭松排路，涛声起势豪。
乘风欣直上，旋讶月轮高。

前峒雪霁

六出花飘后，前峒霁色浮。
光明银世界，梅放一枝幽。

《东安诸葛氏宗谱》（2014）

题阳宅胜景诗

浩邑罗　黼

天目胜来气势雄，飞腾此际驻真龙。
巍巍印石当朝现，簇簇屏山列座从。
高路路中多圣迹，石门门内有奇踪。
地灵必定人英杰，万古欣传富贵钟。

和前韵

陈村徐　樊

重华遗胤古称雄，迁入槎源隐卧龙。
万宅纡回多护卫，彭家渐进有随从。
平行南陌探羊乳，仄向西涂辩鹿踪。
食德服畴安太古，不夸朝宁禄千钟。

《槎源姚氏宗谱》(1947)

环山十二景诗

雪　峰

融和春色景悠悠，满目浮岚碧欲流。
万木阴重云乍敛，千岩琴滴雨初收。
藤花散绮香来座，山鸟鸣风声过楼。
此景四时抛不得，每令着履恣遨游。

剡浦渔歌

窄窄扁舟系柳河，得鱼沽酒便高歌。
数声山谷鸥群起，一曲沧浪雁阵过。
彭蠡相传吴韵巧，汨罗还尚楚音多，
醉来忘却腔和调，三叠秋风笑碧波。

剑山牧唱

九十其犉三百羊，牧童聚啸坐山岗。
高歌白石轻还重，迭咏秋风短更长。
嘹喨响空谐律吕，悠扬盈耳合宫商。

几凝宁戚村前过，和角长吟笑楚狂。

双髻凌霄

双峰如髻立层空，万卉千葩锦色浓。
晓日未升先拱翠，夕阳虽没尚留红。
举头顿觉天阶近，蹑足何辞云路重。
俯视下方尘世隔，奋身飞上广寒宫。

西山夕照

西峙山屏下夕阳，残红倒影焕余光。
烟横紫岫林容淡，霞落苍苔树色凉。
寒雁数声投曲浦，昏鸦几点入垂扬。
徐徐海月楼头白，樵牧村前归夫忙。

东岭朝曦

扶桑拥出海轮红，光映芙蓉第几重。
曙色渐低青嶂月，晴暄徐透碧岩松。
人间突起鸡声歇，天上河收斗柄融。
自是岚开云气敛，琴萃都在照临中。

黄山秋色

金风西起雨生凉，海雁南来燕去忙。
万树霜飞枫叶赤，千岩露滴菊花黄。
天高月朗林容净，云敛烟霏野色芳。
潇洒更添清意味，芙蓉映水桂枝香。

白石春泉

屋头山削玉嵯峨，生气流行沛泽多。
白壁千寻倾云浪，丹崖数仞泻银河。
寒声撼耳循溪出，素色凝眸傍树过。
一派遥遥天际去，经纶海内定风波。

清溪钓月

昨夜桃花雨正稠，关溪新涨鳜鱼浮。
垂纶月下泉声急，布罛滩头月色悠。
顾兔窟边蹲钓石，娑婆树里系渔舟。
坐来幸接婵娟面，不得鲸鳌休未休。

大坂耕云

率作兴农春日迟，鹁鸠声彻海棠枝。
枯禾绿野云千亩，引犊苍苔着一犁。
胼胝要勤莘野业，伛偻无异历山时。
愿通八蜡成丰稔，拚醉秋风赛土祠。

亭池鱼跃

方塘数亩傍亭开，于牣金鳞几万腮。
云影渊心成队出，天光水面散群来。
凌波蹈浪身无碍，鼓鬣扬鬐势莫推。
谁谓龙门消息远，飞腾只听一声雷。

荷沼鸥闲

芙蕖千里逓香清，对对凫鹭衬木深。
绿洒露珠濡翠羽，红开花瓣映青翎。
忘机游衍波心润，得意栖迟雨盖阴。
日倚碧筒梯级远，安然无愿学鹓鹏。

《环山裘氏宗谱》(民国)

砚川八景诗

半闲居士

凤山叠嶂

叠叠层峦绕村屋，亭亭峭壁连修竹。

我思登频陟眺望，千岭万峰观不足。

天目晴峦

一山突兀插天中，几队晴霞锁落峰。

造物似多眷顾意，却教宝玉气冲融。

畔头独峙

砚溪世育

翘然耸出万重山，奕奕崔嵬几莫攀。

借使层峦头不畔，云霄攒破入天关。

峡山听偈

竹溪逸士

盘旋峡岭耸清溪，法语常惊宿鸟啼。

俗念尽归经捧偈，高眠长听月沉西。

天马旭日

峰连曙色半依稀，天马林中鸟乱啼。

旭日初升扶桑地，山云漫踏露未晞。

砚川夜月

盛元音

月照前溪分外妍，水轮荡漾碧波天。

难分月色难分水，上下溶溶一片连。

前溪翠竹

骰溪世育

猗猗一片绕前溪，密布苍烟路欲迷。
风弄扶疏裁风律，参差翠影映涟漪。

环山霁雪

屏山骆瑚

环山峦际色溶溶，瑞雪堆来有几重。
满体装成皆素玉，金乌初射着花容。

《富春骰川李氏宗谱》(2007)

何阜八景诗

何阜胜概

谷绕山回地势扬，湾湾曲曲可流觞。
奇花掩映涵朝露，乔木参差带夕阳。
梅圃不教游鹿豕，荷池频见戏鸳鸯。
依然太古遗风在，莫辨羲轩与燧皇。

秀里奇观

山明水秀美非常，凤舞龙飞列两行。
四面烟波添酒兴，一时风景入诗囊。
红霞远映枫林坞，碧雾斜遮薛荔墙。
最是深山深杳处，晓风明月两相当。

坞口流泉

两山交锁势崭然，中有源源一涧泉。
昼夜凭教流不舍，高低任有罅俱穿。
危崖倒映波千叠，细浪轻翻月一天。
晓汲不妨临碧涧，前村曾已上炊烟。

峦头怪石

磷磷怪石卧山巅，疑是龙蟠与虎眠。
日暖梅开舒白玉，露滋苔长迭青钱。
云兴似降灵山佛，雾锁如临过海仙。
若得圣僧经义解，将头一点即升天。

白峰拱瑞

峰山突兀复嵯峨，秀色参差瑞气多。
排闼岚光都掩映，盈门树影自婆娑。
高撑晓佛千重翠，斜峙晴峦万点螺。
此地应知钟毓茂，充闾合共听鸣珂。

闭岭呈祥

岭路崎岖傍白峰，云烟明灭锁山龙。
红霞散彩横樵径，甘露垂珠点客踪。
已过半腰纔柱杖，为登绝顶试携笻。
莫嫌敧仄难通路，大道当前是处逢。

修竹列翠

中通外直透云霄，节操坚刚等后凋。
万个密排堪宿凤，千竿高耸定栖鹩。
也同古柏多苍翠，不与夭桃斗艳娇。
如是立身长挺秀，高标应咏错薪翘。

古木扬声

古木参差带夕阳，因风叶叶自飘扬。
怒号远自松稍起，萧瑟纸从叶底藏。
山外丹枫看欲醉，溪边碧柳早成行。
封姨漫逞搏挲势，为奏宫商到绿堂。

《东安永昌李氏宗谱》（1915）

何阜八景

清·钟立廷

何阜春耕

布谷声中化日长，石田茅屋乐耕桑。
犁冲谷口晴云湿，蓑带源头风雨香。
不似庞公耘北垅，绝胜诸葛卧南阳。
明时致治搜遗逸，未必林泉老俊良。

螺川夜月

一派螺川映月明，夜深万籁寂无声。
光涵沙尾鸥栖稳，影度虬枝鹤梦清。
皓彩逼人添酒兴，清阴团席助吟情。
碧天云净凉如水，何处先人品玉笙。

谷山秋色

迢递名山云外幽，天仙神宇筑山头。
千层岚气清于洗，万叠烟光翠欲流。
雁带落鸦投古渚，云将寒雨过前洲。
此中风景真堪羡，萧鼓年年竞赛秋。

阜庙晓钟

古庙钟声度碧溪，溪边渔火暗凄迷。
惊飞汀鹭烟还暝，撞起林鸦月未低。
村店几家开晓市，行人一路听晨鸡。
故园后夜初回梦，犹忆金台惜解衣。

娥峰积雪

木落娥山岁欲残，效原积雪皓漫漫。
岩头流水琼为液，屋角群山玉作峦。
色映村梅花愈白，光涵林月影偏寒。
子猷漫擅山阴胜，雪夜乘舟访戴安。

赤坞樵歌

烟霞窟里住闲身，曲径樵歌听最真。
满坞晴云烘作赤，一肩红叶画来新。
但将人籁鸣天籁，不共猿邻即鸟邻。
牧笛渔歌何处起，负薪沽酒莫嫌频。

桃源拱翠

神桃列嶂撼晴空，削出芙蓉千万丛。
雨过烟岚看峭倩，风回云树听玲珑。
天开锦障环仁里，人对青山醉碧筒。
林樾清幽谁举似，岩光夜夜吐长虹。

松水拖蓝

临水源从松水收，拖蓝蔚碧浸寒流。
雁涵秋色清洁口，鸦带斜阳古渡头。
十里晓烟迷静渚，一蒿晴翠映芳洲。
芹香藻洁浑闲事，会送灵槎到斗牛。

新增村居八咏

清・钟立廷

峨山北峙

新邑诸山皆自月峨山发脉，而吾族距山仅里许。万仞烟云，四时翠黛，称奇观焉。山旧有真武庙。

矗破晴空几万重，山灵有意炫奇踪。

人家四面朝双阙，鸟道千盘护一峰。

春暖龙蟠青薜荔，秋高鹤舞碧芙蓉。

北山有记真侥幸，为补图经报馨宗。

锦水西流

吾村山色排青，溪流萦碧。水从后山发源，汇于前溪，曲折溪流几半里许，堂名“溯洄”，盖取诸此。

东水西流西复西，银涛雪浪暗长堤。

花阴锦涨啼娇鸟，石罅红泉走努猊。

低傍篱根晴虢上，倒流枫叶夜澌澌。

绕廊濯足何堪数，声价应偕弱水齐。

竹岭观云

距村里许，地名花竹湾，过山即东洲石门岭诸处。其山湿翠空蒙，晴云蓊翳，扶藜矫首，情满于山矣。

岭上生云恣大观，云根低衬竹千竿。

虎牙倒插晴披帽，凤尾高撑雨着冠。

十里岩光分野岸，千重岚气泻秋湍。

蕉衫蜡屐青藜杖，时与幽人酌酒看。

松园踏月

村旧有松园，今废。然月夜行吟，风声谡谡，犹恍然虬枝满地也。

撼日驽云下有园，光阴流水公潺湲。

种松客去龙鳞尽，踏月人来兔魄存。

竹里停琴秋觅句，花间酌酒夜开轩。

何年一遂干霄志，系马栖鸾更筑垣。

龙门舒啸

村西龙门湾峭壁插天，修篁荫涧，偶一吟啸，彻四崖响答，若鸾凤声，亦奇境也。

苏门啸罢又龙门，合倩孙登葛共扪。
四壁鸾吟天有赖，五更鸡唱日初暾。
篔筜欲里声清越，薜荔岩前气吐吞。
记得东皋陶靖节，几回舒啸自倾樽。

螺闭垂纶

吾族祖茔皆在海螺山，山下有潭，曰“枫树潭”。其水深鱼肥，隐纶垂钓多集于此，烟蓑雨笠类画本云。

为爱清溪傍翠微，垂纶刚趁鳜初肥。
绕堤柳线随风舞，隔岸芦花尽日飞。
影落鱼天人对景，醒邀鸥梦客忘机。
鲜鳞换酒浑闲事，醉倒枫潭旧钓矶。

绕石枫丹

霜叶流丹，所在多有，惟吾族枫林干耸千寻，围皆数抱，秋高恁眺，不数石径寒山矣。

开遍桑林十月花，丹枫处处醉流霞。
三条曲径迷新烧，一片斜阳趁暮鸦。
不共秋容描冷淡，好同春色斗豪奢。
芸窗鲁酒微酡后，知是疏帘是绛纱。

垂桥桂馥

吾族跨溪而居，略彴支其北，其南则弓桥存焉。桥皆荫桂，相传为始祖手植。每值皎月当空，天香满院，为子孙者，其亦可以兴起矣。

旧是蟾宫第一香，数枝吹落小桥旁。
玉虹晴卧弓弓影，金粟秋飘颗颗芳。

雁齿红描题柱客，犀胎黄映读书堂。
槐厅杏墅无多路，珍重燕山自主张。

《东安何阜钟氏宗谱》(2001)

睦村十景诗

陈闻天

翠坞春耕

一犁雨后暮春天，翠影晴岚入渚田。
谷口谁家吹短笛，豳风图画此中传。

石梁秋月

良宵秋月有余清，映落溪流色倍明。
闲俯石梁溪上望，几疑人在镜中行。

古阁晨钟

高阁登临镜忽开，四山佳气入怀来。
临晨早晤清虚境，击起蒲牢第几回。

前溪雪浪

数尺滩头百尺澜，几疑积雪未消残。
山中亦有波涛涌，何必乘风拟壮观。

双峰回雁

两两高峰映碧苍，一声嘹唳带秋霜。
晓来记得衡阳路，似向云霄寄数行。

斜山竹影

闲来斜眺翠屏环，自有丰神映远山。
坐爱晚来明月照，此君风味与谁攀。

青山樵唱

青青草色满平芜，山客迎人隔岸呼。
野兴自来还自乐，缓移薪担唱归途。

班岭初旭

危岩矗石岭头连，指顾群山足下眠。
四望岚光添曙色，分明海日一丝悬。

桑园禽语

园林蚕月未经条，为有鸣禽伴寂寥。
听去声声啼不已，恍招词客赏芳朝。

塔坂云归

白云宁住在山南，远度村墟景可探。
他日从龙真有象，飞腾霄汉博高谈。

续记四景诗

陈汝琦

假山雅景

吾村保障几春秋，古往今来景色幽。
叠嶂连环皆可爱，一旁碧水向东流。

石牛望月

自古山名呼“石牛”，群峰角立不相侔。
年年惟有多情月，夜对有人作伴游。

古柏长青

久柱龙山岁月周，兴亡阅尽更添筹。
天之沃沃钟灵气，何日人间见白头。

将军古潭

一堆奇石水中流，砥柱溪间万古留。

凿凿邻邻成胜迹，将军神武仰皇猷。

《富春陈氏宗谱》(1937)

竹园四景诗

民国·蒋麒游

余尝游览竹园李氏之村，宅峙青峦，园绕翠涧。路便交通，居称幽静。山林、原野、店市、溪桥无乎不备。实毓秀钟灵一天然境地，而为雅俗咸宜，有不可不记者。兹因李氏辑史属余膺任编修，乃为披阅。全帙于咏景篇章，尚付阙如。遂效施颦，拟呈四律以补缀之。

狮山蟠卧

踞卧盘旋一脉支，青山历代唤眠狮。

文从豹隐求韬晦，迹仿龙潜肖伏雌。

具相尊严堪畏望，处身厚重自矜持。

登临应起超尘念，妙悟禅机见佛慈。

石门瀑涧

花明柳暗溯山溪，曲折潆洄草径微。

湍濑急流鱼掉尾，峰峦叠翠凤飞翚。

云岩终岁喷泉窟，仙域何年辟石扉。

疑是渔郎迷路处，桃源踪迹认依稀。

灯台虎啸

银烛谁家已劫灰，留名犹记号镫台。

山夸原隰平开朗，土羡穹窿崛起堆。

牛放桃林朝又暮，鹤栖松荫去还回。

更奇虎洞风雄猛，啸作声威震地来。

清桥村市

双清锁秀钥坚牢，举目烟村路不遥。
酒谱茶经谙味道，花鸣鸟语听声娇。
风怀高尚人都雅，地接山林市不嚣。
闲看东西来往客，憧憧行过赤栏桥。

《东安李氏宗谱》(1947)

仙岩八景诗序

晓亭氏　楼　峻

仙岩者，因晋许询炼丹于岩石而得名也。犹邑之因萧，然而名萧是已。余始祖为唐东越招讨使，平刘汉宏寇，自富春至长山，遂卜居于此，迄今九百有余岁，族颇称盛矣。村居之地，山回水绕。西有镜台，东有道林；南则黄辅之岗，北则石牛之嶂。其绕村一水，源出富春。盈盈如带，冬夏不涸。溪畔有石，壁立千仞。奇葩异翠，芬芳可爱，即许询楼隐之所名，为仙人石者是也。沿溪而下有山，曰"州口山"。相传武肃王击斧处。岸接长桥，水光潋滟，游鳞杂遝，渔人多托业焉。溪外有阁，名"文昌阁"。近临深碧，高耸林表。晨钟一击，声彻数里。每当春朝秋夕，偶焉登览，可以挹诸景而畅襟怀也。夫四时之景不一，山川之秀长存寓目，怡情亦视人之自领耳。因题八景，各成四韵。庶几居是地者，知前人吉之善也。所谓"八景"者，一曰"镜台秋月"，二曰"道林旭日"，三曰"黄辅松涛"，四曰"石牛雪嶂"，五曰"奎阁晨钟"，六曰"溪桥晚钓"，七曰"钱镠斧迹"，八曰"元度仙踪"。

仙岩八景七言律诗

（一）镜台秋月

三峰森列势崔嵬，宛是妆楼玉镜台；
五夜秋光清海峤，一轮皓月印山来。
层峦岂为嫦娥耸，宝匣偏因羽客开；
俯仰却疑形影合，碧霄青嶂足徘徊。

（二）道林旭日

东有道林障碧天，残星落尽日升巅；
乌轮半吐千峰晓，红镜全开万户烟。
乌宿松林迁别树，犊趋花径渡前川；
晨游自觉襟怀旷，长夏偷闲独占先。

（三）黄辅松涛

昔傅宏景爱松风，黄辅松风卷碧空；
不必曲江寻浪涌，却同浙水听奔洪。
清音细和云间鹤，逸韵遥连爂下桐；
最喜月明声息后，贞心依旧色青葱。

（四）石牛雪嶂

飞霙剪落满山稠，村北高峰号石牛；
素质无劳梅映洁，青毛不待月添幽。
千寻玉帐白霄汉，十里银屏拥尽楼；
多少园林飘柳絮，诗情何必灞桥头。

（五）奎阁晨钟

天鸡啼龙曙光晴，何处霜钟达晓鸣；

彩阁影分文武耀，蒲牢晨击重轻声。
云端催出千山日，客梦惊来万里程；
不似姑苏城外寺，江枫渔火月三更。

（六）溪桥晚钓

闲来携杖过山腰，几处垂纶傍石桥；
霞影易从空际领，溪光难向笔端描。
地非濠上情偏乐，人或严光迹亦超；
佳趣有谁堪共喻，晚风杨柳自逍遥。

（七）钱镠斧迹

州口山，相传武萧王破黄巢，兵来长山，欲置州于此。以斧验之石，软脆遂止，见邑志。

武萧曾屯破贼兵，长山相度立金城；
石经斧劈痕犹在，州为车旋业未成。
鸟语尚留戈甲气，松风犹带马蹄声；
千年遗迹谁凭吊，日落寒峰谷口行。

（八）元度仙迹（即仙人石）

征君羽花几千年，怪石嵯峨立水边；
洞口桃花春尚醉，岩间月魄夜犹圆。
云迷古寺疑烧药，鹤立前溪似待仙；
丹灶虽非山色是，清风林下思悠然。

仙岩八景七律

辛聊　　瞿庚

（一）镜台秋月

秋山明净耸崔嵬，月映琼楼傍镜台；

舞集霓裳翔宛委，妆临星女对蓬莱。
乌云髻挽珠廉启，翠黛眉横宝匣开；
一片清光频照处，姮娥影里两徘徊。

（二）道林旭日

旭日红云起烛天，道林瑞霭罩山巅；
门庭彩聚千家晓，楼阁辉疑万井烟。
影透禅关环翠岫，光临僧座绕晴川；
回头望处长安近，笑问同人孰后先。

（三）黄辅松涛

涛声震耳卷松风，黄辅峰高帐碧空。
驾起鳌山鳞甲动，迭翻鲸浪海波洪。
响惊鹤梦三更月，韵协龙门百尺桐；
历尽岁寒霜与雪，参天黛色郁葱葱。

（四）石牛雪嶂

琼瑶碎剪缀枝稠，雪障横空号石牛；
庾岭肤笻情独逸，剡溪返棹兴偏幽。
千山雾帐迷金屋，十里云屏暗玉楼；
惟有寒江一钓叟，披蓑携桨到滩头。

（五）奎阁晨钟

奎阁峥嵘曙色晴，晨钟初动晓鸡鸣；
红光祥绕楼中景，清响惊传槛外声。
斗柄常悬旋月阙，鳌峰起舞数云程；
唤醒世上几回梦，漏尽铜壶倏五更。

（六）溪桥晚钓

溪流回抱转山腰，傍晚垂纶钓小桥；
对岸荒村人影乱，隔林烟景画图描。

严滩隐遁胸襟豁，渭水功勋气象超；
一带夕阳斜挂处，渐闻牧笛去声遥。

（七）钱镠斧迹

平寇深山整甲兵，钱王议建筑长城；
因看斧下车轮转，难卜岩间众志成。
树影还疑同帐影，溪声不断似军声；
我来此地凭伤古，慨想当年铁骑行。

（八）元度仙迹

忆昔元君羽化年，惟存岩石立溪边；
炉烟袅去风声静，尘柄挥来月影圆。
迹寄林间尘外客，名留泽畔洞中仙；
不思骑鹤归天上，陆地逍遥任自然。

仙岩八景七律

楼镜蓉

（一）镜台秋月

清秋夜眺镜台山，明月邀留意自闲；
开出琼楼兼玉宇，照来雾髻与云鬟。
鉴临笔架眉思画，桂发蟾宫手欲攀；
最爱人家溪口住，冰壶影里翠屏看。

（二）道林旭日

道林山绕水之东，高阁登临趁晓风；
十里扫开螺髻绿，一峰撑出日轮红。
沿溪村落炊烟起，隔岸花堤鸟语通；
偏是牧童来得早，数声长笛入林中。

（三）黄辅松涛

乔松知是不凡材，黄辅烟岚百尺培；
久恐虬龙乘雾去，常疑风雨出山来。
先声遥与溪流和，余韵逻将鹤唳猜；
当日钱镠如建国，可能铁弩射潮回。

（四）石牛雪嶂

石牛山嶂绕无穷，雪霁看来迥不同；
岩岫如开群玉府，楼台疑在广寒宫。
天描粉本桃林外，地列银屏柳絮中；
指点牧童经过处，梅花千树月朦胧。

（五）奎阁晨钟

黄粱一梦醒邯郸，奎阁鸣钟度隔滩；
逸响荡开云影碧，圆声催出日华丹。
辉连文璧思重曜，人起妆楼怯晓寒；
岂似南屏山里寺，老僧敲罢夕阳残。

（六）溪桥晚钓

百尺长桥驾玉津，晚来有客独垂纶；
依然有笠红衣态，相见严滩渭水滨。
柳外夕阳边雁齿，风前细浪蹙鱼鳞；
遥闻笛唱渔歌子，催动炊烟起比邻。

（七）钱镠斧迹

古迹流传与讨论，钱镠此处欲开藩；
侯潮异日琱弓射，试石当时铁钺掀。
代远年湮入已邈，风磨雨洗迹犹存；
至今应长苔花徧，寄语山樵认旧痕。

（八）元度仙踪

仙人一去竟如何，客向仙岩几度过；
欲访遗踪全杳渺，空余坐石独嵯峨。
烟云变换山中静，花木幽闲洞口多；
拟约桃源问津者，同攀翠壁录藤萝。

仙岩八景七律

祖 钥

（一）镜台秋月

镜台屼嵂最宜秋，月挂峰凹景倍幽；
讵是山灵新聘妇，为他玉女旧梳头。
半奁影插蟾光净，一架山涵兔魄浮；
昨夜素娥妆罢去，未曾收拾返琼楼。

（二）道林旭日

碧甃寒岩别有天，华胥梦醒已千年；
乍看日上黄人捧，疑是光从佛顶圆。
玉树花明新落月，石床露滴晓鸣泉；
赢他道士墙头吸，证得蓬壶第一仙。

（三）黄辅松涛

黄辅峰前半种松，几回涛卷白云中；
静听忽讶西山雨，久坐浑忘北风干。
琴曲奏残元鹤舞，钟声和彻碧天空；
幽人采药不知处，莫慢寻常问小童。

（四）石牛雪嶂

如睡东山晕翠螺，同云飞絮白平坡；
梵经旧合旃檀臭，峨雪今添玉角摩。
至目稽迟滕国葬，盈头冻咽楚樵歌；
骚人宿有寻梅与，鹤氅高兴过曲阿。

（五）奎阁晨钟

晨星欲坠晓烟生，奎阁疏钟动石鲸；
院宇乍看开曙色，文章何待掷金声。
三千丈射瑶光延，百八敲残落月横；
借问铿华何处是，红墙白塔早霞明。

（六）溪桥晚钓

野涨春涵落日红，投竿溪北又溪东；
桥平雁齿横科照，人立鱼矶钓晚风。
沙岸抛纶惊睡鸭，渔家晒网卧晴虹；
老翁不管乘除事，鼓枻归来月正中。

（七）钱镠斧迹

霸业钱塘尚在不，徒将顽石记婆留；
斧痕为劈仙人掌，弩影犹惊浙水流。
讵尔孙刘新试剑，几曾吴越旧挥矛；
寒烟衰草荒苔里，父老于今话置州。

（八）元度仙踪

萧然居士本飞仙，岩半长晋古洞天；
小草还丹余百药，伊人化鹤去千年。
家山旧舍只园宅，风月平分汞鼎烟；
闲傍镜台搜玉牒，白云深处倍流连。

仙岩八景七律

男　湘

（一）镜台秋月

闲眺西窗夜色幽，一轮皓月架山头；
瑶台宛为蟾宫设，琼匣浑忘玉女收。
拟画蛾眉临宝鉴，如梳云髻映妆楼；
数峰环锁金波定，迥异寻常爽素秋。

（二）道林旭日

峭拔仙岑从碧空，风光苍翠曙光红；
辉腾佛髻鸦翻树，影透禅林鸟语丛。
岩岫千寻烟雾辟，楼台半壁晓霞烘；
晨游到此欢无极，翘首康衢顿觉通。

（三）黄辅松涛

怒涛何处卷横纵，黄辅山峦百尺松；
盖影垂天惊舞鹤，雷声吼地起眠龙。
响如奔浪来沧渤，劲欲凌霄撼岳峰；
最是雨余霜雪后，频看翠黛十分浓。

（四）石牛雪嶂

六出粉蜚洒石牛，霜毛浑似月华浮；
家家种玉连青障，树树开花拥画楼。
柳絮悠扬凝素质，桃林晃朗炫清眸；
游人疑入长春苑，未见云耕破陇头。

（五）奎阁晨钟

漏尽铜壶倏五更，霜钟吼动隔溪鸣；
祥开彩阁千门晓，梦醒幽齐万里程。
清韵传来惊唳鹤，晴烟撑起度奔鲸；
层楼自有星光耀，又见晨曦照满楹。

（六）溪桥晚钓

坐钓桥边绿柳堤，斜阳淡淡映清溪；
虹腰烟锁朱竿拂，水面风生素羽迷。
新月光中鱼蹩影，晚霞红处雁归啼；
老渔尽日忘机趣，约与桐江濮岸齐。

（七）钱镠斧迹

山樵雀跃话钱镠，军驻长山欲置州；
弩发曲江楼尚在，斧斯顽石迹还留。
痕同蔓草荒幽径，业与霜锋化古秋；
吴越功勋从此撰，何殊碑记立千秋。

（八）元度仙踪

壁立嵯峨石一拳，征君寄迹作飞仙；
月明洞口千秋冷，花发岩间百药鲜。
影动苍松疑有鹤，香闻古寺静无禅；
空坛水绕尘心涤，恍入壶中别有天。

仙岩八景五言绝句

蔡名衡

（一）镜台秋月

西望镜台山，笔架俨排突。

老气横高秋，开奁坠明月。

（二）道林旭日

清晓入道林，群山睡初醒。

晨光动熹微，一抹青松顶。

（三）黄辅松涛

我登黄辅峰，松声作龙吼。

天风荡海涛，惊起苍髯叟。

（四）石牛云嶂

五丁不凿路，石牛张口哆。

负土深雪中，一眠呼不起。

（胡曹诗“五丁不凿石牛路”。）

（五）奎阁晨钟

奎光亘长天，杰阁翼层岭。

海鳌掣霜鲸，昂首发深省。

（六）溪桥晚钓

溪静鱼梦清，桥横水痕蹙。

老渔何处来，斜阳恋濠濮。

（七）钱镠斧迹

不用驿駈山，偏向斧斯石。

点头石不言，错铸六州铁。

（八）元度仙踪

清风怀应君，佛心兼仙骨。

岩下百花春，觅句访王勃。

（《县志》云：“唐王勃过之，制诗于石，水涸石露，乃见其践诗云：‘崔嵬怪石立溪滨，曾隐征君下钓纶，东有祠堂西有寺，清风岩下百花春。’”）

仙岩八景五言绝句

王曼寿

（一）镜台秋月

镜台高砐硪，镜大测诚叵。
偏照四时花，镜心无一朵。

（二）道林旭日

楼阁春暄好，天鸡弄晴晓。
海阔天宇空，悟彻道林道。

（三）黄辅松涛

黄辅松云里，午枕涛春耳。
寄声牵犊翁，洗耳清于水。

（四）石牛雪嶂

天公戏叱石，牛身一夜白。
酝酿山中寒，造作田间泽。

（五）奎阁晨钟

晨星看落落，珠斗奎光错。
闻钟猛省多，诗心无往着。

（六）溪桥晚钓

俯仰极宽闲，垂纶夕照湾。
相看两不厌，最是石牛山。

（七）钱镠斧迹

苔封州口石，留得唐梁碧。
杭州西子湖，何处寻遗迹。

（八）元度仙踪

仙踪杳何处，清风尚如许。
吹坠明月来，光霁足含咀。

仙岩八景五言绝句

男　湘

（一）镜台秋月

秋爽婵娟夜，冰奁排玉架。
云髻影一堆，恍忽凝妆罢。

（二）道林旭日

晓起一天烛，群峰诸睡足。
横空宿霭开，道林透晨旭。

（三）黄辅松涛

天风吼黄辅，陡起龙鳞舞。
奔浪欲凌霄，晴空拟雷雨。

（四）石牛雪嶂

十里瑶华岛，石牛眠古道。
耕云种玉多，误讶一时老。

（五）奎阁晨钟

高阁金声掷，梦惊江淹笔。
海鲸吼几回，催出东方白。

（六）溪桥晚钓

荻岸烟波晚，鱼梁霞霁烜。
归林鸟乱飞，钓叟浑忘返。

（七）钱镠斧迹

武萧声名赫，长山留斧迹。

千秋石上铭，讹道置州策。

（八）元度仙踪

水绕云崖麓，征君曾隐伏。

清风岩下过，百药群芳馥。

仙岩八景七言绝句

芗宇黄仙桂

（一）镜台秋月

明净如妆第一峰，镜中月下想山客。

仙娥写照秋光里，数朵烟鬟别样浓。

（二）道林旭日

皎如旭日道林红，中有黄人御晓风。

清气盘空鹿不染，鸟窠合住此山中。

（三）黄辅松涛

同人松下偶徘徊，忽骇涛声动地来。

黄辅闲游疑驾海，稔知随处有蓬莱。

（四）石牛雪嶂

石牛踞地势峥嵘，雪压一头花韵清。

白雪丽来随谱曲，应教牧笛更生情。

（五）奎阁晨钟

阁道高凌五色云，星分奎斗应天文。

钟声彻晓令人省，警众朝朝是大昕。

（六）溪桥晚钓

野桥垂钓夕阳天，一道溪光清且涟。

掌握丝纶吾辈事，得鱼知是应三鳣。

（七）钱镠斧迹

雄心何意劚云根，岩石偏留斧凿痕。

遗迹至今无剥蚀，重濠深堑共长存。

（八）元度仙踪

寄怀风月忆征君，试上仙岩证旧闻。

明月清风今视昔，思仙应亦阿仙群。

仙岩八景五言绝句

郁　灏

（一）镜台秋月

秋月何皎皎，一夜临镜台。

嫦娥窥对面，定有玉人来。

（二）道林旭日

我欲攀扶桑，坐看咸池浴。

回首道林红，晓霞拥晴旭。

（三）黄辅松涛

黄辅插天高，寒松郁怒涛。

清风回北干，猛助一声号。

（四）石牛雪嶂

一座琉璃屏，石牛新积雪。

牛眠冻不僵，光比峨眉洁。

（五）奎阁晨钟

惊破五更梦，奎光长亘天。

蒲牢且莫吼，鳌背日初圆。

（六）溪桥晚钓

持竿来溪桥，船傍桥椿欹。

钓得双鲤鱼，蓑衣浸明月。

（七）钱镠斧迹

盖世英雄气，长山斧迹留。

至今铁卷外，此石亦千秋。

（八）元度仙踪

欲问烧丹诀，仙踪何处寻。

清风与明月，犹见古人心。

仙岩八景七言绝句

楼羲亭

（一）镜台秋月

月证山兮山证容，相须名实镜台峰。

天生地负岩排列，万古千秋鉴毒龙。

（二）道林旭日

道林晨景别无论，水碧山青馥满村。

伫看朝霞红日上，一时蓬户尽朱门。

（三）黄辅松涛

亭亭古木接虹桥，黄辅松风气势骄。

莫谓涛头拟浙水，闲听胜似海门潮。

（四）石牛雪嶂

朱翁题迹记名留，大地行龙是石牛。
六出飞花散瑞际，银屏十里障东楼。

（五）奎阁晨钟

奂轮高阁近云峰，奎璧晨辉启肃恭。
野鸟村鸡浑不晓，声声啼杂五更钟。

（六）溪桥晚钓

丝纶斜挂夕阳烟，不羡鱼情不慕贤。
水色山光无限意，溪桥风景使人怜。

（七）钱镠斧迹

半壁乾坤几度秋，光华易逝水东流。
长山偶试挥君斧，片石无心迹自留。

（八）元度仙踪

昔年曾羡许君贤，今日依然疑待仙。
不是蓬莱情意浅，须知顽石本无缘。

仙岩八景诗跋

楼子棠

族叔祖晓亭公，余幼时所从学者也。及长，课读家塾，亦当亲诣受教。一日见案上有《仙岩八景诗》一帙，读之觉村居之胜，如在目前。因思萧邑向八景图载在志书，则此八景诗宁不可“光诸家乘”，以备一乡之形胜乎？适届纂谱，请付诸梓，族叔祖托言，藁犹未定辞之后，固请乃可。

和晓亭公仙岩八咏七律

楼泰钦

晓亭公，余叔祖太祖也。聪颖博洽，名冠一乡，当作仙岩八景诗，绮丽中更复庄雅，足为吾增胜。余读之再三，不禁诗兴勃发，爰不揣简陋，各赋一律，以和之。

（一）镜台秋月

南北名山号镜台，昔傅许氏炼丹来；
百年仙迹灵岩寄，万古秋光玉鉴开。
岫幌虚明供啸傲，冰盘皎洁净尘埃；
而今风景依然在，何事蓬莱五夜杯。

（二）道林旭日

万景清和当晓天，一轮旭日道林巅；
仙人掌拓铜盘丽，玉女妆开宝镜圆。
佳气渐升蓬岛上，红光远映绮楼前；
更欣村落溪山射，恍是桃源境裹仙。

（三）黄辅松涛

长松百尺接苍穹，黄辅山中翠郁葱；
影卷千旗天助阵，籁鸣万壑地回风。
家疑鹫岭潮声急，地讶瀛洲海浪洪；
响息更闻惊舞鹤，数声嘹唳上晴空。

（四）石牛雪嶂

骑驴宁事灞桥游，六出雯花罩石牛；
十里蜿蜒银屏障，千寻峭拔玉峰头。

峦存枯木琼花发，日照层岩瀑水流；
若使当年来郑綮，定多佳句到今留。

（五）奎阁晨钟

唱罢晨鸡漏五更，层楼远远渡钟声；
巍凌奎阁环州水，猛吼蒲牢彻太清。
十里春声山谷应，四时浏滨梦魂惊；
村村士女催三点，疑是景阳宫里鸣。

（六）溪桥晚钓

清溪一带水迢迢，日日儿童钓晚桥；
短笛吹归名利客，夕阳唱落太平谣。
三秋晚景元真赋，一幅渔图摩诘描；
最爱垂竿当二月，两边杨柳拂千条。

（七）钱镠斧迹

昔传武肃破巢兵，州口巉岩欲屯营；
千载斧痕留古迹，百年霸略震雄名。
山林尚带戈予气，涧水犹存鼓角声；
莫怪当年崖石脆，故知此后自承平。

（八）元度仙迹

怪石嵯峨不计年，昔从羽客赠名仙；
人非因石千秋着，石自因人万古传。
突屼诚夸天地造，玲珑不籍匠人镌；
许君今日身虽往，古迹依然立水边。

仙岩八景七律

郑轩 汪煜

仙岩八景诗小引

仙岩，萧然之名区也。先大人曾有《八景咏》载于谱。读之清新俊逸，眉宇飞扬。湘自揣凡庸不克，抑承堂构。因采同人杰作，编列于后。用光仙岩之胜，以继先人之志云。

（一）镜台秋月

一轮皓月出岩隈，宛似圆规架镜台；
万古风磨明不晦，千秋露洗净无埃。
银河星淡冰壶朗，霄汉云清宝鉴开；
此地谁家吹玉笛，倚楼延伫几徘徊。

（二）道林旭日

炎炎羲驭欲升东，离岫量来约半弓；
云阵荡开千里君，日华捧出一轮红。
辉腾佛髻光才露，焰烁仙鬟火未融；
最爱朱帘添丽景，当窗晴旭上曈昽。

（三）黄辅松涛

闻说岭松干不挠，风行松际即呼号；
封姨贯作千林响，少女潜吹万树涛。
怒气遥连江水急，迟声误认海门高；
谁知天籁青音发，静看烟浓翠一篙。

（四）石牛雪嶂

一夜玉龙斗石牛，纷纷鳞甲坠山头；

琼峦白战瑶华月，银障光摇翡翠楼。

云母屏开冰岜晚，梅花图展玉峰遒；

跨驴披氅过桥北，吟咏逍遥豁睡眸。

（五）奎阁晨钟

朱帘书栋带霜浓，奎阁何人击曙钟；

声振前溪连晓杵，音沉远渚答晨舂。

五更鼓破云三里，万户惊残树几重；

听罢天明连步上，龙门独立数青峰。

（六）溪桥晚钓

数声渔笛晚凉天，投钓溪桥玩石泉；

小笠润沾红杏雨，修竿轻拂绿杨烟。

风喧雁齿波千项，叶落渔梁翠一川；

日暮纶收人已去，山青树碧更苍然。

（七）钱镠斧迹

昔开武肃驻长山，片石曾留斧迹斑；

星质潜亏青几缕，云根微破翠千般。

纵横劈处痕如裂，曲屈破来势正弯；

八百余年遗迹在，风霜剥蚀自斒斓。

（八）元度仙迹

仙岩本是洞仙游，仙去岩空石自留；

破寺三间成古迹，敝庐半亩已荒丘。

松阴日落空坛静，苔磴云封小座幽；

元度于今何处问，奇峰壁立在滩头。

《富春东楼氏宗谱》（2007）

板村八景诗

袁去吝

舒岭含珠

扪壁寻溪径转涂，僧钟响彻五更苏。
案前衹有经翻读，曾识骊珠可探无。

葛溪铺炼

葛水波涛带皱文，行人舟渡问东君。
谁云此有支矶石，织女恁何浣白云。

峭峰插汉

超然独岫插云霄，秀拥西山爽气朝。
丹水一泓金鲤跃，乔松翠柏静尘嚣。

天井凌云

峭壁巉岩碧坞东，遥临石佛傍仙宫。
佛偕仙子骑鲸过，笑对乾坤指顾中。

龙冈卧波

不跃不飞不在田，却嫌亢悔抱珠眠。
数峰云蔽浑成雨，一片溪水疑是渊。

虎岫蹲踞

出岫离云壮气雄，眈眈虎视逐群空。
闲时欲啸声长寂，踞坐山旁待谷风。

马鞍列翠

山色葱菁秀可餐，里余洗马尚留滩。
汉阳伯氏今犹在，得意群空岂掷鞍。

鸟石攒奇

岩岩乌石欲何依，得有南宫拜者几。
最爱涛声清俗耳，还将山色浣尘衣。

板村十景诗

舒潭　尹

龙　门

天门龙跃杳无踪，剩有苍苍夹道松。
缓步欲寻潜见处，传闻只在此中逢。

虎　山

何山无虎独留形，应是山神钟气灵。
莫讶频来思饮羽，岐嶷直欲效藩屏。

崤　峰

仙风遗泽在山巅，仙去名留古洞天。
僧老不知红日麓，客来高枕尚安眠。

石　壁

石峭枯枝挂薜萝，高低影落在平波。
登临一眺千山近，绘得图来又若何。

珠　潭

不须明月漾溪端，自有精光露急湍。
夜半行人疑照乘，谁知媚色在深潭。

凤　岭

疏桐劲竹始舒翎，何日来仪剩是形。
五采未施甘淡泊，斯山应得有斯灵。

龙　洞

潜龙自昔已飞天，洞外空余一碧泉。
洗却凡尘俱脱颖，老僧何事学参禅。

鸡　石

一禽独立翠翎生，怪石磷磷得美名。
隔水烟村多蚤起，那知寂寂杳无声。

佛　岭

岭头号佛佛无形，塔傍孤松俨有灵。
几片慈云常捧日，林中何处不攸宁。

神　山

山灵呵禁恰如关，自有神来护此山。
毕竟柯公曾说法，元机一点石非顽。

板村十景并引

陆佩经

舒潭老人《新登板村十咏》，体律高古，寄意深远。讽吟反复，不觉向往。乃援其题，而赋十绝焉。

龙　门

路转山回又一村，白云深处是龙门。
葱茏嘉木横披岭，化作涛声万马奔。

虎　山

巍峙空间似虎形，眈眈雄视啸人醒。
山川原有钟灵气，肯向吾庐作画屏。

峭　峰

耸立苍穹万丈高，众山不敢逞英豪。

冈峦翠滴云飞树，霁月光风地不嘈。

石　壁

怪石峋嶙出翠翘，薛萝倒挂任风摇。

山光一片留人住，好鸟声声慰寂寥。

朱　潭

白炼潆洄湍急流，绿杨阴里泛扁舟。

临渊莫作徒空羡，钓罢归来月一钩。

凤　岭

运际尧天彩凤仪，地灵人杰两称宜。

于今只有萧萧木，不见当年处士基。

（昔有处士孙清隐居于此。）

龙　洞

潜龙飞去是何年，今日空留石窟全。

为济苍生施雨露，嘘云亭外水涟涟。

（嘘云亭，在蜕龙洞下。亭下有池一口，号“濯龙池”。）

鸡　石

顽石由来未点头，鸡形维肖立平畴。

待时是应如雌伏，得意何须唱晓筹。

佛　岭

此岭何为以佛名，铜神出土瑞祥呈。

青松夹道千重翠，山色空蒙草色荣。

（开通之岭时得铜佛一尊，故名。）

神　山

贪看景色且凭栏，遥对神山心地宽。

故老犹传风韵事，夜深篝火觅今丸。

（每逢夏天，神山深林中有灯火隐约，传为毛将军寻弹。）

《东安闻氏宗谱》（2006）

施公山八景诗

清・黄涤源

施公胜境

卜宅高岑地势崇，施公名胜古称雄。

凭栏远眺心怀广，四面群峰一望中。

灵峰挺秀

门对灵山第一峰，崔巍高拱瑞光浓。

出云降雨恐常事，永毓人间秀气钟。

平石异迹

磷磷怪石似旗枰，一片铺来甚坦平。

坐可百人凭玩赏，问谁盟订结三生。

跌水瀑布

宅前小涧曲斜流，激石潺潺味未休。

若得三春红雨降，桃花渡暖涌山湫。

茶清春景

龙团初长冷春和。雀舌萌芽绿影多。

携掇盈筐新曲唱，隔岸犹聆采茶歌。

横坑夕照

横坑春景斗芳菲，漠漠青田玉鹭飞。

渐看暮烟村舍起，樵歌一曲趁斜晖。

碧莲烟锁

一朵红莲透碧天，山中寂静锁青烟。
林间古寺云封暗，空叫枝头噪暮蝉。

龙泉古庵

一泓碧水号龙泉，另外茅庵别有天。
暮鼓晨钟声度远，骚人惊起咏诗篇。

船形四景诗

清·黄步瞻

东山晓月

灵钟维岳媲龟蒙，每见羲轮破晓红。
阳德方升东盖运，烛龙初照海云空。
缘知世世多安石，自可人人学少通。
更卜他年金玉出，长随赤曜丽天中。

跌水春耕

最喜春深农事至，飞流直下满前川。
琼珠万斛林端泻，碧玉千尺石窦悬。
落马桥边忙课雨，安龙岗下庆丰年。
曾将厚德留方寸，世业须数亘古传。

湖源瀑布

何处飞泉喷玉流，湖源出没几千秋。
遥闻碧练兮天汉，近挹清波泛小邱。
空洞无涯云锦阔，寒潭彻底剑光浮。
且看万派朝宗日，莫使狂澜纵未休。

大岑松涛

郁郁长松栽绝顶，风翻鳞角动潮声。
波沧远似昆仑落，巨浸疑从弱海生。
月白影摇惊野鹤，林深籁发应川鲸。
而今历尽冰霜节，会见三公变里成。

又

新增船形四景诗

东山晓日

五更漏尽色蒙蒙，蓦见东山旭日红。
天际金乌才出谷，帽头野马始引空。
丁香树里朝烟锁，檑鼓岩端爽气通。
着屐登临同谢客，舒啸兴寄画图中。

跌水春耕

记得春来耕跌水，水田漠漠似平川。
扶犁陇口弹琴急，驱犊岩头牧笛悬。
望杏瞻蒲普此日，迓猫祀虎祝其年。
灵山庙外秧针绿，布谷声中蛙彭传。

湖源瀑布

雅爱湖源活水流，罗罗似布瀑春秋。
鱼梭织就翻幽壑，柳线缝成落远邱。
一幅漂来波縠结，几围滴处符丝浮。
庐山面月疑相幻，逝者如斯何日休。

大岑松涛

大岑亭迸松郁茂，风声浩荡似朝声。

忽闻山顶狂飓急，误听江头巨浪生。
响彻林中惊宿鹤，喧流溪上震潜鲸。
顿作龙吟龙鳞远，惹得诗人逸颔成。

《桐新黄氏宗谱》(1905)

长盘八景诗

长盘胜概

龙吟虎啸凤鸣冈，瑞气盈盈地脉昌。
四面环山山尽好，一湾流水水皆香。
疏疏竹影人思谢，郁郁槐阴德美王。
燕翼箕裘留奕祺，钟灵毓秀焕文章。

释子呈祥

山岗释子拥东方，两晋风流佛国藏。
到眼云峦成大地，满肩经卷忆归装。
苍松挂月峰皆秀，翠竹移云水有光。
鸿爪雪泥留此处，高人踪迹本无常。

云山春色

翘望云山色色新，苍松翠柏植来匀。
玲珑石齿元章拜，缥缈岩头子晋巡。
锦绣丛中夸美景，琉璃瓶内贮良辰。
诗人妙笔难描尽，策杖还来太古民。

陇亩秋登

半亩登来陇上盈，秋收仓积屡丰情。
丁男雁户村村接，子妇鳞塍处处盟。
北畈农人歌大有，西畴处士乐升平。

云留露宿堆千万，众鸟嘤嘤傍树鸣。

石佛虎啸

石佛岩头景色新，满山苍翠绝织尘。
光仪赫赫凌南极，气象巍巍近北辰。
天外高峰惊俗客，林中秀色动幽人。
雄威丕振风从虎，万物森森一片春。

大雷龙吟

岩岩石齿斫方新，万仞峰峦万象春。
嘹亮风声听去好，溟蒙云气望来真。
欲从霄汉长嘘气，且向林峦暂隐身。
伫看飞腾天路回，也应惊动世间人。

西池鱼跃

鱼跃春流晓色联，西池绿水水连天。
风吹江海澄明月，树映楼台引碧泉。
锦浪织来曾北渚，银梭抛去又东川。
波光云影看难尽，一片灵机在目前。

东槐鸟鸣

槐院森森厥木乔，庭前鸣鸟韵和嘹。
浓阴树树桃偕李，翠管声声笛与箫。
听到山鸡音未熟，驯来鹦鹉舌初调。
庄村妙理难言尽，彳亍林间看碧霄。

官塘八景诗

松葛遥环

衷　海

松水在官塘之东，葛水在官塘之西，遥环曲抱，隐隐在望焉。

东洲门户是官塘，地势崇隆冠一乡。
松水东环遗泽远，葛溪西绕溯流长。
激湍声浪催昏暮，夹岸烟霞锁绿杨。
信步登高前后望，潆洄曲折九回肠。

官塘鱼跃

百　赓

官塘在城北五里，面广而水深，常有游鱼跃其中，行人每顾而乐之。

浪静波平里，游鳞更自如。
官留行政绩，塘跃化龙鱼。
作势新莲动，腾空暖气嘘。
天机殊活泼，可爱太原居。

迦亭望雨

衷　海

迦亭系“落迦亭”之简称，昔称“骆家亭”。内有凤山庵，庵有观音佛。每当盛夏，赤日中黑云四起，雷声隆隆，农人恒集此望雨。雨至，辄手舞足蹈，咸称“菩萨灵光”，状殊有趣。

官塘村里落迦亭，南北东西路必经。
久仰慈云双眼赤，才过喜雨万山清。
丹田种下菩提树，膏泽施来杨柳瓶。
望岁情殷天感应，桑麻鸡犬庆安宁。

马公晚景

马公，山名，系王宅朝山，其顶峰为玄母山。

青山最爱夕阳时，屏挂村前晚景奇。
玄母有因工粉黛，马公何事点胭脂。
画中返照呈苍翠，镜里斜晖映淑姿。
牛背牧童频仰望，登楼不舍下书帷。

雨夜鸣琴

百　赓

王宅后山有两石涧，每至春夏，山洪陡发时，水声潺湲如操琴焉。人籁净而天籁呈，真一无形佳景也。

雨夜飞崖瀑，天然万古琴。
声声皆入调，个个似知音。
点滴檐前响，潺湲梦里侵。
抑扬分缓急，谁与伴清吟。

大雷钟瑞

大雷山本不甚高，邑志载：“顶有龙塘，在村之西北三里许，为全县中支主山。”

大雷多瑞气，灵秀四时钟。
春老群芳茂，年丰晓露浓。
盛名登邑志，厚贶祝华封。
致雨无他术，龙塘位顶峰。

雪山遥翠

衷　海

云山有上下两峰，高峙村之东北。凭栏遥瞩，罗列眼帘，是亦有吟咏之必要者。

云山色相本难言，输送频频翠满轩。
绝顶远朝千百户，轻烟环锁两三村。
霏开绿树犹如画，日暮红霞返射门。

隐现高低靡有定，晦明风雨不须论。

石盘拱秀

石盘山，志称“石佛”，俗称“石盘”，在村北十里。堪舆家以其秀色可餐，谓为近地“文笔峰”。

高峰耸立石擎天，秀气盘旋色色鲜。
面拱每惭无匹敌，背行犹觉有余妍。
雨呈碧影晴苍翠，晓带青霞暮紫烟。
何日登临文笔顶，谅来风月定无边。

《东安王氏宗谱》（2004）

村居四景诗

潘英彩臣氏

月山涌翠

月山耸秀傍垂杨，月色山光两适当。
山气静涵山月上，月轮斜傍月山凉。

青山回胜

青山石壁镇长空，气象嵯峨万仞雄。
几簇茅檐疏树里，炊烟斜袅翠微中。

小亭醉月

随时草色侵亭绿，得意山光入座幽。
几度携樽频醉月，令人临去又勾留。

前山积雪

呵成秃笔草成诗，兀坐寒檠读系辞。
不信门前三尺雪，卷帘山色白于丝。

词二首

夜雪不寐（调寄南乡子）

天吹万有声，衾铁棱棱近五更。香炉灯昏吟未稳，凄清。重整银缸照素心。推窗霍羽凝，恼得梅花睡不成。我恋梅花花恋我，衷情。起看南屏雪满身。

雪夜修谱（调寄一剪梅）

寒宵闲恨谱成迟。天色凄其，夜色迷离。最难禁受酒醒时，红是烧枝，白是花枝。高步云端力不支。人说侬痴，侬说谁痴？冰花开偏笔尖儿，侬待相思，酒解相思。

新增翁氏村居八景诗

清·钟立廷

三峰耸秀

翁氏村后坐山有三峰，高插云汉，若巨障然。古称“华岳三峰”，此其具体云。

晴岚突兀俯幽居，插汉菱霄体势舒。
欲倩倪迂新作画，转疑迁史书藏书。
鱼鳞一带晨炊后，螺黛千重月上初。
蜡屐扶藜登绝顶，此中应有羽人庐。

一水环青

翁氏村前为“翁家坂”，高原下隰若龙鳞然。其西北两面，筑堤环之。堤外为天溪，堤内为曲涧，萦青漾碧，真胜概也。

谁将流水作长虹，家住溪流东复东。
初夏静涵畦稻绿，深秋低衬陇云红。

邻翁汲取醅村酿，牧竖闲来捧钓筒。

廉让之闲应似此，倩谁摹向画图中。

云碓鸣春

坂中因溪流造水碓一区，每当月落参横，碓声不绝，昔日诗云："云碓无人水自春。"又云："碓喧春涧满。"此殆遗制欤。

一声缒了一声通，断续声随断续风。

怒吼惊涛飞霹雳，平吞流水卷长空。

野翁趁雨磨新麦，磕妇穿云簸晚菘。

刚道春来春又去，稻花开满碧塍东。

溪桥步月

村居溪之东，其支流出白峰山者曰"干溪"。溪上架石，以通往来，曰"干桥"，是为临新之冲。蟾魄当空，虹腰堕水，此景尤清绝云。

是谁驱石赴溪浔，半绕村居半入林。

蜡屐冷兼霜影度，芒鞋泾趁藓痕侵。

天空雅称倚楼笛，夜半犹闻隔岸碪。

刚值邻翁酤饮罢，两三灯火碧沉沉。

老亭晚眺

村南为翁姓宗祠，环以曲涧，度涧益南，林樾佳胜处，为老亭旧址，今圯。

何年此处刱游拦，傍晚登临眼界宽。

俯瞩晴霞临水艳，回看初月山云寒。

良朋把臂欣倾盖，旧雨联吟替筑坛。

亦有耕夫偕饷妇，松花石菌竞加餐。

萧寺晨钟

违村半里许，曰"积庆庵"，境颇幽邃。庵之僧率古朴，如间云野鹤。每当鸡鸣欲曙，霜鲸怒吼，良足发人深省云。

霜天何处吼蒲牢，响逐霜风韵转高。

一枕游仙围竹屋，四山梵呗杂松涛。
羿苏梦鹤情弥淡，祖逖闻鸡气倍豪。
应有壮怀飞不去，自烧残烛读《离骚》。

赤坞西撑

村西北约三里许，曰“赤岸坞”。其上为月和山，顶有元帝庙，是为县治发祥之所。撑拄霄汉，观者拟诸天台、雁荡云。

遥看片影罨苍苔，知是云回是雁回。
六甲书迷尸解处，五丁力辟讲经台。
茶烟扬入碧空远，泉乳澌随丹嶂来。
天表奇峰恢眼界，公兴欲赋愧非才。

青山南峙

青山，为何阜总水口，而翁氏下杨村，尤赖青山为障蔽。登高望之，隐然如大环。于此见造物之布置，有迥出人意外者，岂独一青山然哉？

离龙坎虎巧安排，龙首高撑碧嶂开。
出峡水随崖石转，沿溪絮逐岭云回。
松篁影里新渔舍，杨柳阴中旧讲台。
合与君家作屏障，烟霞深处小蓬莱。

翁氏村居四咏

沈　厚效元氏

月山凌霄

月山村，西北隅之最高者，相去约六七里许，上有元帝庙。明乡宦方双江微时读书于此。

疑是姮娥亦爱山，危峰兀立广寒间。
明皇纵极宸游乐，未及幽人蜡屐闲。

皐川浸月

村前一水环绕，上自三口，下至青山，皆名“皐水”。

平波千顷绝无湍，水浸冰轮素影寒。
应是蟾宫怜皎洁，洗清玉骨耐人看。

白峰修竹

地在村东隅，乃临新分界处。离村不过四五里，其地多生修竹。

寂寞荒岩未见优，只须有竹便为幽。
修篁莫笑无知己，今日歌吟即子猷。

青山疏钟

村东南山，跂望所及，系何皐水口，至今有庵存焉。

禅关不锁济人行，郄傍青山绿水滨。
一扣晨钟宜唤醒，众生何事尚迷津。

《东安翁氏宗谱》（2004）

长春八景诗

应　翀

章氏族居西山，合流环其前，屏嶂拱其左右。勺水卷石，靡不堪入画图。而先世祖辈情深耽翫，瞻眺日久。得其详细，就中摘其尤佳者，列名标目，约略有八题之，曰《长春八景》。范围俱在一里之内，唯《晓钟》一景差遥数里。盖此不耽其色，仅聆其声。声则虽远，亦届名目沿传永久。刑部襟川公洎一二文学士，向有题咏。但诗词彙载谱趾，因乱怀出湿菌汗蒸，竟成剥落。兹翀修谱，族辈思嗣祖徽音，敲韵补登失和。玉续碔砆，贻诮大雅，然亦庶几不泯其八景标题云尔。

驼峰积雪

万仞危峦接上穹，横空屯絮护严冬。

暄和结衬银光碧，风凛坚凝玉质容。
报道枚英园似弹，谁知青女更添封。
鸠鸣羽拂归来候，好卸瑶鞍紫背峰。

横塘薄雾

似云疑雨树梢迷，塘畔莺声不见飞。
曙色洞中魂耿耿，碧澄镜外妬霏霏。
分明朝跻牵鸥梦，岂是浓阴隐豹仪。
倏忽晴空天气好，仍前去就莫相疑。

西山松涛

碌碌浮沉泣未休，西山何似又惊秋。
松舟尽兴淇泉客，虬干安从陇上游。
几度崴寒心欲冷，一声波动意增愁。
寄语东君须少憩，漫将叠浪送荒垢。

鸡岩夕照

岩何有鸡岩似鸡，弗借蒙茸作羽衣。
傲骨甘随寒士冷，幽情宁把故园移。
飡风宿露犹堪赏，鹤唳猿啼已半非。
日卧斜晖晨未及，千家烟火尽柴扉。

桐坞归云

行吟谷口日西斜，一片行云傍晚霞。
驱犊儿童忙下策，衔山樵叟且还家。
归思弗早疑何晚，去意沉流恨转赊。
绮縠汉章妆拾起，麓林依旧有光华。

双溪漾月

素华倒影静徘徊，怪道交源换玉杯。
非耐逢迎相上下，祇绿境界恁倾颓。

波光潋滟分还合，寒魄依稀去复来。
莫怨东君无定主，行吟浩叹赋西归。

禅寂晓钟

寂寂禅门晓闹钟，曾闻遥韵果哙呟。
日前无路寻先刹，草舍烟浓野径通。
枕畔初回送逸响，芸窻寒咽五更风。
半间茅屋还如磬，却忆当年兜率宫。

庙潭金槛

穷煞朱门富属僧，庙潭复尔嵌金楞。
鹗情时觑难濡足，鲸性垂涎未许吞。
波底虽严清净界，光华胥是厌长贫。
假饶化作囊中物，宁彀而今寇与征。

又

其 萼

驼峰积雪

风沙白战时，旭海听水澌。
摇落山容瘦，喜微日影迟。
寒深堆玉重，暖小白眠痴。
待得驼鞍卸，梅花绽满枝。

横塘薄雾

凝素几重重，空山月色封。
鸟翻惊扑雪，人人讶迷踪。
散去飞泉润，收来细雨蒙。
横塘千尺草，茎茎碧珠萦。

西山松涛

山松幽以清，忽忽作严声。
万马奔林疾，千峰过雨轻。
枕边惊水石，江畔倚檐楹。
惟有竹炉火，风涛相和鸣。

鸡岩夕照

引颈东阿立，飞鹄杳不闻。
渴来千涧雨，饥罢半岩云。
白影林柯乱，寒光肌骨清。
西山看咫尺，斜照共氤氲。

桐坞归云

日落桐庄静，山空暮气森。
孤云方在望，似骛去何心。
知足全生事，归与寄啸吟。
东风如有意，相送人岩深。

双溪漾月

欲泛双槎问，盈盈素魄逢。
水天一色共，上下两园重。
犀火惊妖马，晶盘走卧龙。
浩波留不去，相看总溶溶。

禅寂晓钟

禅寂梵王宅，鲸音出上方。
偶来喧净土，随意过僧房。
有月声还澈，无风响自忙。
回思兵火后，此地已沧桑。

庙潭金槛

金影落寒涧，朱云若可搴。

妆成分地后，幻化有潭先。

廉士泉羞酌，贪夫石也涎。

天功与地力，穷极几回旋。

前《长春八景》，翀疑《庙潭金栏》《横塘薄雾》似乎勉强。及询之希靖，果然二景乃传讹也。其所记八景：

驼峰积雪　双溪漾月　寂寂晓钟　西山松涛

鸡岩夕照　狮岭归牧　桐冈晚樵　中沙落雁

续增长春四景诗

觉　先

章台烟雨

以其与镜台山遥对，亦号妆台。

风月从来闺阁数，妆台何以来烟雨。

四林淅沥发秋声，满坞混茫晦我堵。

树癖寒凝啼鸟稀，径苔滑重征夫堵。

闭门惟见古人多，读罢呼童烹石乳。

狮峦远翠

削壁惊空人绝足，阴翳是处间岩屋。

朦朦古干夺天青，隐隐柔枝欺水绿。

雨后岚回极目初，晨开日淡凝眸独。

无情颜色人情深，猛欲飞身游豕鹿。

龙耳宿鹭

岂其出岫万端云，或者空飘千点雪。
疏缀林中揉碎青，密排树上堆全洁。
晚来反照耀银辉，晓起烟笼苍玉屑。
扫石科头独对深，尘乎仙也应难别。

石牙钓矶

天然闲个垂纶处，只少严光容箕踞。
怪石呼群欲绝流，奇泓破格思前去。
踪分细涧乱飘丝，势涌危坎空撒絮。
骤听几令耳废聪，熟闻自觉身忘虑。

又

其萼

章台烟雨

只是山溪足画图，何堪走马掉珊瑚。
杉松亦自参杨柳，鸟鹊常看引鹧鸪。
烟拖白练疑妆粉，雨沃平田俨镜湖。
辋川未必能多胜，可惜王维妙手无。

狮峦远翠

洪蒙力士凿金牛，欹仄翘观不可留。
古有仙翁遗灶火，唐曾名咏寄风流。
纷红缤绿遥偏韵，莺语鸠呼远更幽。
山水错综疑径尽，桃源何复有林邱。

龙耳宿鹭

穿篱巧穴缀先莹，龙角哙呟动晓风。

一片平林楸树绿，几行素羽借枝丰。
星前近睇瑶团洁，雨后遥观玉垒莹。
窥鱼似欲盈盈下，景在溪流隔水东。

石牙钓矶

水落平沙势展帘，石尖张齿立森严。
嚼残玉屑分丝细，咬碎朱霏散点圆。
鱼头嘘沫游清渚，翁脚蹒跚钩好渊。
天工幻就深幽境，赢得游人杂踏看。

又

应　翀

章台烟雨

平彝山半谢公墩，挟雾栖烟带两浑。
柳浪迷蒙封鸟道，草情欣悦没云根。
风旛不辨林间寺，私语犹闻花外村。
只恐刘郎今度至，也应难觅旧时津。

狮峦远翠

群峦拥出碧模糊，蹲踞狻猊不可驱。
冬雪掩真何粉傅，春花染色邓丹涂。
将毵拂髫初晴候，欲谱文眉方晓图。
更倩愚公移较近，凭栏终日面蓬壶。

龙耳宿鹭

墓木山头黐翠华，春来点点落枝桠。
鱼梁久立陪孤鹜，荷畔初归带暮鸦。
雨过苍峦飘鹤氅，月临碧树照梨花。

依稀栈道凌空架，素服三军出汉家。

石牙钓矶

孤危特立骨生寒，不与流沙一例可。

趺坐堪伸严子足，俯窥欲下任公竿。

苔浇细雨纶丝湿，坐点飞花石面丹。

最是峥嵘能砥柱，羞将荏苒逐狂澜。

附补《长春八景》

绂

吾乡景色绝佳，尝其人自为题。然而山前水后，树木畅茂，陂陵崇险。自有真意，无事勉强，故于前人之命名者删之。遭丧乱、弛禅寂，钟云乎哉，声云乎哉，则去之《石牙钓矶》，曰“石”，曰“牙”，曰“矶”，三字重养，则改之。前之人，旁搜杂出，不无恕心，宜定于八。后之人，时移世殊，忘自来矣。不没前徽，亡宜增补，又当示以“八词”，不为工俾得稽古。

西山松涛

夜半涛声落，飞泉出大陵。

空虚人影瘦，飒飒对寒灯。

双溪漾月

月向天心去，双溪夹影征。

不堪持赠尔，有意到柴屏。

桐坞归云

山势有层岚，归云数不穷。

云凝蒙老眼，水落浸新踪。

章台烟雨

离却前村路，台高思不穷。

浮岚兼远陌，骤雨落长桐。

狮岭归牧

牧路深崖逼，狮峦落日悠。

大牛寻水去，小犊入林求。

中沙落雁

雁落浮空至，携琴坐水涯。

远来悲故国，秋意落平沙。

驼峰积雪

彐久易于积，苍茫山势崇。

行人愁滑道，白鸟入其中。

中流钓矶

拳石磋礁击，予将作钓矶。

涨来衣不染，流急魄为随。

又

应 翀

驼峰积雪

雪霁千山洗，驼峰独耐凉。

积威风竖镞，厚力月兼霜。

浓处排全练，稀时卧点羊。

天然秦岭布，何处可徜徉。

横塘薄雾

峰峰续欲断，树树有还无。

晴气时兼雨，朝容却带晡。
妙将水墨手，快取雪笺图。
满目苍茫趣，令人不可沽。

西山松涛

山外钱江远，怒涛何处填。
骤奔铁骑万，线佩玉珂千。
初听幽生雨，转疑动发泉。
缘知风有力，徘徊在树边。

鸡岩夕照

鸡岩原有白，夕照始生形。
映竹疑斑羽，浮云俨染翎。
忽然禽影过，幻有翰痕停。
起舞虽无助，怡情应有灵。

桐坞归云

云如倦游客，次第尽归山。
树下陈君榻，岩开杜子关。
或随风作伴，时与鸟为班。
缨渺深林处，悠然若可扳。

双溪漾月

千古一轮月，于溪分得之。
参差双着眼，同异两般窥。
浅急金揉碎，深澄镜漾曦。
临涯如对友，恋恋自归迟。

禅寂晓钟

梦回身若寄，籁寂境还无。
蓦地鲸音发，提撕入耳呼。

忘机混舜跖，回念到皇初。
一种清虚界，如何笔可图。

庙潭金槛

不仰富家鼻，胡然金槛横。
日临疾电闪，风动乱星倾。
湍急光仍泛，潭深影愈澄。
贪夫若过此，两眼一时清。

西山松涛

屋畔重阴徒，长飚依树吟。
骤鸣裂石笛，徐奏响泉琴。
春半风节粉，更残月卷金。
小童却扇立，侧听拂茶音。

横塘薄雾

谁把吴门练，横拖水面低。
石崇侈富障，陈涉揭竿旗。
花影鱼惊杳，香巢翠望迷。
须臾收拾去，星斗满瑶池。

禅寂晓钟

僧钟遥十里，不隔水声潺。
拊急开心镜，音洪觉梦关。
马头分野渡，猿啸接空山。
攘攘胡为者，浮名未许闲。

双溪漾月

天孙遗宝镜，褶绉水桥涯。
雁宿金蟆背，鱼吞桂殿花。
波心跳玉兔，水面走银蛇。

莫道骊龙睡，颔珠方攫拿。

鸡岩夕照

一片嶙峋石，山梁故所依。

瀑泉供饮啄，萝茑絷翚飞。

日斜形神现，霞流羽翼晖。

艾张随地设，不蹈自忘机。

桐坞归云

山腰浮练白，纷郁可移人。

带湿千峰雨，浮香四岭春。

霞烘红袖举，风搅素纱新。

出岫方摇曳，轻闲又复真。

庙潭金槛

界断临溪石，东西一线长。

鱼回疑设枕，蛙怒欲跳梁。

时少朱云折，惟多郭况藏。

练就真紫赤，何事逐青黄。

驼峰积雪

滕六孤峦驾，连钱贴满身。

饥人惊聚米，廉士恶堆银。

磨日嶙瑶鸟，批霜冻玉尘。

由来知伏脉，素影到双津。

又

绂

吾族世居西山双溪，合锦千嶂拥螺，举目所及，皆堪画图。置身其中，不异桃源矣。先世文人眺咏翫索，摘其景之尤者而名之曰“长春八景”，向贞夫公及云翼、子萼诸族祖均有题咏。因兵燹佚，绂不揣固陋，勉成俚句，姑存其名，以俟来者。

驼峰积雪

霁后仍虚白，寒峰积素多。

终难成玉马，犹得并铜驼。

看竹应无履，寻梅岂用蓑。

山村迴地轴，玉垒欝嵯峨。

前　题

绪

雪霁驼峰第几重，春深犹自白云封。

招摇玉马陈还未，睥睨金羊似有踪。

风信罗浮梅是障，月来姑射玉为容。

祇令地轴山枢转，银节光开瑞气浓。

前　题

綎

紫背明驼驾玉鞍，非圭非璧失巑岏。

枯梅尚讶先春信，野鹤犹惊此地寒。

冷絮烟铺樵唱滑，轻花风逐鸟啼残。

几回乘兴携双屐，未若登楼对酒看。

双溪漾月

绂

杖策看明月，双流到处逢。

一轮偏点点，二水自重重。

合浦还皆好，江皋兴倍浓。

余光犹不斳，分照阆溪春。

前 题

绪

谩道天空问月孤，秋来偏有大源殊。
忽沉二水陈郎镜，似弄双流汉女珠。
相望从鳞争玉魄，平分皎洁映冰壶。
可知蕞尔山溪景，钟得韦家老蚌无。

前 题

綖

潺潺双涧合东流，月涨从潭一镜留。
漾出金轮长不夜，平分素魄最宜秋。
溪边野菊沉金盏，石穴嘉鱼避玉钩。
不用虹桥三万丈，此身翻入广寒游。

桐坞归云

绂

人岫飘飘上，归岩阵阵妍。
川盈元似雾，谷暗却非烟。
顿觉山村失，还看溪壑连。
坞中常五色，不羡泰山巅。

前 题

绪

缥缈峰头起夕阴，归云谷口瑞烟深。
非关干吕凝新障，祇是随风拥故林。
岩际绿沉犹有象，坞边合沓总无心。
谩云人岫终成窟，觞石崇朝便作霖。

前　题

缍

峻岭穷岩任意飞，谩投深坞作皈依。
方期出岫成三双，争奈还山合四围。
对使不堪留客赠，无心谁道惹僧衣。
纷纷郁郁何时定，扶杖闲看归未归。

横塘薄雾

绪

洞壑依稀合，寒塘咫尺迷。
带烟飘更密，拂水润还齐。
似得游蛇术，悬知隐豹栖。
霏微当暝色，三里白云低。

前　题

绂

晓可横塘暗不开，空蒙薄雾四山围。
就中隐逸方藏拙，望里飞腾莫浪猜。
三里谩成回日市，半空隐似避风台。
但教呼吸称能事，便是为霖作雨才。

前　题

綎

山势环村村绕溪，横塘一望尽迷离。
似烟非烟来脉脉，欲雨未雨何迟迟。
阵里鸿飞惊欲折，围中峦影暗无奇。
空林仿佛平如砥，正属丹岩隐豹时。

西山松涛

绂

西山夜气清，偃盖征涛声。

云影谁为劲，寒空莫与争。

赏心千尺上，幽韵一时生。

但得金风送，溪流相和鸣。

前　题

绪

龙鳞抱负几年来，西岭先人手自栽。

瑟瑟秋声千尺上，潇潇寒雨半空回。

无端自鼓山中浪，蓦聪遥闻月下雷。

每到赏心思肯构，悬知独有大夫才。

前　题

綖

西山佳气日氤氲，百树支离顶拂云。

的的悬针承沆瀣，重重华盖走砏磤。

龙鳞呼吸将凌汉，马鬣纵横欲破群。

深夜重楼尘榻稳，每惊清梦几回闻。

庙潭金槛

绂

曾说如来幻，空潭亦布金。

纵非高邑色，却是榖成阴。

云浪终难没，云根讵久沉。

山庄有贫者，点石待慈心。

前 题

绪

楼阁何能见道丰，布金潭底证玄踪。
云根破浪心为赤，地肺成丹骨尚封。
穿凿未能通紫海，横陈却是锁文峰。
不须雕刻为鲸状，已是年年盘石宗。

前 题

綎

雨溪清浊何年合，石槛冲波势未降。
锦帐翻空飞匹练，巨鳌截锁作长矼。
猿悲巫峡今来一，鱼厄龙门可并双。
闻道夜深秋雨涨，狂澜劲骨自淙淙。

禅寂晓钟

绂

闻道空门晓，钟声出远林。
缐能遗世表，早已度溪深。
气爽鸣还彻，烟埋响易沉。
沧桑几变易，犹想梵王音。

前 题

绪

何处铿铿向曙鸣，上方姑洗报新晴。
空林深省音来远，野寺萧条韵尚清。
残漏谩催惊峡梦，晓风偏逐度溪声。
一从兵燹书香杳，留得鲸鱼伴五更。

前　题

綎

古寺苍凉记昔年，鲸音隐隐隔林传。
幽人于此发深省，开士从今息万缘。
声入松风惊落叶，韵喧溪雨咽流泉。
寒鸡又逐前村起，妇子披星已向田。

鸡岩夕照

绂

绝壁斜阳入，鸡岩薄暮时。
非关三舍避，从此寸心移。
石色翻林赤，峰高落景迟。
还疑寻伴侣，常与宿鸟期。

前　题

绪

每到西风下夕阳，鸡岩峭壁顿苍黄。
落霞五色衔珠异，倒景千重吐绶长。
日入宋窗还作伴，晖余陈宝却难量。
钟灵自有封侯骨，须验雌雄较猎长。

前　题

綎

云满东山日渐西，村南村北尚鸣鸡。
连峰倒影盈胸窄，远树凝光到眼低。
稚子投针犹立石，老翁驱犊且横溪。
挥戈留得余晖住，磾磴纡回路不迷。

康熙戊戌续长春十二景

如 琰

庙潭金槛

石槛黄金色，天然造化功。
穿泉萦似带，入涧曲如弓。
月映浮云汉，霞蒸卧蝃蝀。
滔滔流不去，千古镇桥东。

桐坞归云

为谁出岫去，何事敛行踪。
舒卷风千片，奔腾路万重。
缘崖分作瀑，度岭乍成峰。
岂羡栖梧凤，须知有卧龙。

狮峦远翠

狮峦何突兀，今古卫长春。
映水龙应骇，当关虎亦驯。
千岩翠欲滴，万树色常新。
几度凭高望，还疑海上神。

中流钓矶

锡 龄

山碧映明霞，渔矶日欲斜。
风回移藻荇，水暖跃鱼虾。
鹿梦人垂老，羊裘鬓已华。
严陵名不朽，应念有中沙。

驼峰积雪

驼峰堪积雪，横卧依寒空。
仿佛银鞍挂，依稀白练从。
栖云羞喘月，吸露懒追风。
好景须常在，休教暖日烘。

禅寂晓钟

寂寂禅林晓，钟声出岫新。
敲残今古梦，唤醒往来人。
悟得晨昏理，方知断续音。
当年饶逸响，犹在白云津。

龙耳宿鹭

遵 枢

山川钟间气，灵爽树森森。
德泽怀霜露，声华振古今。
千章环鹭序，万派绕龙吟。
寒食东风暖，争看鹤盖阴。

鸡岩夕照

盍共刘安去，偏来积翠间。
潜身栖卉木，敛翮听潺湲。
日灿光成彩，霞明影作斑。
似嫌文网密，不解唱秦关。

横塘薄雾

溪山缥缈处，似雨却无声。
罩地和烟袅，横塘隐月明。
不随元豹去，偏趁绿蓑行。
我欲凭虚御，云霄路几程。

西山松涛

夜静松声急，胡为恼黑甜。
金陬气正肃，白帝令初严。
撼击波千尺，萧疏月一帘。
却怜梧影瘦，落叶满空檐。

中沙落雁

日落中沙静，俄惊白雁回。
不随云共杳，恰与月俱来。
楚水怀湘瑟，胡天望帝台。
谩劳伤物候，抚景洵悠哉。

章台烟雨

岁月荒台榭，垂杨似昔时。
牵情烟尚袅，惹恨雨犹丝。
花鸟知谁侣，溪山不我私。
至今怀胜揽，几度费寻思。

长春十景诗

倪承宽

西山松涛

三台峰下绝尘嚣，夜半松声学海潮。
涤荡烦音清远听，破除幽梦彻寒宵。
斜阳未落迷青霭，孤鹤初飞卷绛霄。
我欲一龛同佛住，恨无精舍占山腰。

山楼挹翠

幔卷峦光拂画屏，群峰浓着佛头青。

十年契阔孱颜改，四顾玲珑倦眼醒。
秀岭旧会浸碧落，素心真不负山灵。
凭阑试问春深浅，一桁人烟接远垧。

横塘薄雾

欲雨不雨雨如丝，山容全覆景愈奇。
石濑清响奏琴筑，幽林密箐纷凤仪。
我思君子不可见，徘徊水湄空踟蹰。

邵坪春霭

万个筼筜罨翠筠，山椒白道上嶙峋。
菜花黄过桃花碧，正是村居作好春。

紫诰峦封

奇峰婉婳入初冬，千尺瑶台朔雪封。
想是玉皇香案迥，列仙群拥翠芙蓉。

雉坞停云

我住山楼惯，朝朝望白云。
每从清梦写，持向岭头分。
蓊欝如春思，氤氲带夕曛。
坐看茅屋上，几朵漾晴雯。

涤研回澜

溪流断复续，洗我紫琼玉。
挹此清净波，荡彼热恼毒。
盛夏潜虬动，溪泛不可束。
片云起墨池，笑看天雨粟。

石堰鸣琴

泄此一泓水，悠然澹我心。
水从堰上过，逌尔弹素琴。

琴心两相契，山水空萧森。

双溪印月

溪光碎环玉，雨丸溪中漾。

境静夜气寒，清景不可状。

携杖过桥东，相望隔青嶂。

桐坞归樵

桐林带暮霞，负薪出山坞。

笑指坞中人，丁丁响樵斧。

长春十景诗余附

文 灿

西山松涛（捣练子）

浮匹练，拥层台，时鼓西山不雨雷。叠叠萦波高不极，扶摇应许接三台。

驼峰积雪（荆州亭）

冬雪严威难受，愁使驼峰白首，几日得消愁。且看清明前后，声势到底非久。白占难欺高厚，呵指向山窗，看汝可能长有。

石牙钓矶（临江仙）

遣兴傍矶笑傲，寄情倚石唫呻。问途何必桃花津，此中多隐逸，疑有渭滨人。罾□无由展网，磷峋只许垂纶，不网而钓拟先民，世风皆似此，未有不还淳。

桐坞归云（点绛唇）

坞口何归？锦云不比野云贱。待胪金殿，映尔韩琦面。见说乘槎，帆影飞千片。莫轻羡，天孙作牵，未许常人倩。

龙耳宿鹭（春光好）

春锄鸟山之弯，水之湾绕遍，飞飞错杂䴔鸠班。隐向牛眠僻处，归来马鬣丛间。属玉为名，称宝玉为颜。

庙潭金槛（谒金门）

槛横倚何事沉沉？水里审视知惟金，比拟不教芒鞋履。惯见何人不喜？到底无能移徙。任尔垂涎贪欲死，只合空翘企。

禅寂晓钟（菩萨蛮）

晓钟欲唤痴人梦，梦归长夜真堪痛。世事渺茫茫，公案问黄梁。
最怜禅寂友，今日竟何有？无复度溪声，晓莺枝上鸣。

鸡岩夕照（生查子）

每到夕阳西，赚得飞鸟阵。看破巧机关，不信犹回瞬。蓦地遇花冠，似见风翎振。阐说夜衔珠，莫作窗禽认。

横塘薄雾（丑奴儿令）

风清阆苑蜃楼出，花满横塘，雾满横塘，疑是官人呵壁香。才得朝明开幻市，春色苍苍，晓色苍苍，一片空蒙映曲房。

双溪漾月（风流子）

爱杀双潭明月，能幻两层宫阙，凌碧汉、映澄渊。不是倩人怜惜，照来亲切，无令嫦娥孤孑。

长春十二景诗余

光绪四年戊寅续

驼峰积雪（一萼红）

问谁何？向群山深处，千里送明，驼尖作峰，形高穿云破，无妨荆棘多多。论佳胜，原推第一，况春来，积雪满岩阿。冷逼乌鸦，影迷白鹤，痕失青螺。若使登临绝顶，比灞桥驴背，风际吟哦。梅放堪寻，云深可卧，侭教诗料搜罗。只游女、踏青欲上，猛抬头、又作撤盐歌。定讶东风吹到，不算阳和。

鸡岩夕照（南楼令）

才听午鸡啼，乌轮又转西，羊牛争，自下荒溪。此际高岩何所似？似雌伏影低低。滑滑不呼泥，林鸦与公栖。认花冠渐觉沉迷。山客凭窗谈孰对，趁残照赋归兮。

桐坞归樵（剔银灯）

一片梧桐密绕，一局棋枰争了。猛见斜阳渐昏深坞，便把生刍束小。还看树杪，却喜归巢风早。去路正非渺渺，谱曲那容草草？屐踏青阴，笠沾碧翠，人在画中，最好担轻休较，且夸说峄阳游到。

石堰鸣琴（江城子）

是谁隐隐奏琴弦？在溪前，在桥边，惹得钟期，侧耳致流连。有客为言村外水，泻石堰，韵锵然。一波一激一声传，非丝牵，非词编，只要群山，雨后落清泉，彻底游鱼常出听，知音者，早临渊。

邵坪春霭（齐天乐）

沧桑无事临风吊，土坪今犹姓邵。康节虽遥，文庄虽往，遗迹山人能道，他无可晓。只碎井颓垣，沉埋未了。或劚黑灰，分明当日作炉灶。至今景色更好，望春来薄霭，峰腰横绕。似雨蒙蒙，如烟漠漠，罩尽竹竿字号。踏青客到，也去路苍茫，浅深须料。变幻更奇，画图都勿肖。

横塘薄雾（买坡塘）

过横塘，迷离暗淡茫茫。遮断浦树，乍疑水影天光。接却是，浮空薄雾鱼谁捕，但约略闻歌。姓氏呼防误，也休远顾。讶老眼欠明，醉眸失据，芰盖不知数。还堪羡豹隐，几经旦暮，接连又有翘鹭，似被网罗笼罩定，常在个中会聚风。休度怕缕缕凉痕，一霎都吹去。烟波静处，要柳絮想蒙，酒帘相映，迷路我无怖。

禅寂晓钟（菩萨蛮）

星河耿耿天光曙，数声钟出云深处。黄弹醉眠翁，惊醒觉日红。为忆南屏晚，流响俱幽远。可惜问鲸鱼，而今睡自如。

庙潭金槛（霓裳中序·第一）

波光浩渺者，原是鱼龙来往道。为甚槛横偏峭？说庙与潭邻，神因施巧。石经炼好，比女娲，功效非小。君见否？沙际条条，都是此乡宝。鳞爪，有时围绕，更覆着、莓苔不扫，扶桑初日照到。自璀璨晶莹，望之瞭瞭。鲛宫差可拟，只两扇，门儿未造。怕被波臣折去，还向社公祷。

西山松涛（浪淘沙）

松老便成龙，大壑号风。通明听处响何洪，却似伍员神到此，马白旗红。有信鹤先通，流出层峰。几经旋折倍豪雄。樵子前迎朝复暮，只少乌蓬。

妆台烟雨（好女儿）

彼美试新妆，误会异巫阳。且看天然楼阁，高峙石牙旁。晓色甚茫茫，为娇面羞对狡狂。烟痕低罩，雨丝遮断，只许猜详。

双溪漾月（湘月）

儿童拍手，道玉盘今夜，何人分剖？讶是嫦娥怜寂寞，添得冰轮为侣。忽顾溪南，忽探溪北，都浸吴刚斧。临流欲问：月儿谁客谁主？常有佳士闲游，分途并进，争把明珠取。彼此欲捞捞不定，搅散光辉复聚。天上一团，波间两颗，三座清虚府。商量赏桂，那边先设杯箸。

中流钓矶（摸鱼子）

白茫茫东西水赴，危矶偏与抵住。天教逸客垂纶钓，占得溪山好处。旁无路，宜浪静，风恬一苇徐徐度。窄才容步，除箬笠安排，丝竿布置，余仅立鸥鹭。间凝盼，但见苔纹回亘，不时又点芦絮。磻溪严濑虽称胜，到此还应羡慕。鱼堪捕，好枕石，漱流颔略闲中趣，何愁日暮？若短笛吹残，蓑衣脱却，且看云来去。

《富阳长春章氏宗谱》（1916）

四景诗

陈春元

山庵晓钟

梵王宫傍甑山阴，晓动疏钟出故林。
远逐鸡鸣催旭日，近随溪向答松音。
老僧悟道禅初定，稚子闻声梦未寻。
一百八声声已寂，惊回多少利名心。

烈坞樵歌

群山峙立势偏雄，落日樵歌送晚风。
一曲乍来青嶂外，数声先到白云中。
初疑天籁传深谷，好似闺门叹别衷。
不是太平盛世里，那能清韵到窗东。

甑山云雾

叠峦深处甑山湾，缥缈烟霞段续间。
峭壁岩巉宜鹿卧，长松拗矫可莺还。
奇峰崒嵂云为帽，怪石参差雾作鬟。
莫道此中无佳趣，静观不似在尘寰。

狮峰秋月

夹路松阴缓步游，狮峰佳胜最宜秋。
素娥影落千山净，青女形传一色浮。
潦倒夜深方促膝，疏狂日午尚斜头。
良时美景应难再，漏滴三更玩未休。

《富春瓜邱孙氏宗谱》（1896）

王洲八景诗序

柴远生

从来地灵人杰，故卜居者，必择山水佳丽处居之。非以侈游览供啸傲也。盖聚族于斯，即发祥于斯。如太原之王，天水之赵等族，皆因地着姓岂偶焉而已哉？王洲，古传孙钟崛起之乡。其地四边江水环绕如螺浮水上。上接严陵，下抵富春。平沙沃野，古木参差。而叶氏居其中，子孙千亿，不可谓非其地之钟灵毓秀矣！他如四时朝暮，景致变幻，亦寻芳揽胜者所时为寄托者也。殿以八景诗词，虽曰于谱似无所裨，而风醇俗朴或可当輶轩之采。又况其山川灵秀之气，何必不于是想见之也。

洋沙落雁

芦汀半落点秋风，碧水洋洋映日红。
宿雁不辞沙际冷，更筹唤醒梦思空。

蛇浦飞帆

草绿沙头白浪西，翔鸥惊起为谁啼。
深林刺刺飞帆影，宿浦涛声洒翠篱。

瓜桥古渡

隔江浪气接天平，远泊孤舟未用争。
多傍小桥闲处坐，忽听飞鸟浴泉鸣。

净土晨钟

茂林深处隐禅房，花木凄清钟韵长。
几度数声催客梦，半挑愁绪半诗肠。

寒江渔鼓

悠悠泽畔采寒情，月白筛空激浪声。

一叶芦中还泛泛，几回醉梦不相闻。

北山樵唱

盈盈北望岭多迷，呜咽歌声猿笑啼。
有兴不知归去晚，徘徊犹是傍云栖。

塘下农耕

春来荒草碧江涛，风雨凄凄古木号。
蓑笠满邱花满径，耕残晚雾尺余高。

上沙牧笛

横汀芳草压飞沙，水绿沙青牧子家。
短笛吹将山石裂，却教疑是落梅花。

七言律诗

李肇伟

洋沙落雁

洲回渚碧玉团沙，千里春江宿晚霞。
几度秋风衔白荻，群栖夜月听悲笳。
鹚鹚声断衡阳浦，呖呖情殷古树鸦。
莫道隔林村罟集，白苹红蓼是吾家。

蛇浦归帆

远眺长江欲树飞，素桅高接白云肥。
才惊落雁归蛇浦，忽带斜阳过钓矶。
不橹自吹桃浪雪，有篙难着柳堤碕。
客星千里知谁载，莫认邮亭作马騑。

瓜桥古渡

胜寻柳陌逞闲流，路入江乡古渡头。

仙艇一划干汲浪，瓜田两岸四郊秋。
鹤翁有意时乘楫，樵子无心偶辍耰。
岂为醉深归独晚，引人情兴是王洲。

净土晨钟

忽渡钟声出晓滨，江光林影尚沉沦。
村鸡午夜停三唱，樵或千门炳一轮。
到处菩提春欲满，纷投花雨气尤新。
宗传净土催黄鹤，清梦无惊有几人。

寒江渔鼓

余寒夜气大江浓，佻达传声会水漯。
忽忆晚钟追净土，恍疑挝鼓协朦艟。
朔风淅沥惊愁梦，爝火流光射客篷。
获得金鳞歌笑处，方知渔板战蛟龙。

北山樵唱

春山迢递北江绿，无数樵歌渡江曲。
初闻天籁沸浮云，漫接渔讴起鸿鹄。
丁丁几树玲珑斧，沕沕千林翡翠续。
正是息肩多暇日，逸乐升平清韵足。

塘下农耕

一犁杏雨春正足，桃渡云畴日已浓。
籍籍鸠声和牧笛，依依草色衬耕佣。
南楼晚市陶公酒，西碣遥凌严子峰。
化日悠长何所事。赓酬拉耦且从容。

上沙牧笛

十里平原砥上流，数声牧笛起王洲。
悠悠桐水天山外，隐隐村烟古渡头。

信口无腔情自适，随声附和兴偏稠。
听来有意将谁和，只恐西风韵不收。

续王洲八景诗

叶千英

洋沙落雁

西风萧瑟至，北雁已南来。
声断衡阳浦，阵冲壶水隈。
横沙时蹀躞，集碛更徘徊。
江上芦花白，点头莫浪猜。

蛇浦归帆

壶水春江落，须从蛇浦湾。
鸥惊商舶集，沙黯布帆还。
岸阔天低树，风轻月满关。
往来羁客旅，多少鬓丝斑。

瓜桥古渡

欲寻天子岗，先且问瓜邱。
霸业埋荒径，雄风逐水流。
残碑然处觅，断岸久还留。
日暮寒鸦集，依无古渡头。

净土晨钟

净徒临江渚，疏钟隔岸生。
惊残山月小，振起晓风清。
天籁随声动，江涛带韵鸣。
猛然发深省，顿淡利和名。

寒江渔鼓

凉夜寒灯灭，明星漾水滨。
罟师披露出，渔虎入江频。
濊濊惊鸥鹭，哓哓杂笑嚬。
绿杨深处宿，好待问津人。

北山樵唱

歌声何处发，悠然出北山。
丁丁响互答，寂寂兴偏闲。
花木供吟咏，风云共往还。
不知山路险，随意步前湾。

塘下农耕

晓节协风至，躬耕已及时。
负耒唫泽畔，荷插啸中坻。
土鼓迓田祖，豳吹赋蜡诗。
农家多乐事，斗酒夜迟迟。

上沙牧笛

沙堤春草绿，驱犊向平芜。
短笛腔全未，长歌韵亦无。
荷蓑兼荷笠，求牧且求刍。
扣角南山下，徜徉真自娱。

又

凌梧友

洋沙落雁

飒飒秋风动碧沙，几群征雁影横斜。

书传北地情思切，字写南中旅梦赊。
嘹呖清声来岸碛，参差白色遍芦花。
他年得意题名日，仿佛犹闻隔绛纱。

蛇浦飞帆

枫林日暮乱鸡啼，蛇浦帆随日影低。
羁客多从江上老，离情偏觉望中迷。
漫沽村酒消长夜，卧听邻鸡叹旅栖。
晓起相辞乘浪急，严陵滩上有诗题。

瓜桥古渡

瓜桥古迹渐成渠，当日曾传帝子居。
对岸青山犹似昔，村篱茅舍已非初。
相闻白鹤归何处，遥知丹邱半是墟。
只有行人无断续，我来吊古倍欷歔。

净土晨钟

梵王宫殿插云霄，晓动疏钟接海峤。
度月韵传千树籁，随风向答五更潮。
惊残客梦尘心净，唤起迷途妙理超。
莫道灵岩离世远，皈依彼岸即相招。

寒江渔鼓

霜枫红叶半凋零，小艇轻移带晚星。
篝火光寒随浅籁，施罾声彻满江汀。
遥知波动连天涌，会识龙惊逐浪听。
对月三挝谁共赏，携鱼沽酒上危亭。

北山樵唱

北林山色霭芳菲，樵斧遥闻隔翠微。
乘兴谩歌穿曲径，归来缓步傍鱼矶。

松风谡谡催残照，山月娟娟继落晖。
一曲自歌还自赏，直教柯烂亦忘机。

塘下农耕

原田亩亩古塘边，平衍原畴远接川。
布谷声中励勤动，采桑歌里警留连。
桃霞历历烘晴景，柳线丝丝织暮烟。
依媚献公安乐土，当年玉储有诗篇。

上沙牧笛

江干沙碛毗荒郊，驱犊悠悠带短鞘。
有意绿茵随坐卧，无腔横笛和笙匏。
杏花村里吹沽醉，菖叶滩头唱解嘲。
扣角一声千古事，归来明月满松梢。

续王洲八景诗

叶尚福

洋沙落雁

应候来宾何处家，村篱荒草压飞沙。
一行好句从天降，题到江乡飞舞斜。

蛇浦归帆

疏林两岸影波浮，不绝滔滔逐浦流。
四望欲穷千里目，片言倏已到王洲。

瓜桥古渡

白鹤仙踪古渡幽，两涯来往竞江浮。
橹声击破云千顷，惊起潜鳞跃浪头。

净土晨钟

织埃不到静沙中，鸡唱黎明答晓钟。
隐隐惊回南北梦，枕边错拟起松风。

寒江渔鼓

千层碧浪泛长空，滚滚涛声逐浪风。
理罢丝纶齐击楫，几惊残梦燕酣中。

北山樵唱

丁丁樵斧响深林，碧翠层崖云鸟深。
信口无腔频唱和，似耽泉石每高吟。

塘下农耕

携犁趋犊过桥东，叱咤深耕乱鬓翁。
蓑笠一肩云泛泛，半资俯畜半轮公。

上沙牧笛

江边芳草绿参差，信口横将短笛吹。
结伴浑忘归去晚，鞠躬年背一蓑披。

《富春王洲叶氏宗谱》(1867)

瑞峰八景诗

环桥汇水

祥风曲径傍山洼，满路幽篁满路花。
书夜泉声喧客耳，园环桥木过樵家。
仙庐云障尘埃远，夹翠松阴景物华。
应此愈坚司马节，题桥夺志事非渗。

狮峦钟秀

层峦起付自天排，深秀钟灵植异材。

满目芝兰松竹茂，卜年卜世夺高魁。

巨石凌霄

巍巍盘石镇南方，天锡吴与一族祥。

不是祖先择善处，乌能世代有称扬。

高峰石户

风高每拂天边月，云集常可户外山。

文笔峰升门第左，读书定把桂枝攀。

高阁临溪

巍阁单飞引风舞，深浮水养化龙鱼。

泉流谷聚藏佳境，达士高人卜世居。

金牛石锁

秉质坚刚物罕稀，吴与多有世称奇。

名传金石常回护，沈宅安居永不移。

云禅森桂

半夜灯残月转西，钟声嘹亮和啼鸡。

骤然惊觉书生梦，犹有清香天外飞。

岚岗雾雨

南严节节是炎星，转作阴阴白雾胜。

天上阴阳连地起，雨滴维维此山灵。

新续八景诗

环桥汇水

面涧潺潺碧水流，相逢桥口话源头。

波纹涌激同归海，一脉清音机自投。

又

雨水洁洄抱宅流，竹松倒影浪花浮。
临桥已似江城书，何必秋登谢眺楼。

狮峦钟秀

家国将与必现祥，如狮山列瑞峰乡。
钟灵毓秀宁虚语，定产英雄作栋梁。

又

奔腾天马自东来，忽作狮形甥跃哉。
狱降崧生原有意，伫看此地育英才。

巨石凌霄

巍然巨石耸山巅，直透青霄绕瑞烟。
百尺崚崚人仰止，宛如执笏区朝天。

又

南山一柱欲擎天，上接星辰下隔洲。
峭似人形山壁立，致令百鸟惧高骞。

高峰石户

绝顶峰青处处明，宏开石户任人行。
诸生莫讶高虽难，陟得青云路自平。

又

客来未陟此山崇，遥望玲珑奥窍通。
借问白云谁是主，乾坤渺渺太虚中。

高阁临溪

书阁巍巍驾碧溪，双虹落彩夹东西。
古来多少英雄客，尽欲留名到此题。

又

阁外崇山峻岭森，阁中高厂且闳深。

莫嫌此处无丝竹，引带清流足赏心。

金牛石锁

为问刘家黑牡丹，何时降此瑞峰玩。

想因巨富星环聚，琐钥门前作库官。

又

路人溪源湾复湾，只缘门户叠重关。

祥风宛似真盘谷，肇固南隅是此山。

云禅森桂

寂寞云生灵鹫巅，森森丹桂喜参禅。

枝头寄贮千钟粟，风送香来此独先。

又

丹桂森森几许年，云禅常在石之巅。

老僧时有香风送，云外飘来别有天。

岚岗雾雨

晴岚高耸在南方，忽作朦胧雾雨乡。

若许此中玄豹隐，待看七日焕文章。

又

层层密密罩晴峰，半护山腰半护丛。

森谷幽栖无觅处，此中定积翠重重。

《富春瑞峰沈氏宗谱》(2009)

枫瑞八景诗

(一)巽山东绕

数山蚕簇巽方来，佳景重重叠叠开。

竹树郁葱如绘画，烟云拥护胜蓬莱。

三春日暖花盈坞，九日风高酒满杯。
尤喜残冬晴雪霁，卷帘东望似银堆。

（二）菖水西流

菖源秀水傍西流，曲曲弯弯若带钩。
秋月朗时明似镜，春苔长处绿如油。
源泉滚滚堪观玩，锦浪滔滔可咏讴。
十里人文征蔚起，个中消息静推求。

（三）佛桥南锁

佛桥横卧小溪南，胜景重重更足探。
两岸春山佳气绕，半潭秋水境光含。
人来人往看今日，乘上乘中忆古龛。
几处泉流归总束，里村锁钥我曾暗。

（四）钟峰北峙

钟峰卓立势崔巍，气象雄豪实壮哉。
两岸峦头俱逊让，四围生面独为开。
溪流汩汩环如带，沙盖重重拥似培。
人杰地灵从此卜，英才蔚起望将来。

（五）天一观鱼

池名天一水常滋，鱼在其中乐可知。
亦泳亦游真自得，依蒲依藻静相宜。
跃来于牣符周雅，望去之而叶古辞。
尤喜太平无动象，永祈万世尽如斯。

（六）枫林听鸟

枫林葱郁荫清溪，一到春来鸟乱啼。
紫燕因风喧木末，黄鹂向日语枝低。
声声入耳音难辨，树树盈眸望欲迷。

尤爱九秋霜染后，鲜红蒲腌映长堤。

（七）大安拥翠

大安胜景更靡穷，时有氤氲翠霭笼。

不即不离三径外，非烟非雾半空中。

淡浓莫定随春雨，聚散无常任晚风。

小立等闲回首望，书画一幅写难工。

（八）梨坞停云

巍然梨坞挺奇峰，时有行云顶上封。

一种祥光空际领，十分瑞气树头浓。

此中定有餐霞客，是处应遗采药踪。

安得与人同到此，四围远望豁心胸。

《东安章氏宗谱》（2014）

太平八景诗

鼋石归帆

友梅氏

春江浩浩送千里，群石峨峨巨浪中。

东陵云市陶公酒，西碣严纶下钓淙。

松阴半落苔花湿，汐沫潜封古渡通。

最喜行帆归暮色，依依漫卷五湖风。

又

竹庐氏

独坐松矶兴不穷，归帆日暮过江中。

数声柔橹流霞碎，一道微波鼓水淙。

夕胜已无尘俗染，寻幽只许白云通。

逢人漫说归何晚，且看扁舟片片风。

龙潭瀑布

友梅氏

飞涛蒙蒙日月骤，雪练潺潺江河吼。
何人凿破岭头云，等闲放出蛟龙走。
中锁珠宫咽翠微，下接孤亭驻残溜。
石桥危渡问天中，试问天河漏不漏。

又

竹庐氏

匹练奔腾势急骤，涧鸣谷应疑龙吼。
岩花蹴落逐泉飞，涧水奔腾沿石走。
莫道珠帘挂碧隈，浑如素帛浣清溜。
高眠幽僻聆潺湲，胜似朝臣听禁漏。

春江渔鼓

友梅氏

江浪微微夜色浓，何声佻达彻艟艨。
拟是晓钟催漏北，恍惊挝鼓协城东。
西风漫道吹愁梦，石火频飘射客蓬。
获却金鳞歌笑处，方知渔板战蛟龙。

又

竹庐氏

浩渺长江暮色农，何人伐鼓妨艟艨。
并无檀板酬相和，只有轻舠西复东。
孤客难成千里梦，寒灯频透半推篷。
归来寂寂黄昏后，混杂难分鱼共龙。

剡岭樵唱

友梅氏

峨峨剡岭继村樵，伐尽云霞趣更饶。
近眺长江家数里，遥看烟市酒旗招。
柯声落涧随风送，曲和渔讴傍水桥。
一局共贪千古梦，几峰波影上嶕峣。

又

竹庐氏

水可渔兮山可樵，闲登剡岭兴偏饶。
牧童牛背吹箫去，舟子江心泛棹招。
一曲猛然流涧壑，数声忽尔过溪桥。
初疑天籁从空发，犹觉高踪啸翠峣。

能仁晓钟

友梅氏

昨夜东风漏院迟，晓烟斜散陇头枝。
钟声乱落江村外，梵语嵯龉礼圣墀。
禅房花木犹存否，方丈遗规但信时。
无奈山僧曾醉酒，数竿红日已斯斯。

又

竹庐氏

野径云封春日迟，寺钟早出陇头枝。
疏星半落莺鸣晓，皓月初沉露满墀。
镗鞳声中思魏子，噌吰韵内忆周时。
等闲偶入能仁院，不道今朝已若斯。

乌石晴阴

友梅氏

坐晤南山石半峰，嶙嶙苍佩挂苍容。
千寻影落长江秀，万碧空含夕照浓。
细雨旋明飞白雪，晴光忽睹上青松。
嵯峨无定三山色，惟有丹霞独是秾。

又

竹卢氏

南山挺峙插云峰，百丈巍峨带冶容。
雨霁岚光朝气爽，春明竹色晚烟浓。
苍岑舒画浑非墨，翠麓惊涛知是松。
缥缈晴峦频入目，凝眸自得意情秾。

罟山撒网

友梅氏

罢钓春江未有家，闲来撒网在南涯。
高歌一曲横坡上，耀舞山前径外花。
沽酒频催渔妇火，移舟漫傍友朋槎。
要知此外皆荆棘，独傲罟山天地奢。

又

竹庐氏

山拟罟来护我家，苍松遍植作生涯。
星墩散阜如棋置，错壤交牙似簇花。
密布无容愁漏网，层栏恍若泛轻槎。
太平景象真饶足，方识吾曾寄迹奢。

圆沙落雁

友梅氏

江回渚碧玉团沙，十里春城隔晚霞。

几度秋风看落雁，群凄夜月作悲笳。

咿咿声断衡阳路，呖呖情怜北望奢。

莫道罣山曾作网，白苹红蓼是我家。

又

竹卢氏

春城南首一圆沙，雁阵惊寒宿晚霞。

身带晓霜谁系帛，声侵夜月胜吹笳。

满天萧瑟长江冷，极目潇湘千里奢。

自是汀洲栖处稳，白芦滩上实堪家。

[能仁寺旧名云霄院，后唐天成二年(927年)建。宋咸淳元年(1265年)，僧道立重建，今已废。天钟院曾在明洪武中并入能仁寺。旋复旧。]

《富春太平王氏宗谱》(1937)

环居八景诗

清·徐时敦

汪氏世居阆苑万箩山下，人烟稠密，乔森浓阴，望而知为东安巨著族。今试入其境，但见明月花村，不闻犬吠；板桥茅店，时听鸡声，令人如游山阴道上，应接不暇。凭眺之余，因就一方形胜，集成“八景”，缀以俚言。巴人下里之才，何足吟风弄月。附记于此，聊为阅是。编者作卧游之助，并祈后人附和者匡余所未逮云。

龙泉夜月

一池深锁号龙泉，月映平分水底天。

夜静流辉空色相，渊澄嘘气更鲜妍。
凉侵玉兔胸中净，光澈云虬洞里眠。
多少苍生斋待汝，作霜毕竟是何年。

青山晓钟

精舍萧然豁素襟，晨明钟韵出山林。
云垂岂为孤岚锁，风杂旋随万籁宛。
庵外几家尘梦醒，门前一带晓光临。
伊谁秉烛通宵坐，寒夜时闻正气吟。

溪流曲水

阆苑桥边锦浪生，溶溶横锁万家春。
堤平芳草潆洄转，潭长桃花点缀新。
为带风梭分燕尾，旋因雾幔叠鱼鳞。
仙源此去无多路，前渡依然好问津。

社庙秋香

万萝山下庆丰穰，正是人间报赛忙。
竹叶倾时新绿酿，菊花香里熟黄粱。
枌榆汉俗遗风古，鸡黍田家况味尝。
更有炉烟垂袅袅，一般清气绕东廊。

西屏夕照

西山返照夕阳多，添得余霞映碧波。
淡借炊烟冲碧落，光分暮霭绕青螺。
岚头剩有斜辉现，屋角分来爽气罗。
晚景好延新月上，回看东壁影婆娑。

岩洞仙踪

云霞深处起楼台，山辟何妨洞府开。
石磴天梯同仿佛，琴声棋韵共徘徊。

岩空应有苍龙卧，径曲旋看白蝠来。
碌碌红尘飞不到，明知此地是蓬莱。

飞凤冲霄

万山深处起孤岚，鸣凤朝阳理可参。
奋羽碧随朝雾艳，凌霄红带夕阳酣。
来龙千里回头杳，几鸟群飞倒影涵。
怪底祥禽栖不返，古今瑞气此中探。

枕岭怀古

记否前人卜宅时，白云深处扩初基。
老松幸带龙鳞色，古冢曾绿鸟道歧。
半壁颓垣凭想象，一庭荒草认迷离。
祇今剩有苍凉迹，禾黍秋风动运思。

《阆苑汪氏宗谱》（民国）

阆苑八景诗

双坑泉涌

阆坞仙源出玉津，小桥横锁度双清。
自来骚客寻芳躅，探取虹怀引月明。

又

洞天涌出沿龙津，源运流长玉乳清。
晓听双坑溅石浪，恍凭浚哲悟钦明。

又

为问仙乡何坞春，阆凤深处物华新。
此中应有真原地，架上诗书陌上轮。

又

二十四候花尽春，家家玉树不时新。
年来骏发光如锦，总伏华封月一轮。

龙池驾雨

华山绝顶有龙池，此处龙池抑更奇。
若得穴中乘水脉，应通江海问龙师。

又

岂识龙潜太液池，高山耸翠出真奇。
气蒸云梦浮江屿，润我苍生嘉我师。

仙洞鸣泉

十二层楼阆苑西，玲珑崆峒达玄机。
倘从羽客攀援入，流水无声听碧鸡。

又

何处飞来阆石西，天开仙岛与仙机。
崆峒葱圃芝田境，好向丛中聆晓鸡。

青山月朗

山转崇阿月转西，山光月色正黎黎。
眼前若得青云径，还把青山作月梯。

又

一气鸿蒙浪碧西，山清水秀耀燃黎。
影开金镜嫦娥现，轮上玉壶丹桂梯。

阳光秀霭

霭霭阳光出秀方，文光峻翠矗星芒。
学人自三冲霄汉，倬彼银河绕建章。

又

霭霭云峰拂秀方，巍巍文笔耀光芒。

幽篁竹影城中锦，秀翠光岚透碧章。

桃源仙窑

露井桃花不再逢，兔葵燕麦钟元熊。

夜台得荫千秋月，好把春风应玉虹。

又

地脉东来岂易逢，桃源凌荫兆罴熊。

云中秀绝徂徕府，天外苍横起白虹。

阆石天园

芙蓉阆石辟新峰，山谷元章仔细穷。

漫道小园非学薮，翱翔书圃白云东。

又

天园小有耸奇峰，堪比吴山兴不穷。

若将玉维均画就，好将翰墨挂斋东。

仙洞鸣泉

峭壁频开一洞天，桥梁高构薜萝牵。

山空即在空山处，水出谁穷出水边。

门拥千重峦障秀，路回一曲翠屏烟。

名人题碧诗犹在，到者方知酌爽泉。

《东安阆苑吕氏宗谱》（2011）

阆源八景诗

景诗所以纪胜也，吾地虽僻在山陬，而山川、林壑、龙池、仙洞诸胜，实别有天地。每当春郊胜节，都人游览者甚多。昔白芹山定为《阆源八景》，各制一绝，以纪其胜，当时唱和者甚多。今修辑家乘，方将褒集，载入谱牒。宗人学煜见而心好之，亦制八绝以投赠，惜集隘不及遍登。为拔其尤者，每各登一绝，以略见吾地风景云。是为引。

双坑泉涌

白芹山

两岸幽篁覆碧泓，滑滑石濑入云清。

映波桥畔双溪合，拟向桃源取路明。

石磬奇音

俞学煜

乔居何坞胜金城，紫绿青红致自精。

草木无知春有意，芳华长占四时生。

龙池灵胜

吕　琇

劈开华山现天池，巧斧端归造化奇。

盈缩隐现潮信准，池中水浅满如潮。

时人候之不差约，为霖好应润皇师。

洞天仙迹

白芹山

十二层楼阆苑西，玲珑空洞古仙栖。

倘从羽客攀援入，流水无声听碧鸡。

石磬奇音

俞学煜

穴弄渊渊万丈深，宛如一磬仰天临。

频将乱石轻抛入，响出宁铛世外音。

阳光秀霭

钟继周

霭霭阳尖出秀方，葱茏佳气照华堂。

瑶阶馥郁芝兰茂，长吐奇葩作国香。

西山雪霁

俞学煜

花满六出正堪焦，且喜东方霁色昭。
积雪漫天迷眠白，西山琼彩独先雕。

青山月朗

琇

溶溶月色透疏影，喜对青山光满亭。
最爱中秋三五夜，风吹桂子落阶庭。

《东安俞氏宗谱》(2001)

双溪八景诗

清·陆介眉

双溪垂钓

屏迹乐盘桓，垂纶坐碧湍。
闲情同渭水，高隐忆严滩。
落日浮埃净，清风窄地宽。
游鱼何足羡，物理眼前看。

松磴鸣琴

石磴盘松古，幽闲自可琴。
水山敦夙好，弦缦托深心。
逸韵传风涧，清声度月林。
遥村如答音，野碓暮云深。

冷泉春涨

小径接溪桥，门临春涨高。

平堤随翠柳，曲水泛红桃。
燕剪回沙尾，鱼梭落涧毛。
流泉偏耐冷，风浴任吾曹。

水坞樵歌

杖策来深坞，山高水一泓。
林泉穿石细，樵唱入云平。
迭奏多松籁，相呼有鸟声。
晚风吹月上，归路得余清。

神山雪霁

晴峰如画里，积雪势嶙峋。
日照浮姑射，风回忆洛神。
山含太古意，梅放眼前春。
高卧袁安宅，开门四望新。

佛岭风清

只围一岭通，林壑度清风。
地僻虚生籁，山高翠滴空。
人烟缥缈外，云气往来中。
忆昔登灵岫，扶筇问理公。

碧凤凌云

山势凌云碧，扶摇拟凤翔。
九苞连黛色，五彩映岚光。
翠筱含烟净，高梧带日长。
玉箫如可听，空外忆仙郎。

金鸡唱晓

片石立金鸡，长疑傍晓啼。
露寒星欲落，天远日犹低。

养晦宁思斗，乘时敢独栖。
桃都还在望，一唱众音齐。

双溪八景诗

清·陆景渊

双溪垂钓

绿野双溪好，垂纶却自宜。
沙回飞燕子，矶畔获鱼儿。
新月邀钩影，微波引钓丝。
闲来堪遣兴，两岸任频移。

松磴鸣琴

薄暮携焦尾，林泉兴颇赊。
夜阑移月影，琴静落松花。
流水潆环壁，高山矗断霞。
曲终涛作籁，苍叶舞津涯。

水坞樵歌

溪山深几曲，远远听猗那。
牧竖无腔笛，樵夫随意歌。
麓余成迮径，雨足涨平波。
邂逅相呼伴，归来尽荷蓑。

石泉春涨

石窦泉痕涌，春波涨岸浮。
清兮缘澈底，逝者不停流。
酒酿香余瓮，茶烹味满瓯。
夏寒冬却暖，枕漱任优游。

神山雪霁

雪霁神山净，奇分海上形。
环洲明月映，方丈白云停。
日色寒银岫，晴空展玉屏。
遥看梅竞放，爽气出秋珦。

佛岭风清

此岭曾无佛，风来分外清。
丛林飞鸟集，回树落华轻。
地僻心偏远，山深静自迎。
何须趺坐语。顿觉适幽情。

金鸡唱晓

怪石同鸡立，翘然似欲鸣。
惊人催浅曙，报晓觉微明。
露湿苔埋距，霜寒漏尽声。
翻疑缘物化，陈宝伺晨更。

碧凤凌云

凤岭山光碧，嵯峨半入云。
春明五彩色，时备九苞文。
插汉梧偏古，凌霄竹不群。
高冈符瑞里，远庆太平君。

《东安陆氏宗谱》(1896)

胥口八景诗

明·张 涞

袁村秋景

清秋闻步听寒虫，月落霜飞处处同。
一点夜灯依古岸，危桥垂露滴梧桐。

文峰云锁

胥溪江山有文峰，百尺孤标忆旧踪。
忽见白云斜处挂，落花流水雨浓浓。

石殿钟声

五更敲罗漏雨声，残剪剪冬风透体。
忽听钟声詹外澈，纵然高卧也难安。

隽山远眺

当年高塔耸玲珑，今日登临胜地空。
极目云山凭四望，葛溪斜渡是长垅。

直坞源泉

闻行幽坞见层山，兴尽归来往复还。
闻道仙源多冷水，至今流出到人间。

葛水观鱼

锦鳞游泳几多时，荇藻深藏若个知。
直待春深雷雨发，随波逐浪到鱼池。

神山即雪

严风飒飒弄梅芽，满地纷纷缥碧沙。
忽见神山头尽白，想来梦到笔生花。

大山瀑布

昨夜狂风骤雨多，今朝溪涧长层波。

回头瞻望高山上，飞落清泉滚白罗。

胥口八景诗

清·袁去吝

舒岭含珠

扪壁寻溪径转涂，僧钟响彻五更苏。

案前只有经翻读，曾识骊珠可探无。

葛溪铺炼

葛水波涛带皱文，行人舟渡问东君。

谁云此有支机石，织女凭何浣白云。

峭峰插汉

超然独岫插云霄，秀拥西山爽气朝。

丹水一泓金鲤跃，乔松翠柏静尘嚣。

天井凌云

峭壁峙岩碧坞东，遥临石佛傍仙宫。

佛偕仙子骑鲸过，笑对乾坤指雇中。

龙冈卧波

不跃不飞不在田，却嫌亢悔抱珠眠。

数峰云蔽浑成雨，一片溪光疑是渊。

虎岫蹲距

出岫离云壮气雄，眈眈虎视逐群空。

闲时欲啸声长寂，踞坐山旁待谷风。

马鞍列翠

山色葱菁秀可餐，里余洗马尚留滩。
汉阳伯氏今犹在，得意群空岂掷鞍。

乌石攒奇

岩岩乌石欲何依，得有南宫拜者几。
最爱涛声清俗耳，还将山色浣尘衣。

胥口十景诗

清·闻　尹

龙　门

天门龙跃杳无踪，剩有苍苍夹道松。
缓步欲寻潜见处，传闻只在此中逢。

虎　山

何山何虎独留形，应是山神钟气灵。
莫讶频来思饮羽，崎嶷直欲效藩屏。

峭　峰

仙风遗泽在山巅，仙去名留古洞天。
僧老不知红日丽，客来高枕尚安眠。

石　壁

石峭枯枝挂薜萝，高低影落在平波。
登临一眺千山近，绘得图来又若何。

珠　潭

不须明月漾溪端，自有精光露急湍。
夜半行人疑照乘，谁知媚色在深潭。

凤　岭

疏桐劲竹始舒翎，何日来仪剩是形。
五采未施甘淡泊，斯山应得有斯灵。

龙　洞

潜龙自昔已飞天，洞外空余一碧泉。
洗却凡尘俱脱颖，老僧何事学参禅。

鸡　石

一禽独立翠翎生，怪石嶙嶙得美名。
隔水烟村多蚤起，那知寂寂杳无声。

佛　岭

岭头号佛佛无形，塔傍孤松俨有灵。
几片慈云常捧日，林中何处不攸宁。

神　山

山灵呵禁恰如关，自有神来护此山。
毕竟柯公曾说法，元机一点石非顽。

《东安胥口汪氏宗谱》（清）

泉石山（五石山）诗咏

八胜总咏

莫嫌狂妄笑吾痴，信口吟成八胜诗。
卓笔峰题屏上句，层峦势丽座旁辞。
源泉窍泄奇疏咽，瀑布流长过半池。
好水好山多好景，手栽花木万千枝。

八胜分吟

卓　笔

举世一白黑，画去情无极。
惟有卓笔峰，朝朝淡无色。

单　屏

非君亦非相，何用树塞状。
晓日一竿红，游人自下上。

层　峦

晨起入空山，疑有餐云客。
先在烟霞中，吐出夏云迹。

小座五首

吴晓江

小　座

欲买一山水，囊中未有钱。
偷闲邻竹木，长在山头眠。

源　泉

石迴泉逾响，和风伴寂寮。
源源流日夜，渐入海波遥。

咽　水

寒窗孤独灭，夜半书声绝。
月下一隙水，缓在草中咽。

瀑　布

岩下一瀑布，岩上亿万匹。
瀑布非今有，疑自七月七。

清 池

落日远西山，飞禽独宿还。
月中一株桂，倒影入池间。

《延陵东安吴氏宗谱》（民国）

产坞四景诗

月和西峙

翘企山峰色甚奇，月和更觉耐人思。
嵯峨西峙天之半，护佑儿孙入凤池。

涧水东流

浍泓涧水向东流，夜夜如同听远讴。
想是后贤当奋起，代烦指引步瀛洲。

鹿鸣远岭

鸣鹿呦呦卧石边，晨昏倾听乐欣然。
劝人猛把诗书读，好向龙门赴喜筵。

鱼跃清池

清池夹岸势沦漪，常见金鳞戏水湄。
知是后来将变化，故先游泳乐熙熙。

新增产坞四景

九峰拱秀

九如颂祝见诗篇，何幸冈陵竟俨然。
府事修和归沃壤，神霄惠泽降遥天。
微灯照彻岩栖古，华帐撑可绮陌妍。
奕世同居书忍字，爱莲堂畔蔚炊烟。

三沼潆青

涧碧泉清卜宅宜，汇成三沼景尤奇。
神山天外参差映，珠树堤边缭绕随。
峡倒瞿塘春满矣，径开靖节水环之。
一觞一永从君好，抵得渔湖道叟诗。

独井泉温

温泉从古说骊山，地脉渊涵到此间。
春暖濯缨寒透骨，夜凉晞发热侵鬟。
稚川九转丹凭錬，玉局双符调更顽。
合向岩居乞神浰，餐芝饵菊共怡颜。

双溪春蔼

步屧双溪气象新，此闲风景更宜人。
春回阡陌禾抽颖，雨足郊原柳展颦。
待有黄云铺绣陇，更饶苍霭荫芳尘。
四方游屐经过少，合让题桥客问津。

《东安产坞周氏宗谱》(1901)

众圃八景诗

杜显芝(七律诗)

王衷海(七绝诗)

草庵锁翠

草庵系草鞋庵简称，距宅东里许，为富新往来孔道。茂树秾霏，阴霾密锁，洵徐氏村东一佳景也。

草庵颜额极新奇，故老相传不可知。
昔日官军曾驻马，而今宵小巳倾葵。

茂林联锁光飞翠，修竹成阴绿满漪。
此去富城三十里，函关端不用泥维。

又

草庵风景倍清幽，圣地原来不易求。
绿树阴秾重迭锁，满山翠黛为谁留。

（庵旁有关圣帝君庙。）

月宫晚眺

月宫，桥名距村东半里许。每当夕阳斜照，登桥远眺，则烟霞袅袅，大有临虚御风之慨。

夕照江山佳气葱，登桥四盼气清雄。
侧身恰欲凌风上，顾影依稀在月中。
西望谭溪若银汉，遥闻天籁酣笙钟。
漫游似此欢无极，几度徘徊趁晚风。

又

月宫桥最耐登临，满眼斜阳红叶林。
潋滟桑榆宜晚景，嫦娥东上日西沉。

黄岭歌声

黄岭俗称黄泥岭，实徐、缪二姓往来要道。时有牧童樵子，歌唱其间，洵村南一佳景也。

青烟晓锁晚露呈，黄岭横前倍有情。
雨后晴初资画意，牧童樵子唱歌声。
蝉吟叶底如酬和，鸟语林间似竞争。
巨细抑扬纯自动，无腔音韵最欢迎。

又

黄泥岭畔听樵歌，起讫无常顺耳过。
牛背牧童恒唱和，声声逸调胜吟哦。

众圃潺湲

众圃，溪名，在徐氏村前，自东而西，潺湲之貌颇耐观焉。

溪名众浦汇群流，曲折潆洄分外幽。
多少田畴资灌溉，潺湲态度足勾留。
郁葱佳气蔚人杰，芦荻秋风放钓钩。
鸟语人声相应和，频听天籁出沙沟。

又

清溪一带抱村环，源远流长九折湾。
众浦有名登邑志，音容活泼看潺湲。

武庙钟灵

武庙，俗称关帝庙，在冯家桥头。山明水秀，惟岳降神，洵徐氏宅西之锁钥也。

壮穆庙堂何处寻，冯家桥北气萧森。
清高祠宇成遗像，风雨关山想旧音。
碧血丹心终古照，黄甘绿吉岁时歆。
余威赫赫今犹在，时事伤怀感不禁。

又

庙貌巍峨关帝灵，山川钟毓地方宁。
当年武侠今还在，千古忠魂道左铭。

北山瀑雨

北山俗称官山，在县治之北，古□□□□□名高峙徐姓村北，遇夏雨时，行声如瀑布，村人籍卜雨之必至焉。

瀑雨飞从何处来，北山隐隐几声雷。
龙号潭底惊涛涌，电闪云端黑幕开。
远视浑如五里雾，静听疑是万峰摧。
甘霖罕自南方至，点点恩波落九垓。

又

望切云霓酷热天，雨声来自北山巅。
私心快慰农家乐，满盼同歌大有年。

萧堤赏雪

萧堤在徐姓村口，旧称萧山口。堤上林木成荫，每丁大雪纷飞或雪后初霁，颇耐人赏览焉。

漫空鳞甲舞高低，碎玉偏宜嵌马蹄。
顷刻盐花铺满树，霎时纷屑垫盈溪。
青山望去头佥白，官路可来眼着迷。
好景半须诗点缀，村人从此识萧堤。

又

萧堤风月两相宜，最好天寒大雪时。
绿树青山头尽白，银光四射浑无疵。

竹林翳景

村后有金竹湾，竹阴密布，却暑延凉。隐君子盘桓其间，罔不恋恋云。

昔时筱竹已无存，簜竹而今族类蕃。
枝叶丛丛能蔽日，风篁鸟鸟似吹埙。
可无君子相师友，兼有仙禽养子孙。
出自北门忧未解，优游林下欲忘言。

又

环居山色本幽间，修竹千竿金竹湾。
万绿蔽天景致雅，凉风解暑水潺湲。

《东安徐氏宗谱》(1917)

临湖五首

观前村

绰楔标题水部坊，利占观国用宾王。
此间聚族承先泽，宜尔孙曾累叶昌。

凤仪山

丹山韫玉凤来仪，秀自天钟回出奇。
携伴偕游寻胜迹，朝阳古寺拜阿弥。

吴塜村

东吴有塜到今遗，说是灵山葁淑姿。
此日马家欣启族，为他防护植新枝。

周公坞

雅爱山居得趣幽，东西一派水长流。
何人普被生民泽，坞号周公仰庙谟。

湖后头

湖上安居枕后头，阳陂有水统南流。
故人家在斯间住，垂老犹能续旧游。

《富春临湖马氏宗谱》（民国）

环居八景诗

徐士赞

两江襟带夹名区，天目分来最上衢。
台石祥云飞紫电，元峰文笔映冰壶。
晨钟出岫丹泉涌，夕汐回澜锦浪趋。

叠叠津山高插汉，屏藩八景壮舆图。

又

俞学煜

叠叠青峰纵远观，潆洄两水庆安澜。

岚光透出文人笔，石迹堆成武将坛。

萧寺晓钟催汲井，之江晚汐涌平栏。

回瞻蕉岭云生处，多少知津人伫看。

周效忭

三峰插汉

壁立重冈近太清，村庐遥映岭头横。

峰排数点全台辅，云隐三山尖削成。

两水回澜

两岸平分水拍空，潮来澎湃势尤雄。

偶来望济亭边望，滚雪翻银满眼中。

蕉岭祥云

晚日画图云作锦，骚几夹岸豁双眸。

悬华曳紫凌空起，一幅祥光兆岭丘。

津山秀应

澄江浪静一峰青，遥入书窗映碧亭。

四面静观如鹄立，当前云母作门屏。

俞琢林

三峰插汉

门开遥见两三峰，直透层霄几万重。

欲向蟾宫高折桂，拟从此处步云踪。

将台奇石

将台山上将登之，将去台空水碧漪。

只有奇形几片石，绿苔重叠似青狮。

港口潮生

浙江潮水最奇观，欲溯源头何处看。

逆上富春谁搏激，钱塘君想躁难安。

状元高峰

独占鳌头第一峰，巍然高并碧芙蓉。

此间却是钟灵地，杰出人才定不庸。

井庵晓钟

东方曙色已微开，忽听钟声百八催。

惊破千家多少梦，井边提汲有人来。

《东安许氏宗谱》(1929)

龙门八景诗

徐发仁

妙岩晓钟

萧寺晓沉沉，钟声出远林。

乱山催虎啸，野水答龙吟。

梦破诸天寂，云衡法地深。

菩提何必树，闻妙早清心。

西湖古迹

山水巧形摹，穿渠肖锦湖。

数番浓抹想，一幅卧游图。

花柳春还驻，禽鱼性亦娱。

即今遗迹认，风景未模糊。

龙泉瀑布

涧底有龙眠，飞流落九天。
崖硧千尺练，道界一棱烟。
巨浪横空破，惊雷泼地颠。
掷金遗句在，赋笔好重镌。

龙头怪石

一握硡砑石，何年化作龙。
点头张诡怪，破壁学横纵。
雨亦挐来疾，云随触处浓。
冈峦回伏里，终古护灵踪。

大桥清波

皎镜出新磨，长桥卧绿波。
鸭天春涨阔，虹影夕阳多。
几曲烟痕缭，千人画里过。
龙门名地旧，是否此洪河。

洪坞夕阳

山势窈而深，斜阳此欲沈。
鸦皴翘侧背，晖肯挂疏林。
一抹胭脂润，重开翠黛阴。
何当光借贷，镇日倚松吟。

瓜亭塔影

亭以种瓜名，亭边塔影横。
浮图天际插，斜晷石头生。
铃铎声声乱，烟霞簇簇明。
一层穷最上，俯览众山平。

长庚涌泉

天池顶凿就，潏�涌甘泉。

跳沫莓苔湿，翻涡乳宝鲜。

汲应云液动，担合玉浆旋。

何日长庚謫，星明一掬圆。

又

吴兆锷

杏峰插云

高峰独出群峰表，一壑胜看万壑云。

最是清秋新霁后，模糊树色映斜曛。

龙潭瀑布

千丈颠崖百尺湍，飞流溅雪逼人寒。

深潭自有潜龙在，莫作寻常瀑布看。

长庚涌泉

西山绝顶号长庚，一亩天池这一泓。

应是五行灵秀气，石泉高涌自生洪。

西湖古迹

惠洲颍水旧传呼，风景同堪入画图。

堤岸昔教苏子筑，齐名更着一西湖。

龙头怪石

突兀危峰俯碧溪，入山屈曲径迂回。

欲寻深窟神龙迹，先见峥嵘怪石飞。

蝴岭晴霞

冷然一日空蒙雨，林壑初生淡漾风。

曳杖闲行山岭外，碧天无际晚霞红。

瓜亭塔影

参差佛阁踞山头，小憩瓜亭览胜幽。
晓日初腾笼塔影，分明倒浸碧溪流。

妙岩钟声

已超物外寂无喧，山色云光锁寺门。
晓日初腾笼塔影，分明倒浸碧溪流。

又

蝶亭光雍

妙岩晓钟

晨光漠漠起黄莺，寂静梵宫催晓声。
月落寒山谁是侣，此间另作梦魂惊。

西湖古迹

桥迹亭踪想旧时，湖清鱼跃鸟歌枝。
只缘深诵劬劳什，辟得长堤奉酒卮。

龙泉瀑布

绝壁高悬瀑水流，水流潭底甚清幽。
潭如盂钵曾称胜，瀑响寒潭几日休。

龙头怪石

突兀峥嵘怪亦幽，万山迢递汇龙头。
有时际得风云会，直欲扬鬐到帝州。

大桥清波

人杰当年今已遥，依稀风景洛阳桥。
潺潺波响犹堪听，几处残墩叹寂寥。

洪坞夕阳

古墓清风忆夕阳，晚霞幂幂丽高冈。
狐眠青塚桑榆迫，鸟倦犹如认故乡。

瓜亭塔影

寂寞松林鸟鹊鸣，一峰斜照月三更。
种瓜遗爱归何处，惟有亭前塔影横。

长庚涌泉

长庚峰顶亦嵯峨，山涧清泉涌作波。
岂是方塘流半亩，王生偓可浴仙鹅。

又

敬斋瑶

妙岩晓钟

古刹沉沉更漏深，潭虚岩影月穿林。
一声镗鞳晨光动，不坐蒲团也见心。

西湖古迹

古迹昭昭陇亩南，凭今数往意难堪。
欷歔不在沧桑易，谁念劬劳镜碧潭。

龙泉瀑布

百仞悬崖飞激流，明珠溅满老龙头。
春来化作甘霖沛，已有农民庆麦秋。

龙头怪石

嵯峨怪石镇荒几，千日埋头一日飞。
漫道老成无此属，好修鳞甲崛山围。

大桥清波

独有清波往复存，桥成桥圮孰源根。
彼苍欲便沧浪客，不使狂澜日翻整。

洪坞夕阳

深山崱嵂阴舟车，孰绘丹青敷赤霞。
昧瘖已临留一照，金光万道门蟆虾。

瓜亭塔影

浮图岳岳傍山亭，伸缩盈虚月下形。
祖泽未烟饶变化，也须特立迹前灵。

长庚涌泉

欲弃尘缘学操瓢，长庚贻我一升椒。
馨香似饮瑶池液，笑杀秦台引凤箫。

又

泉亭灿

妙岩晓钟

梵宇清幽了悟深，岩光况复照疏林。
一声不尽春容响，敲破尘凡名利心。

西湖古迹

西湖名胜甲东南，点缀荒山景亦堪。
昔日繁华今日废，空留明月照寒潭。

龙泉瀑布

百道飞泉一匹流，高源挂向碧云头。
潜龙喷沫奇观现，分得庐山一半秋。

龙头怪石

怪石如龙蟠碧涧，倘生尺木曾将飞。
游人漫道无当此，不是行军不怕围。

大桥清波

龙卧长桥不复存，寒空犹见碧源深。
川流悟得如斯境，世上风波倒翻任。

洪坞夕阳

挦戈谁反日悬车，回照林岚起晚霞。
满坞翠苔金碧耀，公私闲坐问蟆虾。

瓜亭塔影

月明何物压瓜亭，疑是龙蛇忽现形。

出没长随光景变，空山不管有无灵。

长庚涌泉

何处源头来活水，一泓清冷涌山椒。

此中应有濯缨者，趺坐松荫弄玉箫。

吾村向有八景，内二题殊欠雅切。今拟易两景，未审略当否？

杏峰插云

高峰远插白云中，秀削芙蓉夺化工。

无数烟霞遮不住，梅花开到杏花红。

龙潭瀑布

削壁崚嶒石罅开，洞天泉急响如雷。

空中飞瀑三千丈，定有云龙带雨来。

长庚涌泉

西有长庚星烂然，一泓朗照石峰巅。

都缘山泽通元气，涌出天池万斛泉。

西湖古迹

龙门风景似西湖，漫说吴山古画图。

万顷清波看不足，梅花高隐笑林逋。

龙头怪石

烟霞吞吐白云浮，怪石离奇俯急流。

下有寒泉溅飞沫，明珠百斛老龙收。

蝴岭晴霞

山势翩然蝶翅斜，岭头晴日灿明霞。

红绡欲散催诗兴，笔底都生梦里花。

瓜亭塔影

瓜棚葱蒨绕林峦，小憩亭阴暑乍阑。
吟到斜阳芳草路，一枝塔影卧晴滩。

妙岩钟声

妙论空空佛万千，缘何沙汰到岩泉。
禅心寂灭疏钟静，东序金声尚激然。

《富春龙门孙氏宗谱》(2006)

王洲八景诗

金汝杰

王洲初旭

栖禽鼓翼欲腾空，点缀胭脂促晓曈。
树杪酣红光闪烁，窗纱射碧影朦胧。
瓜桥渡口开金镜，栗树村前散玉虹。
笑领东风闲步履，王洲此景乐无穷。

瓜桥竞渡

古迹瓜桥接四郊，东西南北往来饶。
长潢隔堑人难越，小艇冲波渡易招。
心急步迟嫌捷足，蜂屯蚁聚喜同桡。
舣涯未及登途尽，对岸声声唤疾摇。

净土晓钟

古刹清幽绝点尘，晨钟隐隐远传声。
空山鸡舌消寒烬，邃阁蒲牢报晓鸣。
断续残音催兔落，悠扬余韵趱乌生。
禅关惊醒三乘梦，客舍闻趋万里程。

玄阳翠竹

东南风景玄阳最，翠竹森森映石堂。
云破月来呈翡翠，雨漂风忧响琳琅。
扶疏贞节侔天老，劲直虚心耐岁长。
雅爱平安频报信，令人几度瘦诗肠。

桃园春景

万卉纷纷斗艳阳，一腔娇冶属桃芳。
宏罗锦帐藏春色，蹴鞠珊瑚衬翠妆。
朱脸浮含新雨涧，红腮斜带晚风香。
东王莫谢青阳政，景物韶华天地长。

瓜丘胜迹

四水中浮一古洲，洲中封树奠居稠。
设瓜永颂吴宗德，脱迹还追故土丘。
胜地钟灵基鼎业，先人递庆衍孙谋。
三分天下传遗迹，一代芳名万载留。

小浦鱼灯

挈壶沽酒泊舟横，燃竹挑灯暗复明。
隔岸浮光寒隐焰，沿堤乱影冷摇声。
分余错落星沈碧，点破沧浪水澈清。
最是渔翁同唱晚，悠悠风月有谁争。

洋沙牧笛

一望洋沙草接天，牧童吹笛韵悠然。
晚风透澈青湘雨，晓霁横余绿柳烟。
断续行云归碧落，咿呜流水泻长川。
声和花鸟间关里，一样无腔胜管弦。

又

万山环翠

白云飞尽玉屏寒，碧润青蝶乍雨干。
隐隐嵯峨春色里，万山环翠带晴看。

远壑泉鸣

远壑泠泠半岭浮，寒声素色两悠悠。
轻飞玉屑和云落，细奏琴声带月流。

樵牧赓歌

樵斤馨里白云迷，牧笛腔中芳草萋。
名利悠悠身外迹，终朝酬和答东西。

云迷古刹

云迷古刹锁朦胧，石室寒生四壁风。
松径苔封无客过，梦回僧枕日窗红。

晚钟风送

千岩古岫云归晚，万叠低山日落昏。
隐隐鲸音鸣宝口，飘飘风送入孤村。

楼头新月

碧天晚霁雨初收，冷彻银河沁斗牛。
夜气衬浮山影瘦，纤纤新月照楼头。

莺梭织柳

绿暗红稀草满池，匆匆春意促归期。
一腔花景都收拾，留得莺梭织柳丝。

松涛惊梦

倦来一枕晓初明，梦入华胥万里程。
风逐松涛窗外落，惊回愁听暗声声。

又三首

凌尔升

瓜桥古渡

瓜桥古木尽烟霞，谁识当年创帝家。
三岛幽人恶秘术，五云深处发奇葩。
堤杨犹忆江东业，渡峡还传天子车。
借问桃源何处是，徒闻鹤语动吁嗟。

净土晨钟

翠薇深处小蓬莱，袅袅疏声动客猜。
岂是故园闻夜笛，还疑隔岸赋秋台。
龙风晚映空尘韵，山月残传醒世雷。
清夜晨音同棒喝，三车顿悟出凡胎。

蛇浦归帆

万里涛开雪浪溅，渡头斜日客舟还。
纔粘云际茫茫出，又遇沙间片片悬。
鹤首回时秋岸泊，骊歌奏处晚风旋。
富春江上青山旧，蛇浦遗珠应媚川。

词二首

建　辛

桃源春雨（寄调卷珠帘）

谢却梅花三两树，又见桃开，枝上黄莺语。记得年年挑菜处，绿蓑青笠沾红雨。日涉园亭多旨趣，一笑相逢共约寻。春去试问？桃源谁是主？

此中定有人家住。

梅坡冬雪（寄调临江仙）

昨夜太空陈玉戏，琪花飞落天池。江梅树树寄相思，香凝风定后，影瘦雪残时。偶向罗浮寻旧梦，晓来步屐还迟。水边篱落忽横枝，撷芳休赠别，写韵最宜诗。

《富春王洲金氏宗谱》

阳宅八景诗

良　品

金榜兆瑞

坞称金榜瑞何如，好把男儿快读书。
许我状头先有兆，看题龙虎姓名誉。

石门迎祥

贤人寄宿忆当年，地号石门自古传。
开阖何劳关吏手，迎阑环抱我村前。

后迎送宝

漫言此地不招财，自有山名送宝来。
碧玉奇珍罗左右，只愁无识费疑猜。

前列旗杆

两山排闼列门前，喜号旗杆美自然。
预卜登科联甲第，地灵人杰岂虚传。

双溪垂钓

文楂二水聚双溪，自有鱼鳞踊跃齐。
两岸傍矶垂钓者，低徊留此绿杨堤。

深坞采樵

曲曲湾湾坞已深，斧斤时也入山林。
遥闻绿树斜阳里，惟有樵歌杂鸟音。

高坂春耕

何此平畴号坂高，先沾雨露泽春膏。
登场定咏多稌黍，玉烛三农可慰劳。

太阴夜读

太阴朗照我村中，夜读灯光一点红。
仰见群星回北极，静听吟咏小楼东。

《东安施氏宗谱》（民国）

古苍八景

塔岭斜阳

公玉氏

在古仓西南区，离里居半里许。自甑山逶拖而来，至此一伏又起，恰为落霞反照地也。上有一亭，以待游人憩息，后园圮坏，里人倪育英创议重修，共成胜境。

塔岭行游奈晚何，闲亭当缺客频过。
珊瑚树色斜阳艳，琥珀山光夕照多。
翡翠披霞来屋角，紫骝逐影过山阿。
分明一幅胭脂画，黑客归来写得么。

又

旭明氏

峭壁嵯峨人面起，残阳腕晚一轮斜。
参差石势悬明镜，隐现金光散赤霞。

暮蔼遥从青嶂落，村烟犹傍缘林赊。

樵夫说胜雷峰好，多少禅龛槛外花。

湖洑石门

希亭氏

在古仓东南区，离里居一里余后，倚石壁下，临锦溪，古木阴翳，诚胜景也。但溪径险窄，行人不免惊怖。幸里人倪大章捐资修砌，过客遂得掉游行臂。

大章氏

迭迭层峦拥翠苔，石门无锁自常开。

老猿挂树防人过，小鸟啼枝唤客来。

东望古城思世宰，西瞻华屋乐英才。

严滩古迹临千丈，何不来兹作钓台。

又

旭明氏

巉岩耸翠尽云根，古道横斜接远村。

谁遣巨灵开大石，致令绝壁拥高门。

登临自有山林客，来往何愁车马喧。

恍似天台桥上路，世人休得拟桃源。

前村牧笛

天英氏

在古仓正西区，离里居半里许，系倪氏阳基之下砂，如无乔木未免空旷，幸得农家居住，培植松木森密成林，时有笛声从牛背吹来，不啻听康衢之鼓腹也。

闲行忽忽到村边，小屋临田不数椽。

几处黄茅凝晓露，一林翠松宿残烟。

饭牛秦相无六律，扣角齐臣少七弦。

信口仰扬谁省得，掬花折柳总难传。

又

意严氏

前村半属养牲家，薄暮时闻短笛哗。

嫩柳不从吹处折，寒梅难得管中花。

清音远绕壶溪曲，白屋遥连塔岭斜。

伫看牧童牛背稳，更胜马上奏胡笳。

塘陇樵歌

淡　园

在古仓正南区，即在里居屋后，上有曲径盘山，一任樵子来往。群歌互答，声韵仰扬。此山家之乐事，实丰裕之休风。

秦如氏

村后山横草木深，樵夫约伴采层阴。

岩边曲曲沿斜径，云际依依认旧林。

笠挂肩头防雨骤，履穿脚底怕苔侵。

齐声长啸山阿震，鹤唳鸟啼和好音。

又

意严氏

层峦叠嶂势嵯峨，樵采村夫傍陇过。

乐意相关音遂发，知心同往韵相和。

云绕落日归思动，木满深山振处多。

折得桂枝欣自喜，商宫无谱任高歌。

永安瀑布

衡章氏

在古仓正东区，离里居三里许。两道飞泉，形如白练。倪姓开门即见，真一幅万年图画也。上有妙智寺，虽系历朝古刹，实倪姓之香火院焉。

运望前山好息机，寒林叶落鸟声微。

层峦横列红霞断，湍激空悬白练飞。
老衲盘旋归古刹，村妪提挈启柴扉。
我来上下频频看，树挂琼珠石吐玑。

又

挺材氏

玉痕界破白云岭，濆瀑奔流绣佛前。
晓讶银河倾碧落，夜惊风霜降晴天。
悬岩直下三千尺，树杪斜飞万斛泉。
回映夕阳虹霓似，青山应亦逊清鲜。

天甑慈云

淡　园

在古仓西南区，离里居三里许。山形特拔，雄伟非常。无论阴晴，常多云雾，此皆山川旺气发。现倪氏阳基阴地，都从此发脉，所以倪氏人材至今鼎盛。

干莫氏

天甑巍峨不可几，朝来五色带晴晖。
溶溶翠壁山成帐，漠漠青□树有衣。
采药老人篮未满，烂柯樵子担空归。
但期暂住封姨驾，□任祥光自在飞。

又

挺材氏

天成爨甑日氤氲，峻峭神基询不群。
精气潜藏消宿雾，灵光焕发布慈云。
为楼渐觉笼丹巘，结盖非徒映夕曛。
此际婆心真可想，遥看法雨即纷纷。

锦溪波韵

淡　园

在古仓正北区，离里居半里许。曲曲西流，冬夏不涸。但洪水泛滥，不无变迁。幸倪氏通族捐资，砌成石仓约千余丈。不特溪壑安流，抑且田禾永赖。

圣功氏

波纹曲曲过前川，锦带回环泻碧泉。
雅韵不须和管钥，清音宛若弄丝弦。
风微夜织溪心月，烟淡时流水底天。
讵必潇湘居帝子，随和常抱奏深渊。

又

昆山氏

无穷雅韵散村烟，不是铿锵金石宣。
绿绉轻风环佩冷，蓝拖浅□谷文鲜。
清机妙在闲中领，逸响偏从静里传。
莫羡洞庭张盛乐，清流讵减奏丝弦。

锦明晓钟

淡　园

在古仓西北区，离里居一里余。从下逆上为一乡水口，倪姓公建朝阳庵于其巅。延僧住持，暮皷晨钟，万年永镇。

焕章氏

梵王宫在锦明巅，晓动疏钟催爨烟。
击破愁阴星影淡，敲残落霞露华鲜。
铿訇响彻层峦回，嘹嘹声惊万户眠。
待听禅房莲漏尽，朦胧旭日上遥天。

又

昆山氏

晓钟初动锦明巅，响入清风万壑连。

月影渐低星未落，鸡声齐鸣客犹眠。

渔人梦觉澄潭上，宿鸟惊飞翠竹前。

古刹登临晨景好，苍松高挂日华鲜。

《富春古仓倪氏宗谱》（1928）

凹吕山松风八律

宅后山形如飞凤，旧名“凹里山”。今因山巅幽旷，中间平坦，时有清风袅袅，逸韵可人，乃改名曰“凹吕”，颇佳。

窗棂惊午梦，肃听风箫音。

袅袅鸣春籁，嘤嘤唤夏禽。

秋飕迎玉佩，冬飒助寒唫。

准拟王乔管，清风入吕云。

南山虎变

宅之南山，名曰“虎山”，余太祖南泉公之墓在焉。其山有渴虎饮泉之势，因以得名。《易》曰“大人虎变”，吾于南山有感焉。

峻拔拂云曦，层岚耸翠微。

松嗷三径秀，响吼一泉飞。

文炳征晖吉，斑彪映斗箕。

风从今有会，利见大人期。

乌伊春暖醉游人

乌伊山，余宅之土谷祠也。时当二月初七日，祝神寿者，几徧五社。风光之艳，游览之娱，此为最矣。

乌伊春画暖，百鸟唤游人。
风惹隋杨柳，云移玉露尘。
新苹争献颂，旧暖共抡巾。
何必杯中物，酕醄醉暮云。

卓笔峰戏马

卓笔峰者，即“百丈山”也。邑以此山为呈明之象，故号曰“笔”，而吾宅亦为外口。每当九月，学士词人，于此登高作赋致可乐也。

卓笔与天齐，三秋戏马矶。
携樽登碧汉，爱菊坐东第。
青乌寒声息，朱萸冷画题。
风高天愈迥，回首白云起。

安乐锄经

宅后有幽居焉，其地名“安乐”。盖朝而负锄，夕而横经，顾名思义，洵安且乐也。

蒲北一幽居，锄经得自如。
蓝田堪种玉，菊径问樵书。
山水弹琴处，岩花酌酒余。
松筠凭笑傲，吾性乐于于。

龙山环锁白云深

龙山者吾族之屏藩也。环绕宅后，与虎山对峙。有龙蟠虎踞，风云会合之奇。

宅后龙山秀，缥缃映紫垣。
风行松葛里，云插斗牛间。
万叠青岚舞，一溪绿水横。
在田应九二，诸葛隐东安。

八锋亭间看耕云锄雨

余宅水口有亭翼然，厥名“八锋”，由来旧矣。时当春夏之际，其风景迥异寻常。

行行诣八锋，暂憩看犁锄。
云带双江雨，风开五里波。
火耕连北渚，水耨徧南坡。
薄暮归来晚，松阴听鸟歌。

《东安蒲川白氏宗谱》(1934)

石羊八景诗

石羊开泰

日　旦

仙成丹就石羊眠，遥忆初平叱立前。
淡淡芳菲山治秀，溶溶联络寺飞烟。
千枝乔木盘根蒂，一派溪光漾碧连。
文运将开天复泰，盈宁瑞色几番研。

又

徐奕琜

长发由来溯地灵，石羊遥插一峰青。
层峦雾锁疑藏豹，古木云平欲拂星。
奕奕有声歌禹向，绵绵不尽纪尧蓂。
吾家曾傍山前筑，分得荆花映画屏。

又

徐钟蛰

肇造当年此发详，初平叱得石成羊。

芳名自是仙遗迹，家胜须知祖宅乡。
代启文明临丙位，人多寿考旺丁方。
而今荆树花犹紫，端的诒谋丰芑长。

又

徐　樊

走马初来此暂栖，卜营佳兆傍山蹊。
平沙逆卷疑潮涌，峭壁高骞与斗齐。
乔木扶涑摇紫盖，小桥宛转跨红霓。
笃生申甫推神降，叱石成羊未足题。

金鸡报曙

日　旦

聚秀回澜影烛楼，明先觉觉凤为俦。
翎盘远势摩天壁，距砥中流泛月钩。
晓雪凝妆颜正丽，晚云淡抹色偏幽。
不将凡响惊人梦，起舞咸思第一筹。

又

徐奕球

喔喔争开井旭先，蓦然唤起绿窗眠。
侵星蚕织机头缕，带月牛耕陇上田。
昭谏昔年曾有宅，祖生今日岂无鞭。
英人待旦都凭尔，恰喜槐堂对榻传。

又

徐　樊

金鸡筹唱接天鸡，唤得郡鸡处处啼。
空谷响先惊士女，植竿影自彻东西。
可教仪凤来鸣竹，且令潜龙亦跃溪。

独立山隈高振藻，朝朝起舞报班齐。

又

徐钟蛰

地僻稀闻报五更，扶桑灵鸟已长鸣。
翼排接翠晨烟淡，响彻流澌旦气清。
岭畔星残僧出汲，亭前月落客遄征。
啼时到处知天晓，喔喔声传上下村。

堂峰耸秀

日　旦

叠嶂层峦势若翱，龙飞凤舞起英豪。
镇临丙位西方峙，气壮中堂北斗高。
脊侵云表魁群垤，顶插蟾宫映玉韬。
钟秀降神灵未艾，时时瑞气霭钧陶。

又

徐奕球

削就芙蓉涌帝青，林峦竞秀拂苍冥。
堂垂燕翼推天作，座展槐阴仰地灵。
南涧春深龙起蛰，西山秋早桂联馨。
青缃旧叶今犹在，佳气徐徐下翠屏。

又

徐钟蛰

直参云际压群豪，与宅由来天作高。
自是崧灵钟世瑞，还知岳立冠人曹。
位临西兑频古吉，籍表东安孰最豪。
况是缑山仙子后，飘匕逸响续笙璈。

又

徐　樊

志传白鹤耸重霄，里号唐峰绚翠帱。
叠嶂展闲摩诘书，尖峰卓立右军毫。
一番雾锁藏玄豹，无数花飞点绛桃。
为忆当年增陟巘，夕阳荒度灿容刀。

南涧流芳

日　旦

雨洗沙堤道更新，天开异镜簇花神。
风飘兰馥横金谷，烟惹松消绕玉尘。
浓淡山光堪入画，轻盈泉韵最怡人。
千秋祠祀丰享久，旭日临轩万户春。

路转南塘景倍幽，山山滴翠绕村流。
一觞畅叙兰亭胜，半涧香浮甘谷秋。
浴茧有灵传古庙，护田诒谷足孙谋。
余波散作琴书润，不分渔翁下钓钩。

曲水曾将胜事传，芳流宛转亦天然。
夹来山色溶溶静，妙德蒲英苒匕鲜。
学海深源知有自，文江濯锦应争先。
此中清景尤堪谱，妙手摹来又辋川。

采苹曾载召南诗，此地还堪拟昔时。
花坞声澌风淡淡，兰塘波漾日迟迟。
双渠沛泽随期应，一勺流恩到处施。
会溯源头勤报赛，壶浆箪食谒神祠。

源分星过风流别，一涧湾环派自南。
清可定邀庶士乐，芬方不灭醴泉甘。
偶然活泼开生面，如此文章助美谈。
洗涤烦襟心性静，置身充满复何嫌。

岐山栖凤

佳名可颂壮姬周，无限风光起载諏。
丹凤巢成文笔丽，紫芝歌彻玉箫幽。
平峦叠秀梧长碧，巨石檽牙竹愈稠。
律应书声仍蕴藉，喈喈傍晓未曾休。

又

岐山郁郁翠云翔，绝顶相传是凤冈。
览德自应来善里，栖幽端不避迷阳。
好音欲向卷阿矢，吉羽先开葛水光。
卜得文明今有兆，森森翠竹戛琳琅。

又

徐钟蛰

莘居端集面岐阳，翙羽欣瞻凤欲翔。
五色锦呈舒异彩，九苞丹穴发长祥。
鸣和自叶雍喈响，作合还知蔼吉昌。
景运休隆思奋起，振衣千仞立梧冈。

又

三吴边境岂周几，丹凤何来巧集飞。
鸣对槐堂占吉兆，丑喜翻梧叶映朝。
晖前村仪舞穿云，薄隔岸和振翠微。
一自吹箫缑氏岭，舞瞻仙鹤与同归。

又

闻说西周凤巳祖，当年寄迹篆丹书。
九苞振彩仪谌溯，千仞留各慽未除。
雅韵直超风以上，文明端起德之余。
梧桐生长朝阳近，翘首高冈足岐余。

葛水蟠蛟

日　旦

乘鹤仙飞水自流，霞丹霜晢共悠悠。
香飘芹藻波浮影，色润芙蕖良点眸。
戛玉潺湲风缓鸟，鸣琴滴历雨稀稠。
舍虚荡漾平如许，驾雾腾蛟莫滞留。

又

徐奕琜

溪光渺渺接云津，浪静波恬鱼鸟亲。
柳岸不教仙煮石，潭新为有蛰修鳞。
涟漪岂羡千金璧，风雨惟酣三月春。
遮莫渔郎垂钿饵，暂理头角不惊纶。

又

徐钟蛰

山高还赓水长流，一片溪光淡淡浮。
锦派文源传泽远，霞丹霜晢有仙留。
渊深自快修鳞志，溟化旋占破浪游。
萦绕定供亲玩足，村居襟带正悠悠。

又

徐　樊

一泓澄碧信清流，隐有灵蛟蟼底游。

仙令丹砂名并美，将军紫电势堪侔。
垂杨影里鳞如现，芳草堤边瓜欲浮。
他日闻雷飞去后，恩波洋溢被皇州。

里仁和风

日　旦

世今人古俗常淳，乐善从容意自真。
言孝言慈多尽分，相亲相敬不嫌贫。
男耕女织仓箱厚，友益师传道义纯。
满自休风皆可爱，于今犹见太和邻。

又

徐奕莱

敦庬犹是说山家，耕凿风清竞物华。
侪偶相过忘尔我，寻常邀洒话桑麻。
泉分地脉安同井，杵共声秋贺满车。
寄与买邻贤杜母，此间仁里只须赊。

又

徐钟蛰

淳良真足挽浇漓，古道于今尚未移。
无诈无虞忘尔我，不猜不忌释嫌疑。
轴机响接流泉回，耕读忙催明月随。
岁会每同英社乐，高阳通德亦相宜。

上林翠色

徐钟蛰

淑景遨游乐意孚，芳林争翠越成都。
青茶岩接红花岭，绿稻泉来白石偶。
梅对诗人吟里笑，莺随酒客醉中呼。

山回谷转天腴美，俯仰频看万象殊。

又

徐奕球

面面山光书里春，上林翠色倍宜人。
芙蕖岭绣明光锦，金谷潭飞赤玉鳞。
自是辋川添别墅，还疑瑶圃绝风尘。
移尊坐爱松阴晚，一片流霞铺醉茵。

又

徐钟蛰

青郊绿野望盈眸，尽是君家井牧畴。
晨气润时占麦秀，午风清处映槐秋。
桑麻偏慰田家乐，花鸟频添文韵幽。
上苑琼林应有待，争如春色满皇州。

又

徐　樊

疑将柳汁洒袍青，不负嘉名锡上林。
一带绿烟迷系马，千畦翠浪引鸣禽。
参差野树妆浓淡，远近平芜画浅深。
春暮同人觞咏处，何殊少长会山阴。

寨霸岭

藤老依依活，云闲度竹低。
人人皆古处，景景悉题诗。

高堰头

高堰绕松杉，云松半坂诚。
好风当午急，瓜熟密悬巉。

同乐湾

竹鸡啼午寂，松鼠落枝轻。

石咽泉流韵，云收月弄晴。

龙王坑

漫山沉绿绿人行，石静泉寒月色清。

春入深林犹未觉，梅梢月与雪同邻。

金竹坞

山中梅竹正相宜，百尺苍松虬吐丝。

四序平分秋更好，茶香不觉梦回迟。

窖溪埠

江卷银涛上窖溪，千艘齐泊百花堤。

溯源应念南塘路，翘首云山望不迷。

金宋桥

一湾碧水漾平沙，竹过溪桥醮影斜。

却喜乌衣人满巷，应将朱雀换金家。

石壁口

博风出谷已三迁，踪迹应堪比大贤。

因爱杜陵吟逐照，便来壁口拟江边。

《东安王氏宗谱》（1916）

南新八景诗

福山钟秀

万壑千峦空自高，福山钟脉更雄豪。

苍茫太宇凭君息，浩荡仁闻不动刀。

日月多光先得彩，风云有约每相招。

融融淑气深环结，迭出英豪瑞物照。

渔洲清玩

避秦时节原疏凿，会有渔郎来问津。
数点碧桃春浪暖，一钩明月夜潭深。
烟波只契羊裘客，鸥鸟难羁凤翮人。
莫道渊源无所自，渭滨勋烈起丝音。

青牛峻岭

步履何难陟岭南，始知遗迹是奇然。
绿萝引处绳穿鼻，青草芳时轭驾辕。
丙相误惊春喉喘，樵翁错望上流牵。
老天造物非无意，挂角观机忆宁口。

白石名岩

白石村岩古有名，远闻不似近观亲。
苍峦映日初生霭，碧嶂昂霄不受尘。

又

鼻祖分来天目峰，一龛佛火寄云封。
阶前碧草萦书带，窗外修篁映笔锋。
岂意台城歌彼黍，故营野寺趋长松。
昭明遗像今犹在，博得山僧午夜钟。

白石耸翠

磷磷嵘嶪插芙蓉，拄笏摇看黛色浓。
青人丛中峰似削，翠飞山半影还重。
崚嶒山壁开三面，缥缈烟岚忆万松。
相对未能携蜡履，村村花柳任吟筇。

渔洲垂钓

不须小艇荡清湾，独钓垂垂半日闲。

坐石静看鱼拨刺，收纶竚听水潺湲。
渭用有意来车载，泗水无心任饵还。
俗状尘怀何处着，沧浪一曲水云间。

龙坑古迹

古洞幽阴掩石窗，每舒虏寸润南邦。
宁须石燕岩前舞，信有潜龙钵内降。
云起佛龛檐籁籁，水添野渡闸淙淙。
却怜屈蠖渔洲里，争似飞腾跨大江。

《南新彭氏宗谱》（民国）

庄泽七景诗

渔钓清溪

平川渺渺水泱泱，隐士持竿学钓璜。
垂目待时宗吕望，遁身避世继严光。
春风堤上花千树，夜月矶头酒一觞。
名利不干心已足，闲随鸥鹭泛沧浪。

樵歌青坞

僻居幽谷久沉沦，志在樵兮不在薪。
斧韵丁丁惊宿鸟，林阴寂寂隔红尘。
观棋柯烂知仙子，未遇何能讥买臣。
一曲诘歌山月小，芒鞋踏破岭头云。

永安步月

宝镜摩空挂碧霄，清光只在永安桥。
村烟漠漠连新涨，林影依依映浅涛。
着意晶莹明分外，无边朗照足逍遥。

不知此夜关山客，曾对蟾蜍奏碧箫。

平坞闻莺

平坞春晴莺语娇，流音百啭似吹箫。
于飞求友心何切，对语和鸣意更骄。
古调偏宜花外赏，新声还是柳边绕。
传来逸韵谁相似，啼到花残致转超。

飞云夕照

中谷梅花带雪开，天香瑞色两徘徊。
层添皎洁冰姿重，轻叠晶莹玉蕊摧。
野鹤寒栖一树玉，幽人冻折百花魁。
虚窗掩映光何丽，距看阳和春又回。

深源垂钓

满溪流水一河清，荡漾潆洄绕石鸣。
鳞跃深源生意足，纶垂碧浪暮潮平。
雨余翠藻涓涓绿，风定浮鸳个个轻。
得意忘筌归去急，芝兰应有渭滨情。

丰田春耕

细雨一犁春景芳，平田水足竞分秧。
沾涂作苦乘朝月，负荷辛勤趁晚凉。
绿树荫低驱犊卧，深源流急引泉忙。
丰收预卜勤耕日，乐意溶溶酒一觞。

《东安杜氏宗谱》（1926）

菖蒲八景诗

蒲岩漱涧

山势嵯峨落涧长，菖蒲披拂碧泉香。

粼粼漱玉飞滩激，滴滴鸣金出罅凉。

溪折巧分丁字水，波清环绕午桥庄。

澄空冷浸神仙种，饮且食兮寿而康。

殿坞歌莺

竹柳阴森殿坞幽，黄莺呖呖转娇喉。

置身欲入青云路，得意时调白云讴。

一曲惊人春雨细，数声喧谷夕阳浮。

知音最是深山好，静听何妨暂漱流。

狮峦瀑布

何处飞泉天际来，骇然瀑布泻山隈。

千寻峭壁雄分破，一座危峦怒劈开。

雪练号空疑倒海，银缫吼落似奔雷。

巉岩直欲张牙爪，洁净流涎挂满腮。

象鼻松涛

龙耳名开象鼻山，洪涛长吼万松关。

看来翠盖凉风撼，听入清阴野籁闲。

龙质直招丹巘鹤，潮声远度白云湾。

大夫封荫无更改，好抚柯枝不用删。

长泉浴月

十里长泉匹练清，良宵皓月照分明。

金波涌出银蟾碎，玉镜光摇翠浪平。

飞落嫦娥涵五夜，飘来丹桂浸三更。

卧龙错认珠光透，腾跃深潭变化成。

直坞回风

坞直无湾数里深，风回凉劲拂尘襟。

穿云少女频来往，出岫封姨自古今。

野径一痕旋爽籁，翠屏双锁偪元音。

负薪樵子岩边过，领略清机坐竹林。

石明书镜

翠屏谁拟镜光华，土谷神灵号并夸。

晓启空明磨倩日，晚悬灿灿照凭霞。

山妖破胆潜群影，学士澄心绝点瑕。

正是乾坤开玉匣，乡村日日对菱花。

太平晓钟

古刹凌虚半卧溪，蒲牢一吼豁烟迷。

洪音远彻山岚迴，余韵轻随竹影低。

度过板桥休夜柝，惊回茅店和晨鸡。

从知梵宇巍然在，觉世清心是宝镌。

《富春李氏宗谱》（2001）

姜氏合族村景诗

清·加　秀

湖　塍

曾向湖塍问氏名，看来山水也关情。

信知中毓原灵异，待到春来硕果生。

山　基

遐想山基家业肥，茂林修竹映岩扉。
泉流汩汩风声急，山色朦朦日影微。
樵叟早来嫌石密，游人晚去数星稀。
钟关几度通人迹，好似桃源忘是非。

姜家弄（谒金门）

传脉脉，系是赁公培植。竹树重重古寺侧，钟声无止息。映带宗祠增色，一向蒙庥，先德。门外青山何处得？全凭造化力。

王家荡

王家荡里几人传，一自连江一小泉。
相对罗山如读画，有时兄弟一同眠。

梓树坞（阮郎归）

连嶂叠戴霞，风披竹影斜，重重翠色四围遮，熙熙呼应话桑麻，还思采雀茶。

中方坞

清·耀　神

闻说深山别有天，山村烟火晚相连。
至今未到中方坞，音问虽通思渺然。

涨　浦

涨浦何时创起来，相传此地志翁开。
林围水绕如蓬岛，竹影松涛胜植槐。

长　沙

地当长沙县治东，于今安堵念宗功。
当年不为修城逼，难到蓬居五亩宫。

《富春姜氏宗谱》（2009）

银川四景诗序

清·邵士庄

地设风景，天成其闻。古迹余胜，谅必有美不尽收者。午还家俯仰之下，其景犹灿灿然在目前焉。然曾几何时，忽忽已为陈迹矣。夫天地如逆旅，光阴如过客。人世间幼而壮，壮而老，老而衰，其情随事迁转，瞬百年者，曷胜感慨。后之视今，即今之视昔，至若游目，怀图快一日视听犹其不足道者也。故历叙所至，聊作卧游之一助，抑以志同感之微意云。今岁甲寅夏四月，俞族辑修家乘，本立嫌旧记略而欠雅，请序于余。岂能作者既属至谊，曷辞固鄙。爰搜旧稿出斯文以乞政之。

马　翀

南亭晓钟

五更点罢月笼烟，静里钟声何处传。
霜吼元音筹百八，律回下界法三千。
觉开世路醒迷梦，惊破尘心扫俗缘。
日暮老僧兼爱击，楼头底事悟真诠。

新庵古碑

苔痕如雪墨痕青，一幅元明太古经。
洗出全神犹可见，吟余往事不堪听。
梵音老去头陀古，鸟迹重摹圣像灵。
白鹿黄龙今在否，扫除苍藓读遗铭。

竹辉紫树

秀毓灵钟歳歳千，辉生雨露紫疑烟。
盘溪老干凌霄古，扑地新枝映水鲜。

爱作甘棠歌蔽芾，雅同翠竹诵淇泉。
浴沂谁是从游者，舞雩风生别有天。

月笼尖山

一湾树影澈天浮，明月山光射门牛。
佛手峻凌圆镜面，娥眉先扫峭峰头。
辉摇秀石清如许，波射灵泉淡合流。
凭欲等梯攀桂去，吴刚旧约在中秋。

又

钱汝魁

南亭晓钟

万籁声俱寂，铿匕何处闻。
老僧无好梦，步断寺前云。

新庵古碑

人事已代谢，片石独支持。
留得数行在，炎凉阅几时。

竹辉紫树

树木已□往，树阴谁主留。
暮云山月上，空翠逼溪流。

月笼尖山

山影逼天起，银光万丈齐。
夜凉风倒树，宿鸟一声西。

又

裘望洙

南亭晓钟

曙色微明不即明，疏钟响振佛前灯。
梦回夜气犹存否，百八金声点点清。

新庵古碑

泥涂辱处几多时，人事殷遥迹在兹。
不管风霜磨彻骨，前功要与后人知。

竹辉紫树

庇荫灵泉百几年，紫辉遥接翠微天。
凭伊嘱咐无知草，老大承恩仗节坚。

月笼尖山

削得山峰玉笋寒，老天智力已俱殚。
晚来犹怕锋棱挫，密倩嫦娥细细看。

《富春银川俞氏宗谱》(2014)

葛村诗咏

葛玉兴

登石牛山有感

近看一堆乱石头，远眺是头大水牛。
耕罢萧富千顷田，登上山顶且歇息。
口渴畅饮钱江水，肚饥饱餐芳草地。
饱览天堂杭城景，茫茫东海收眼底。

棋盘石和太婆石

洋钿滩顶棋盘石，神仙常来把棋下。
打柴孩童观一局，归来同龄均白发。
七安山上太婆石，钱王请她去填江。
任凭皮鞭频抽打，始终不愿离老家。

渔山葛村

灵峰高耸入云空，滔滔春江钱潮涌。

渔溪逶迤绕村过，幽幽竹林胜崆峒。
康公源自花墙门，上下三房二千丁。
躬耕不辍勤劳作，盛世家园万象新。

春　日

老犬竹篱外，稚绿日色新。
青山绽笑靥，暖云语人情。
渐送人影远，忽闻白鸟鸣。
读书头已白，还与自然亲。

石牛山远眺

叶桐封

石径逶迤接翠微，晨风吹拂乱罗衣。
山因严寒林枝茂，地为深耕麦穗肥。
谷底鸣禽是怨鸟，涧边野卉自芳菲。
春来不耐闲居寂，也学雏莺款款飞。
兴来约伴涉高岗，策杖登临意态昂。
久雨远山林积翠，乍晴满野麦初黄。
嫩芽初摘茶千顷，细叶刚生柏数行。
满目青葱生意闹，水田处处插黄秧。

赞辕门挂剑瀑布

葛紫梁

辕门挂小银光剑，犹似银河落九天。
巨响震得山谷荡，水珠村中满飞溅。
北水归南风水地，中房出了葛云飞。
出生虽在山头埠，水坑沿边发祥伊。

《富春渔山葛氏宗谱》(2008)

六胜园三绝

清·董　诰

一

别一山川眼更明，幽居端的称幽情。
竹兰花圃能兼胜，小坐云根逸趣生。

二

微风松簌心偏寂，细雨岗光翠益深。
茶熟香温闲徙倚，隔枝好鸟伴新吟。

三

家声藉甚一时传，文采风流棣萼连。
风光三径诗千首，更胜金堂五洞仙。

和董学士题六胜园三绝

清·郑宸占

坐看花影入空明，春色融融却有情。
祗为春光留不住，放怀行乐过平生。

双簪山

张伯雨

楼外晴山积翠成，层峦叠嶂倚青冥。
月明会有鸾笙过，又簪峰头坠鹤翎。

《富春胡氏宗谱》(1948)

谢氏迁居诗

少楼氏

莲圹绕馥

青龙护卫号莲圹，无限菲菲数里香。
湿露青盘双朵重，摇风绿蒂一枝长。
鼍江艇影随帆过，虎洞泉声入耳扬。
最好白云遮古渡，四围馥郁乐无央。

沿山胜景

白虎沿山带薜萝，非烟非露碧嵯峨。
半空蓊郁冰霜练，五色轮囷品价多。
绿树参天原缥缈，红霞绕袖更婆娑。
昌西胜景于斯具，拾翠同登兴若何。

状元峰下阳宅诗四则

三生氏

忆往斗山半月周，山环水抱景无忧。
门前朝拱情相近，却是冬暖夏冷休。

归去休来归去休，千貂不换一羊裘。
状元峰对鼍江水，日夜相呼进出舟。

青龙双峡到莲圹，万仞岩岩播转扬。
所向平夷通上下，何劳工贾报安康。

沿山白虎势高强，下沙包裹出贤良。
种得茂林培植好，于今是后永无疆。

《东安谢氏宗谱》(2015)

鹿山八景诗

柑　林

严顶香熏

如丝香袅篆氤氲，一缕炉烟出岫熏。
晴霭飞开紫黛色，素纨绕却青螺纹。
藏身文豹身迷雾，嘘气神龙气结云。
一吐一吞多变幻，须臾郁郁复芬芬。

沙头雁宿

征雁归栖队相逐，行行戢翼行行伏。
衔芦欲下不飞鸣，避缴无依常觳觫。
北去柳芽绿染衣，南来霜叶红飞目。
北南来去不差时，暂借沙头一夜宿。

偃松松风

长松百尺上摩空，赢得涛声古寺中。
人籁未通天籁发，一枝吹动百枝同。
龙蟠鹤舞干青气，暮鼓晨钟听远风。
名刹得名常以此，苍苍深锁梵王宫。

谢溪溪月

溪急潺潺声未歇，团团到泻溪流月。
天光接水水晶莹，波影浸云云出没。
洗却蟾枝倍觉鲜，移来素魄尤清越。

姮娥袅娜漾沦漪，映入广寒香殿阙。

中渡渔灯

满江渔艇满江灯，水面灯摇鱼鳞鳞。
星月随波上复下，烟霞锁浪降而升。
青峰影里人收网，红蓼滩头夜举罾。
一片火珠时隐现，迷离色射碧光澄。

高塍牧笛

牧竖天机随所适，高塍长啸吹芦狄。
卧衣岂晓泣王章，扣角何知歌宁戚。
岭外如招子晋笙，江皋似弄桓伊笛。
一犁春雨乐陶陶，驱犊归来声荡涤。

紫竹云锄

叶叶枝枝密复疏，土人长是带云锄。
烟笼高节殊浓甚，翠锁青标较淡如。
杏雨沾衣添润泽，柳风吹面透清虚。
莫嫌间色容非正，紫气光浮拥敝庐。

香茶露摘

显　周

春郊如锦春山碧，春日迟迟踏绣陌。
嫩叶青葱带雨滋，新芽馥郁和云摘。
霡甘瑞草草加妍，清滴香枝枝吸液。
露浥霞餐品人仙，烹来习习生风腋。

驯雉八景歌

山脊巉岩起烟雾，盘旋触石神物吐。

氤氲氲氲接苍穹，须臾变幻非其故。
凝眸远眺沙头路，数行雁队归栖暮。
嘹亮高低近渚眠，矰缴常防左右顾。
澎湃飞腾生松坞，风送梵音带钟鼓。
上有虬枝古树蟠，摩空一吼蛟龙怒。
接武潺湲来水浦，徘徊水底星月露。
赢得清辉照夜光，香轮荡漾嫦娥舞。
掩映迷离罩中渡，游鳞泼刺惊鸥鹭。
苍茫浪里鱼人立，今予顿起临渊慕。
长笛数声声如诉，牧童歌啸高塍埠。
春雨春风兴正豪，驱犊归来犊奔赴。
遐哉此地称乐土，熙熙皞皞风俗古。
紫叶含烟锁紫云，雅叟夷犹锄竹圃。
瑞草青青难更数，携筐拉伴兴环堵。
里闾不但有农桑，地僻民勤利也溥。

《富春余氏宗谱》(1937)

横槎八景诗

芸齐振玉氏

梨山瀑布

一天新雨后，悬瀑下幽岑。
乱沫堆残雪，飞流滴碎金。
滔滔碧涧阔，滚滚白云深。
响若狂雷走，形如怒马骎。
苍茫迷草色，断续闲松音。

匹练垂千尺，缣丝系百寻。
既宜旭日照，还便夜星临。
胜地依然在，梨山万古森。

壶水环流

悠悠壶水远，曲曲绕横槎。
似带围平岸，如环护浅沙。
涨来浅石小，风过浪纹赊。
绝胜兰亭引，争如桃洞涯。
盘旋千嶂麓，回抱万人家。
帘卷漾清蒨，楼开泛翠华。
澄泓心可洗，喧濑听无哗。
自应钟灵秀，宁祇溉黍麻。

沸潭激湍

山巅郁高耸，下临溪水流。
汤汤来磴畔，浩浩到滩头。
激石翻波涌，冲涯促浪浮。
澜深涛意沸，湍急瀑形稠。
日耀千金碎，月明万璧投。
奔腾驱虎豹，澎湃战犇貅。
倾听清双耳，纵观眩两眸。
乘槎当此际，应拟碧霄游。

花洞和风

深坑遗古迹，花洞有和风。
淑气催冰谷，清光转蕙丛。
悠扬来石窟，淡荡播硿砻。
细草萦溪碧，山芳映峡红。

樵歌林外彻，牧唱岭头通。
老木苔痕翠，新香花意充。
披襟迎习习，拂袖曳融融。
仙女今何在，闲云一望中。

狮山雪霁

狮山笼积雪，霁日烛峰巅。
高下银为色，参差玉作妍。
悬崖微露石，深澜小流泉。
飞絮松翻午，撒盐竹起眠。
寒犹凝古阁，冷却减壶川。
僵卧闭门候，兴栏纵艇天。
缘知报稔岁，应悉兆丰年。
若遇乘驴客，情惟愿执鞭。

农舍晴岚

农舍高岈迴，岧嶤天机蟠。
雨云散石窟，晴日照林端。
迭嶂千里列，群峰万点攒。
烟凝生暮紫，霞映染朝丹。
细滴鸣幽壑，巍盘踞翠峦。
曈昽流赤丽，炯晃焕朱栏。
影合松杉冷，光回岭岫寒。
谁言仙景杳，即此足游观。

丰岩古阁

古阁凌虚敞，巍然震峭嵌。
溪深潭影彻，山耸岭头衔。
崒嵂排青嶂，峥嵘列碧巉。

朝云连栋湿，暮霭共檐函。
竹坞喧禽鸟，松林看鹿麚。
溜穿声滴滴，藤拂舞翩翩。
下苔恒藓阶，前草不久芟。
神灵常赫奕，长显永丰岩。

美石清潭

石出何奇古，于兹擅美名。
当潭中特立，据濑下澴潆。
硉矹形全秀，磷碶势独擎。
冲波飞玉漱，触浪发金声。
倒影连天碧，拖痕带水清。
品题邀米芾，潋滟并昆明。
巧谢雕镌力，工凭造化成。
招朋来宴集，佳境赛蓬瀛。

又

世祥聚玉氏

梨山瀑布

玉洞曾看挂水帘，梨山奇胜泻银泉。
拟垂白练千寻洁，似散明珠万点圆。

壶水环流

四面山围碧玉城，潺湲溪水绕村行。
盘旋洄抱浑如带，自此壶源可擅名。

沸潭激湍

激湍缭绕抱村流，匹练晴铺一望悠。

更羡满溪新涨发，绿杨阴裹荡渔舟。

花洞和风

花洞生风花更香，灵岩相赏不寻常。
依稀玉女陈仙乐，细把清音媚阮郎。

狮山雪霁

层冈崂屼似蹲狮，六出飞来落片迟。
造物不过增色泽，一经点染已多姿。

农舍晴岚

几家茅屋傍山脐，鸟道盘空去欲迷。
晴色一痕相映处，四围峦翠拂檐低。

丰岩古阁

扁舟一叶浮清渚，短筏连绵送激湍。
崂屼山腰留古阁，正宜相赏一凭栏。

美石清潭

肖上嶙峋怪石攒，一泓流水自成澜。
闲时选胜频来此，坐对清光六月寒。

又

周际虞

梨山瀑布

梨山夹道泻寒泉，瀑布飞扬犷石边。
激势飙驰争落涧，倾声虓怒欲惊天。
云开匹练千寻系，雾霁缫丝百丈悬。
犹讶白猊晴饮壑，腥风过处歆龙涎。

壶水环流

壶溪曲抱野田家，隔岸澄波映翠霞。
似带长围浑一解，如环旋转竸相夸。
顺流争欲寻蓬岛，逆溯还期泛月槎。
何日广寒宫里到，且从此处问津涯。

沸潭激湍

沸潭万派一源清，水落滩头激石声。
乍讶雷霆天外走，旋疑车马陈中行。
感怀逝者心犹壮，贯耳飞涛梦欲惊。
漫道居人频漱濯，急流高下势难平。

花洞和风

石洞花明馥郁多，好风披拂气清和。
鸟来谷口衔红蕊，鹿渐溪头踏碧莎。
别是一天游尽可，潜通万壑景如何。
烟霞绝胜桃源石，雨露香盈寄啸歌。

狮山雪霁

李红纲

玉龙战斗弥漫天，龙退狮山玉万千。
樵客竟迷深涧壑，归鸦都压记旧峦。
乘舟剡水何由返，策马监关那得前。
翠竹苍松都压雪，耐寒犹羡老梅坚。

农舍晴岚

农舍峰高万丈参，重冈霁日耸溪南。
峥嵘碧落环青嶂，嵱嵷晴空锁翠岚。
竹韵松涛留客往，鸟啼猿啸送樵担。
登临赋彻思犹壮，应为居人一笑堪。

农岩古阁

丰岩高阁白云边，云气苍茫数百年。
古木参差承赤日，危峰巀嶭锁晴烟。
溪流曲曲穷源尽，村落家家入望悬。
此处登临无俗韵，闲乘清兴听寒泉。

美石清潭

怪石何由擅美名，临潭倒映有余清。
对人秀色餐无尽，照水流形画不成。
风度波摇头忽点，雨滋苔长发皆生。
玲珑山骨凭谁斫，万古灵仙一掌横。

八景调

清・何锡珍

梨山瀑布（南诃子）

玉峡重扃锁，悬流接彩霞。数声雷吼落平沙，正值三春梨雨、吐芳葩。松篁清自韵，喷雪作飞花。轻盈素体暮烟斜，人在冰壶深入、境犹赊。

壶水环流（浪淘沙）

春雨冷凄凄，浸没沙堤。湖山十里涨高低。一片秾花翻似锦，野径烟迷。碧浪与云齐，不辨东西。凭高极目溢町畦。绿柳垂杨千万缕，竹筏横溪。

沸潭激湍（蝶燮花）

日暮溪澄烟色紫，几处清波，声出丛林里。画夜潺潺不自止，悠扬忽协宫各征。风作管弦响竞起，韵彻滩头还度白云底。何必高山与流水，乘槎一泻惊千里。

花洞和风（西江月）

万迭云连峭壁，韵流洞口风生。三时花气斗芳英，共乐壶中美景。一片明霞似锦，松涛竹韵蜚声。无穷妙趣写予情，山水清音雅领。

狮山雪霁（一剪梅）

突兀孤峰望里赊，飒飒寒风，吹散银沙。一天霁影照山家，满眼清光，透入窗纱，着柳西篁缀素葩，千层玉帐，万树琼花，旧林旋失晚归鸦。默坐小斋，犹自烹茶。

农舍晴岚（南乡子）

极目趣靡穷，日暖新晴煦气融。非霭非烟觅处影，全空，远望依依翠壁笼。乍拟起封中，绝巘苍茫云路通。淡扫轻缣还胜月，朦胧，满岫氤氲散锦红。

丰岩古阁（黄金）

古渡绿杨千万树，一带清流如注。吟新句，步出滩头看柳絮。巍巍杰阁迷烟雾，满目山川景自聚。几处危岩，曲尽登临趣。歌鸟调，弦声不住，风篁时，山麓潇潇雨。

美石清潭（踏沙行）

兀兀中流，波光荡漾，危峰石磴挑千丈。溪回荣荣，戛鸣球，风含竹木笙歌响。闲步幽堤，倚岩俯仰，一翻清影堪心赏。嵌空壁立削芙蓉，依稀人在仙岩上。

横槎歌

何世祥

鹤山兮静苍，壶水兮汪洋。巍而耸兮桐之岑，崊而岏兮甑之冈。花洞和风兮春光明媚，美石清沄兮秋景苍凉。韵淙淙兮梨山瀑溅，声潺潺兮沸湍澜狂。遐瞻农舍兮爱晴岚之烂若，凭眺丰岩兮羡古阁之辉煌。虽无蓬壶胜境兮，亦足容与而翱翔。美可茹兮鲜可食，聊且终吾生以徜徉。

美石祠堂八景

王明之

宋咸淳间，宗道公子友良君赘鹤山徐氏。至延祐间，卒葬于美石，建有祠。

潜溪濑玉

璇源一派绕檐楹，疑是天球戛击鸣。

几度凭栏听不厌，晨昏常觉耳根清。

花洞留春

云根一窍自天然，四序花开景色妍。

不是明公行乐处，芳名那得至今传。

千金竹籁

种得千金竹万竿，风添灵籁晓生寒。

昨宵月下清机动，恼得诗人睡不安。

三石松琴

石上龙虬接太空，时留琴韵和春风。

自成河水高山调，可有知音诉曲衷。

断碑横草

古庙残碑已有年，何时横卧草芊芊。

后生欲识当时事，细拂苍苔读旧编。

古木悬崖

苍茫古树覆层檐，攀附新萝雨后添。

昨夜月明云影淡，恍疑垂下老龙髯。

神潭钓雪

雪压青山画白头，一竿丝影浸寒流。

夜深抖擞银蓑笠，不意苍鳞上钓钩。

农舍耕云

一犁耕破陇头云，农父沾涂共效勤。

田亩时瞻熙皞象，深长风味协南熏。

《富春横槎何氏宗谱》(2015)

因约三英侄同游纪胜八首

清·潘成年

客 至

素有登临酌，相期良友开。

云胡春不至，蓦地夏方来。

倒屣迎新客，披襟漉旧醅。

心欢忘宿疾，随意蹈莓苔。

采药秦岭与查源邻近

饭毕同携手，言寻采药师。

云深董奉坞，花绕桐君祠。

神异原非想，灵源更在兹。

龙潭今已近，舍此欲何之。

（由秦坞横岭进查源，山花夹路，炊烟化云。林尽屋出，石桂插于前，而瀑布摇摇可接矣。）

断峡连峰后，山花夹路春。

炊烟迷岭坞，草屋锁松筠。

石笋冲云出，青峦入眼新。

忽惊虹下饮，夺目晃如银。

未至瀑布先过龙潭

去岁龙潭水，渊渟静不喧。
云雷春已过，窟宅想弥尊。
萝薜成千古，飞腾出一门。
惊魂谁敢取，鳞甲此中蹲。

瀑　布

春山新雨后，瀑布更添流。
嵌窦咸喷注，穹岩足隐幽。
云生于涧暗，虎啸万山愁。
有客情逾剧，超然到上头。

（亦兄同三英上探龙洞，余与宇兄不得上。）

灵威藏秘笈，古洞镖支祁。
绝境谁能至，耽奇更不辞。
飞升宁异路，羽化在移时。
踪迹攀援杳，茫然独尔思。

探龙洞下

乍骇猱缘入，旋惊蟹步回。
星辰扪几座，蝌蚪记重来。
钟乳宜相赠，风兰许共栽。
扶筇同小憩，归兴亦悠哉。

赠　别

相会不能多，相思奈若何。
新知连旧好，缓调起离歌。
尚有撙中约，能忘别后过。
高秋风月好，乘兴莫蹉跎。

又

广陵纪胜十首原韵

三 溪

三溪注一溪，人家临水住。
花鸭暮相呼，分流识归路。

余 溪

暮居分水屋，朝种新城田。
余溪知不远。一带碧山连。

枫林坞

我游枫林坞，不见枫林树。
惟闻涧水声，依旧出烟雾。

咽 泉

咽石石常在，咽水水复出。
安得餐霞人，与之一参质。

槎 坑

谷口千寻树，岩端百尺泉。
相看久不厌，何处乞长年。

西云桥

溪自广陵来，小桥邻石堰。
背山松柏多，隔水楼台远。

栖云庵

仄径深深入，寒山面面逢。
行人时间路，为见白云封。

新妇洞

新妇宿洞中，问郎相伴否。
为郎整红妆，山花满洞口。

石马岩

林峦处处奇，最奇指石马。
斜阳返景时，欲并羊牛下。

雨花岩

漠漠烟云暗，阴阴草树低。
山深人罕到，时有杜鹃啼。

和　韵

攀　凤

三　溪

三水忽同流，潆洄势欲住。
若辨味淄渑，记取来时路。

余　溪

源出分阳坞，流分新邑田。
余溪知远近，十里晚山连。

枫林坞

陵谷有迁移，何况枫林树。
川原知我意。连山起烟雾。

咽　泉

咽泉有妙理，义文已道出。
触处自逢源，禅伯何庸质。

槎　坑

张骞寻不到，绝壁挂飞泉。

古槎岩际卧，贯月在何年。

西云桥

春日步溪桥，春流澌石堰。

回眺广陵源，一抹烟霞远。

栖云庵

小径迷初人，山僧人外逢。

问师何处宿，前路白云封。

新妇洞

新妇处洞中，颇勤织作否。

想应工织素，瀑布悬洞口。

石马岩

穹岩应有鹿，何得指为马。

若遇黄初平，并作羊躯下。

雨花岩

古树横岩植，幽花逐涧低。

阴森人畏语，谷鸟一声啼。

石柱连云

大　嵩

巨灵擘太华，神工鬼斧尽。

堪夸五丁开蜀道，凿险锤幽不可道。

巍巍一柱势擎天，奇崛岂非天所造。

混迹深山无赏识，凌云之质徒自抱。

境赖人传信有之，不遇高人人莫知。

虎溪片石安足奇，地居省会多追随。

坡公一顾名遂着，至今争传不复疑。
佳山佳水类如此，千古芳名勿浪垂。

龙潭瀑布

君不闻

庐山瀑布天下奇，喷云舞雪耀前溪。
飞流直下三千丈，九道光芒一色垂。
天下奇观不多得，壮怀常欲探消息。
力不足兮心悬悬，空相忆兮多反侧。
何幸查源有此泉，真如匹练挂岩颠。
春雨足时翻白浪，疑是银河落九天。
此非庐山真面目，好景亦足光岩谷。
山水精英不可磨。况乃于斯长聚族。

枫林咽水

我到枫林坞，但见枫林树。
言寻咽水源，邂逅不相遇。
老僧导我前，始识桃源路。
一泓如半月，清澈无他故。
忽然泉脉动，汩汩如倾注。
叹赏未移时，又见泉流住。
乍盈复乍涸，真个成奇趣。
想其呼吸通，还是盈虚数。
怪哉钱塘潮，睹此亦可悟。
或言鳅鱼出，或言子胥恕。
论说徒纷纷，谬矣俱错误。

对峰拥秀

远境不可到，近境讵可遗。

对峰当户秀，空翠扑人眉。
累累如贯珠，绵绵似九疑。
春来备采色，夏日多繁枝。
秋多凝霜雪，相对更相宜。
在山喜山麓，在水乐水湄。
岂惟性相近，亦因习所移。
吾族久居此，安得无片词。
山静似太古，令人深长思。

骑龙春社

二月二日是花辰，妇女咸来蹈锦茵。
二月五日是社辰，父老相邀拜谷神。
操豚携黍馨香荐，击鼓吹笙俎豆陈。
莫道相循成故事，须知自昔重农民。
重农民，讲农事，同社之人共相示。
禁游手，逐游民，同社之人共相亲。
枌榆庙里，松柏荫中，三揖三让。
煞有古风，社公乐此倒骑龙。

冷塘回澜

广陵十八里，泉流清且洁。
何地不潆纡，至此殊迴别。
造物亦好奇，故使多曲折。
巨石砥中流，波涛成勇决。
宛转复纡余，回澜信奇绝。
塘高堤柳徧，行行似成列。
夏日绿阴浓，把钓听鸣鴂。
回首瞩村居，郁乎佳气结。

阴阴有妙理，山水不虚设。

安得毓英奇，门阁大阀阅。

平山春晓

忆昔平山春，相对有高人。

酣歌还纵酒，讲道复论文。

比来春日晓，此意更谁道。

碧草自葱茏，繁花成懊恼。

春阴长寂寂，春色徙娟好。

春归人不归，得勿伤怀抱。

吁嗟十年事，盛气谁为保。

所期在后贤，青云置身早。

花木增光辉，门阑看再造。

整顿旧家声，无忝尔厥考。

《东安袁氏宗谱》(2010)

杂咏诗

富春八咏

东平王庙

文武兼资共慕公，一樽聊与守西风。
貌从今日瞻生象，名向遗篇见死忠。
唐室有天云阵合，睢阳无力战城空。
后来多少纡青者，不及当时骂贼功。

恩波大桥

浙水东来第一桥，虹霓跨海出云霄。
栏杆咫尺冲牛斗，阁道参差接市朝。
山水绕城春作涨，江涛入海夜通潮。
明年许我重题柱，又向中流去放桡。

东门鹳山

一山横出大江头，禹凿当年到此否。
地徒石根迎碧落，天移砥柱立中流。
云遗夜半风云合，城廓春深紫翠浮。
几度拂衣登绝顶，海门东去是杭州。

吴公堤

富阳凋敝巳多年，此日方逢令尹贤。
将岸崩潭千尺地，封章飞奏九重天。
万民趋事浑无倦，一旦功成不偶然。
我在儒门深有喜，因成八句作诗篇。

猴岭关圣

义勇无双汉寿亭，烛光达旦万年醒。

追风赤兔昭忠赤，偃月青龙表汗青。
走魏吞吴神武壮，扶刘佐汉圣衷灵。
威行华夏长如在，荒服还教销未刑。

岳武穆诗

中兴敌忾仗雄风，直抵黄龙眼界空。
争奈孤军班矫诏，可怜二帝冷行宫。
十年力废徒怀愤，三字冤深枉效忠。
何物穷奇险更险，忍教埋恨九原中。

壶源古岑

古岑岧嶤天与齐，恍乘野鹤出群鸡。
灰襟尽脱空中阁，雅况谁言柳不稽。
回首依依探月窟，恁虚冉冉步云梯。
风生雨腋青霄上，何有抠衣依杖藜。

登坡观海

休嗟往古兴来今，试看风波平地临。
倏去倏还皆应迹，时行时止捻虚襟。
须知造化消仍息，岂逐狂澜浮且沉。
进退盈虚无物累，肯将桑海击吾心。

《富春瑞峰王氏宗谱》(2010)

家训十二则词

孝

（调寄点绛唇）

生我劬劳，亲恩罔极真同昊。三年襁褓，渐促容颜老。鼎食椎牛，何似鸡豚好。须尽道，色养并讨，竭力承欢早。

弟

（调同前）

并蒂连枝，棠棣华萼初分派。友于深爱，共笃鸟脊鸰队。何事猜嫌，煮豆忧心碎。莫变痗，分梨炙艾，手足恩情倍。

忠

（调同前）

世事纷纠，尔虞我诈争相遂。戒兹反复，恃此中心朴。束帛无华，不籍元缥续。问幽独，推心置腹，共酿和平福。

信

（调同前）

孚及豚鱼，训垂大易真难忽。无輗无軏，捷径都成蹶。一诺千金，往事已高揭。情难恝，往来咄咄，古道照颜色。

礼

（调寄清平乐）

俪皮初授，制作天然就。日用饮食都须守，在昔先民由旧。孔云宁俭无奢，遵循庶免奇衺。莫道非为我设，徒令相鼠兴嗟。

义

（调同前）

由来正路，出入须宜赴，制心制事莫履错，即是光明伟度。宜知里闾周旋，还期输纳争先。种种积行方外，自然裕后光前。

廉

（调同前）

休嫌落魄，寒素惟清白。却馈悬鱼成古迹，说甚室人交謫。从来知足我求，随分抑又何忧。义命断然不易，何如行立名修。

耻

（调同前）

狂梯圣级，一念分沟洫。愧悔不甘蒙隐慝，何用百方修饰。要知百世流芳，须将寸地商量。努力砥行立节，曾看亲显名扬。

耕

（调寄步蟾宫）

雨蓑云笠农家味，嗣股肱、无穷生计。春田米尽接秋田，安享那、茨粱维亿。提筐馌饷休言瘁，剥枣烹葵堪记。一家妇子庆盈宁，还肇我、飶馨禋祀。

读

（调同前）

鸡窗雪案须勤读，墨帐内、诗书报速。寸阴尺璧莫蹉跎，且休厌、盘中苜蓿。杏花桂子交相簇，更喜柳袍新绿，试看有子显门庭，全凭着、五车书簏。

勤

（调同前）

韶华易逝催人促，百歳内、岂堪踯躅。男耕女织几辛勤，博得个、家盈户足。从来既富称方谷，羡煞田畴满绿。顿教振起旧家声，莫道是、桑麻菽粟。

俭

（调同前）

唐风魏俗由来古，嗟豢养、莫持门户。宾朋花酒趁繁华，顿丧了、前人基土。寸丝粒米皆辛苦，莫恃眼前华膴，通融酌剂用惟时，应卜箕、裘绳祖武。

《富春王洲叶氏宗谱》（1867）

富春四仙诗

赤松子驾鹤升天

白云岑上浮，常见赤松游。
驾鹤来琼阙，升天向玉楼。
洪崖曾作侣，陶正自同寿。
上下随风雨，真名万古留。

董双成丹成得道

阴阳火送迎，九转炼丹精。
位列仙真座，人行大道成。
吹生空九障，跨鹤到三清。
谁奏云和曲，曾传玉女名。

葛仙翁水中醉卧

谁似葛仙真，龙杯水作邻。
波浸酣午梦，浪逼醉乡春。
沉没愁吴主，归来说伍臣。
后成丹灶术，高举出空尘。

黄初平叱石成羊

何处白云乡，金华碧草堂。
牧儿知异术，道士授仙方。
六甲威灵愿，五龙雷电藏。
山东指白石，叱起万群羊。

《富春瑞峰沈氏宗谱》(2009)

慕山诗草

鹳山（鼋石、鹿山相望）

嵯峨叠石点云斑，自是城头姑射山。
塔影倒穿波底出，樯稍摇带夕阳还。
鹿鸣前阜峦千叠，鼋卧平江水一湾。
十筑祥风匕韵远，颉颃把臂与相攀。

万龄桥

万龄桥迹旧遗图，渡往津来不可无。
岸接一江千尺浪，水联九曲数重湖。
途闲未解喧车马，天远庸堪狎雁凫。
踏破芒鞋疲佛子，争如随步杖藜扶。

钟　声

古寺僧敲晓霁钟，微风流送特从容。
殷殷隔陇踰鸣涧，渺渺凭虚度吼松。
石鼓已无留响在，玉笙何处觅仙踪。
寒灯夜雨三余事，好作窗前代漏龙。

九曲水溪流绕户前

一派清溪九曲流，山前山后几春秋。
花疑桃洞迷津落，酒可兰亭修禊游。
出水互堆悬渡石，无人横放带潮舟。
不须百尺滩头上，濯足逢鱼把钓钩。

江村乔木

古目扶疏虬蝘姿，江流一曲抱幽居。

喜听林鸟怀音好，伫看渊鱼毓化迟。
出谷迁乔应有日，昂霄耸壑岂无期。
百年身世惊今老，云影山容自昔时。

屏山襟江

翠屏涟漪夹江湍，眠柳修篁十亩宽。
乐志却堪岩谷老，淡情偏向月波寒。
地钟西浙千年脉，潮作东吴万里澜。
此水此山常作伴，年来年去一般看。

清水湖

百亩清湖古志书，缘畦周溉十千余。
割腴半里豪家腹，望泽多为涸辙鱼。
剜却心头良所痛，代僵李树复何如。
顾将一挽澄流水，好把浮粮尽洗除。

《富春祥风陈氏宗谱》(2009)

聚仙庵纪游十咏

蒋麒囿

丁亥重九，余伴钟君秀庭先生纂修陈氏宗谱，增邀趾祥等七人游聚仙庵，以考陈炼陈鏸三公碑迹。此地层岩叠翠，激湍清流。登其境即飘然欲仙，洵足乐也。既归，因拟俚词，以纪游兴。

兰亭窃仿集群贤，叩入云关便聚仙。
扫净粗豪狂士气，竹林寂静悟参禅。

为阅仙庵一古碑，登临美境赏清奇。
黄花红叶风光好，何处闲看不适宜。

山居麋鹿尽堪徒，大冶原同一化炉。
想见无边尊说法，座前应有听经狐。

嘘云喷雾石岩空，鳞甲层匕信是龙。
吩咐甘霖时沛泽，风雷慎勿拔乔松。

万山环绕翠围屏，一扣洪钟响彻灵。
却恐狮山藤叟笑，大声震谷骇人听。

（钟君秀庭先生自号狮山藤叟。）

烹煮香泉石隙流，山房雅筑景清幽。
围棋一局琴三弄，宛似黄冈记竹楼。

是谁佳句壁间题，墨迹琳琅不整齐。
刚欲挥毫思步咏，又看云雁字斜西。

烟岚深锁辟窗扉，胜地分明客到稀。
迥脱尘嚣襟自涤，盘桓日暮欲忘归。

廻旋曲径水磷磷，再度刘郎好问津。
料得十年烽火日，此间不乏避秦人。

数遍垂眉几座尊，烟霞染透浪游魂。
归来犹觉飘仙阅，诸佛深深刻梦痕。

《兰源陈氏宗谱》（1947）

生一陈亲翁七秩荣寿序并诗

清·吴家珍

余迹沈宦海，性僻烟霞。空囊解组，避迹葛溪。种竹栽蔬，歌风耕雨，将藉此以自娱耳。所幸者，知己往来，互相啸咏，弥孔以文酒相交，殆亦犹是比邻。有陈翁生一者，居不数武。其纯谨仁厚，大可风世，余向往已久。兹值桂秋届七秩大寿，亲朋咸称觞致庆。子不敏，敢仍为啸咏，以祝遐龄。

华山闻道卧希夷，今见先生葛水居。
盛世耕闲能说剑，鲤庭严训授奇书。
瑶池醉色金桃并，元圃仙姿鹤发如。
北海开樽无俗驾，南熏入座礼贤婿。
名高岱岳雄相长，声重鼍江美不虚。
弧矢高悬秋正好，云程桂子颖川庐。

赠茂才翰臣七古一首并序

民国·汪秉豪

陈君翰臣，同邑城郭元村人，清季茂才也。曾受业于钟如齐师，与余为同门。尝读其文艺见解超卓，而性情慷爽，言论恳直不阿，人咸仰其霁月光风之度。惟是椿萱早谢，荆树偏枯，而又火正失御，灾及冶炉，叠遭闵凶，能无叹天心之太酷。然而回天有力，克迪前光。缋过伯玉知非之岁，而子孙林立，仓廪充盈夫亦可以自慰。而其慰矣，抑陈君尤多才技，凡医、经、地理诸书，靡不博览旁搜。深入堂室时，或寻山问水时，或切脉播方，率多奇效，人莫不心钦而口颂之。至其再修宗乘，尤见孝思不匮也。余素契陈君风度轩豁，为赋短章略写其生平。非谓拟古，亦避为生人立传之讥云尔。

湘流婉转葛流长，居人筑室清溪旁。
中有一人字翰臣，凌风特立生辉光。
万卷诗书撑满腹，惟有蓼莪不认读。

（君十岁丧父，十六丧母。）

双雁齐飞只雁落，伤心予季恸且哭。

（君与胞弟丹斋最友爱，少年作古。）

少年志气干青云，乘风破浪等终军。

看花折桂犹拾芥，且游頖水采其芹。

（君于清光绪十五年己丑入泮，廿七年辛丑补增广生。）

世业曾承冶铁炉，厄运难将阳九扶。

祝融再驾何迅速，毁却旧炉建新庐。

（君先人遗有冶厂一所，清光绪甲午、丁酉间两毁两建。）

否运已过泰运来，豁然天表云雾开。

丽日当空群影正，旋看时雨润苍苔。

举案齐眉媲孟光，燕山五桂并芬芳。

（君元配袁孺人与君年皆五十余，齐眉偕老。）（君有令子五人）

惠连不复吟春草，千里驹似曹家郎。

（厥弟已逝）（君抚爱胞侄克明读书毕业，今尚同居。）

七国争雄有均势，何堪俯首尊秦帝。

仲连抵掌论安危，识见自是高一世。

许劭曾持月旦评，贤愚铢雨悉分明。

皮里阳秋不足贵，董狐直笔如长城。

详稽世系正宗风，遗法屡守苏长公。

志惟尊祖并收族，椒条拂郁亦葱茏。

我惭樗栎不成材，况复丝丝白发催。

惟君松柏耐岁寒，植根新甫与徂徕。

养正楼诗集

禹梁氏　陈　倬

窗前自述

潦倒浮生岁月赊，西风回首暮云遮。
空余舌敝谈非剑，那复毫含梦有花。
五试棘闱存故我，六移芸馆傍谁家。
儒冠误甚弹无日，掩卷踌躇月影斜。

鸟　语

栖迟近碧山，鸟语听间关。
弄舌当生活，朝朝不自闲。

鹰毛扇

弹惊健翮堕长空，利用人间羡羽丰。
玉柄装成轻摆月，金丝穿就巧生风。
至今挥动摹诸葛，忆昔飞扬拟太公。
掌握犹教雏见怯，蒲葵那得与争功。

鼠须笔

数茎精锐捋无余，巧制还依馆阁居。
啮尽芸编曾饱学，夺来要职是中书。
吐锋纸上跳梁后，醉墨池边息喙初。
自此红鹅生棐几，中山兔颖那能如。

山　行

小帽轻衫结伴游，看山岂厌入山幽。
别怀俯唱遥吟趣，故踏危陂曲径头。

画本却从高处觅，诗材衹在望中收。

烟峦层叠林泉美，胜览何须远泛舟。

蚊

聚辄成雷毒已深，汹汹苦把肉躯侵。

假敉惜玉怜香态，自具吞脂吸髓心。

缘隙低呼惊蝶梦，破空轻刺入鸳衾。

不思反掌归乌有，贪嗜还甘一命沉。

获　鼠

终宵历乱枕边侵，数尽渠魁出就擒。

啮箧漫夸书满腹，踏机已痛镞穿心。

卜无蔡铁神明甚，狱具张汤劾治深。

从此鹓雏过休吓，不教有齿卫风吟。

咏　烟

石马名驰路八千，应知火食有神仙。

清如沆瀣餐宁饱，香拟芝兰味已传。

手挹碧云吟阁上，唇生丹篆绣帘前。

不陈怀斝能教醉，功占青州从事先。

小恙偶吟

恹恹无兴览芳丛，避湿违寒更怯风。

坐卧平分春昼静，应酬尽谢俗缘空。

衹凭糜粥调饥渴，每把方书校异同。

怪是物情欺病客，蛛丝近欲击帘栊。

赋得春残夜闺怨

限“幽游楼秋筹”为韵句，内要用戏名、官名、地名、鸟名、美人名、花名、药名、曲牌名，此系余邑课题。

白罗衫褪夜闺幽，悄忆郎官正远游。

泪涌湘江千尺水，声闻题鴂五更楼。
风回飞燕归何暮，雨浥含桃冷欲秋。
独活自惊常不寐，倚妆台下数更筹。

春锁西厢景自幽，行人何事旷期游。
有魂几绕巫山梦，无语空栖燕子楼。
绣阁闻莺莺已老，菱花映月月如秋。
纱窗泪破防风入，坐剔银灯仔细筹。

红叶花谢怨思幽，欲话卿卿已别游。
望断阳关人去阁，听残杜宇月当楼。
蛮腰倚待纱窗晓，桃脸啼成角枕秋。
指日当归归不得，锦缠头上独持筹。

慰　足

未获朝靴立鹭班，蹉跎两足泪堪潸。
行穿峻岭重重险，踏尽长途步步艰。
今日崎岖因我累，他年车马任君闲。
补天功用能分半，莫笑劳生肢体瘠。

斋　居

荧光雪影小窗明，手弄残编适性情。
不受人怜穷益傲，独抒已见老逾横。
梦从燕语莺啼破，诗自风潇雨晦成。
厚福敢随庸辈享，此身惟有百无争。

扑火虫

一片飞扬兴，惟将鼎镬求。
浮生灯下幻，不死不甘休。

鸡鹅鸭猫

养成全德伴儒林，日与谈元解悟深。
夜唱一声天下白，更余无限唤人心。

又

洁白姿应鹤作媒，鸡群出入总无猜。
莫因鶂鶂君频颬，曾是黄庭经换来。

又

编栏谁放匹雏游，日暮烟坊泛未休。
聚散纵横惊阵变，全归只赖一年头。

又

生来似豹色斒斓，媚灶雄心非等闲。
冒鼎窃脔君勿怒，立功衹在伏梁间。

豚犬牛羊

入苙身当养晦时，饱餐常听主人词。
肥家自具捐躯志，故把糟糠苦节持。

又

微风细雨吠黄昏，投骨何嫌与即吞。
恋主不因贫便去，弃将枵腹卧柴门。

又

不将被绣作牺牲，十亩田间服轭行。
春雨一犁蕃五谷，却教刍食过平生。

又

当年叱石信奇闻，留下仙踪三百群。
莫谓柔毛柔实甚，触藩从不畏辛勤。

寓三茅观

白云深处鹤方巢，竹叶梅花冷淡交。

山上昔曾传七宝，观中今尚记三茅。
倚檐石势崚嶒立，度岭钟声断续敲。
佛自增辉超世界，相依能令俗缘抛。

题天真寺禅房

竹径松窗别有天，清风引诵涅盘篇。
几丝花雨飞帘外，一脉香泉落槛边。
静里禅机鸠语逗，闲中真谛磬声传。
试从贝叶频翻处，为谱新诗结净缘。

里中薪贵有感

不从岩穴结吾庐，夹水惟夸汲有余。
粮未绝陈炊可待，薪偏贵楚爨几虚。
空怀翁子樵林斧，应觅留候辟谷书。
惆怅庾廖终易尽，乐郊遥企白云居。

蚕　娘

马头娘佑拜多功，米点豚蹄祷祀丰。
采叶裙濡三径露，捉眠鬓乱一窗风。
熟观箔上残纱绿，暖喜山头软火烘。
今岁十分半自着，莫将罗绮让城中。

摛藻为春

独分灵秀作才人，秘思妍词妙绝伦。
千古文章金匮富，一时翰墨玉堂春。
菁华萃向毫端丽，英采飞从纸上真。
自是江花潘藻在，不须大块谱芳新。

偏　旱

目送滂沱雨过东，隔塍枯润不相同。
彼都已庆甘霖沛，是邑还忧烈日烘。

大造何心疆界别，老农蹙额稻粱空。
凭栏时切穷乡虑，未敢因私怨至公。

小轩即事

无多屋宇惬心期，吃墨喷茶亦自奇。
玉槛春风吟丽句，蕉窗夜雨弄残棋。
好山好水应添写，机事机心总不知。
境地无常随分足，眼前樽酒未容辞。

又

揭开帘幕频邀月，扫尽尘氛一抚琴。
得意无如花下步，劳神最是梦中吟。
不求甚解读书法，未敢全荒学道心。
世味淡然谋自远，漫将肉食碍胸襟。

对月书怀

荒斋凄绝月为邻，景满空庭不疗贫。
自是清光宜好句，那堪皓魄照愁人。
盗犹未谅恒窥室，病最无知屡及身。
欲向姮娥陈款曲，鹊飞何事绕枝频。

馆次残冬漫兴

酡颜小醉暖如烘，贾岛诗肩耸益工。
人未放归城郭路，天教挹尽广陵风。
丹铅呵冻思方窘，清磬闻声梦乍通。
一字一珠应自惜，积来聊补客囊空。

又

人语鸡声近曙天，鳏鱼炯目未成眠。
霜飞帘幕寒欺客，雪隐楼台冷逼年。
好景却从愁里过，奇情犹自句中传。

焚香读书曾无济，醉墨何惭欲放颠。

少妇病起

为爱阳和曝小窗，娇容憔悴不成妆。
祗知乌鬓如云绿，那道红颜比菊黄。
粉额凉添新锦帕，柳腰瘦缩旧罗裳。
餐因苦口难相强，寄语鲈鱼味颇长。

养蚕诗

吴侬竞养蚕，蚕事遗风古。
奉种浴川先，匹妇家计辅。
丽日烘窗棂，天气扇和煦。
采蘩旋采桑，鬔松出内户。
祁祁南陌间，娘行女作伍。
仓庚穿树鸣，摘叶盈筐篓。
旧裙浥露归，千章切如缕。
中宵放食匀，听去疑春雨。
禁忌逾三眠，对箔心焉数。
暖甚恐蚕饥，湿甚恐蚕腐。
彷徨梦不成，晨餐时过午。
荷蒙嫘祖灵，祷祀频频补。
候熟起山棚，昭质峰头聚。
簇火五更红，狸奴威似虎。
缠绵三日周，茧白辉廊庑。
纤手剥蒙茸，探汤丝绪吐。
缫车扎扎声，莫令蛾飞舞。
赢收笑持衡，不计辛与苦。

拟古少年行

西湖水面开花市，西湖堤上多游子。
金勒马嘶美少年，玉鞭遥向亭台指。
亭台佳处美人妍，清歌妙舞绮筵前。
不惜千金一买笑，蹴球场中常来早。
穿杨百步逞其能，气矜之隆休言老。
翩翩纨袴惹春风，采残万紫与千红。
束尽陈编不足读，目无人物惟我独。
一朝黄金挥尽时，敝车羸马行迟迟。
叵罗倒尽犹须换，家无四壁吾不知。

拟古悲白头翁

青山青去青复来，花开花落又还开。
惟有盛年不可再，龙钟潦倒万事灰。
君不见邻翁好衣紫，前年犹是少年子。
扬鞭骑射逞风流，意谓容颜常如此。
那道流光驹过隙，玉面郎君非畴昔。
萧萧两鬓倏如霜，照镜不觉长太息。
乌首无丹奈若何，河清难俟叹蹉跎。
春光能得几时住，人老不及去年多。
雄心未减精神少，大半事业何缘了。
峨眉相对最堪怜，满眼繁华徒扰扰。

馆次夏月

祠堂偶作读书堂，高人下榻吟哦长。
当户修竹声簌簌，引动熏风如许凉。
披襟晤对消炎夏，赤日行天不知炙。
阶前碧草影芊芊，呼童一拔乘朝暇。

两廊薪樵积如丘，地炉雪乳艳轻瓯。
时有杂作逼处此，宋斤鲁削来相谋。
夜兰人静清无匹，月明如昼照一室。
吾徒自是寝恬然，呼之不应鬼欲出。
栩栩惟闻蝙蝠飞，苍凉景况将谁依。
欲眠不眠毛骨悚，更深漏转腹半饥。
两箧残经交有素，周易作枕无惊顾。
丈夫抱琴四海心，千载知音或一遇。

贺余邑象友先生六旬

禹航佳气郁苍苍，扶舆磅礴发其祥。
海鹤丰姿先生似，珊珊骨节寿而康。
先生胸具经世术，先生手擅济时方。
闻昔棘闱鏖战屡，属文今尚吐光芒。
推敲不乏惊人句，奇杰廉悍追盛唐。
阶前玉树联枝秀，一经遗泽绵书香。
岁周甲子南极灿，恩隆赐杖尊于乡。
柳堤花港开樽处，人瞻伟度如汪洋。
今古从横眼界阔，金石之论我不忘。
夙叨教益切景仰，俚词藉作介寿觞。

悼亡儿咏

（一）

不复呱呱泣，纤魂路渺漫。
尔抛双母去，予失一生欢。
六月飞霜惨，三更落月寒。

佳儿花老眼，恻恻此心肝。

（二）

扁鹊诚难觅，婴儿竟遽捐。
沤浮七十日，债索八千钱。
痛别阴阳路，惭亏父子缘。
丧明赔友议，痴望再生还。

（三）

生自蚕眠日，殇偏忝秀时。
掌珠惊乍堕，怀玉叹旋遗。
人剩缇萦女，天亏伯道儿。
穷民无告处，血泪数行诗。

（四）

麟儿胡为降，弥月未成年。
似此难留世，何如竟在天。
瓦棺无所用，衣钵竟谁传。
苦尔同心母，朝朝涕泗涟。

幽居口占

柴扉无事静常关，三径苔深独往还。
百瓮黄齑储淡泊，数竿翠竹养清闲。
披襟坐爱风来牖，抱膝吟看月满山。
衡泌优游名利外，漫教镜里发先斑。

斋居小适

雨歇园林爽气过，披襟夜对月婆娑。
一池浓墨生涯大，雨箧残经旧业多。
自有烟霞成痼癖，应无岁月任蹉跎。
俗尘三斗犹能扑，不放鸡愁入悟歌。

溪边纳凉

竹外人家柳外溪，晚来步履小桥西。
清风有阵披襟爽，流水无弦入耳凄。
造物自容吾辈逸，俗尘不到此间迷。
松林月上更方静，天付余凉满袖携。

挽沈敬斋先生

（一）

雅范芳休着士林，朔风萎谢痛音沉。
经传双璧贻谋远，誉重千金种德深。
渭水骑鲸虚怅望，缑山化鹤失追寻。
束刍愧我非高士，蒿里清歌拭泪吟。

（二）

浩气犹凌霄汉秋，中天忍见岁星浮。
空余盛德编银管，忽把高文记玉楼。
鹏翮未舒超海志，萱堂谁解晚年忧。
他时腹痛频经过，白草寒蛩起暮愁。

（三）

飞身金阙宴瑶京，无限相思梦五更。
造化有心摧壮士，亲朋无计挽长生。
鸾亡还续调弦友，鹤去空余和子情。
从此朗吟辞世后，新溪南畔少歌声。

挽金蓉山先生

硕望无多在，凋零又此翁。
褰帷虚夜月，曳杖失春风。

行谊乡评重，文章子姓工。
一经余手泽，神怆暮烟中。

又

渺渺思亲日，皋鱼泪未干。
忍赍风木恨，旋听薤歌酸。
大雅今谁主，奇情古与欢。
峰倾天目外，凄绝雁声寒。

晚 步

举足几忘世路艰，日斜偷得片时闲。
缓寻竹下和松下，饱看山间与水间。
野寺雪晴容我到，故园春动倩谁关。
风光领与揆天笔，旧赋新词未许删。

又

謫守荒斋一岁终，竹炉茗椀伴孤翁。
清寒巧觑床头月，料峭低迎壁脚风。
窍味鼠来灯可共，受经人去梦谁同。
鱼肠宝剑须当枕，稳我神思到日红。

解馆途中口占

自笑才疏老益孱，浮生要不出区寰。
归资但觉年年减，传食方知处处艰。
裘敝肯磨真气骨，途穷犹认旧溪山。
近村寒鹊枝头噪，有客匪他故我还。

富邑馆中被窃

昨夜雷轰雨沛然，匪人暗结草堂绿。
穿来月洞何须户，摸入风檐别有天。
冠履轻携箱已启，裳衣巧取帐徒悬。

君今莫笑无珍物，棕扇罗巾尽值钱。

又

生徒联榻少堤防，震动初疑鼠辈狂。
梁上偶来君子迹，枕边不见主人囊。
衾寒紧抱眠方稳，席卷如飞夜未央。
剩有邺候书满架，几回检点幸无伤。

伏枕口占

人老纔知惜寸阴，可怜霜雪满头侵。
客中未住吟诗口，枕上曾灰喜事心。
强作毰毸嗟病鹤，力难轩翥出乔林。
浮生极似西园蝶，梦逐东风直到今。

仁和翟镜吾先生重来馆中是夜饮后畅叙　乘醉漫兴

夜深豪饮放杯迟，有客重逢发兴奇。
方罫盘中容对奕，桃花纸上共题诗。
剧怜意气成交谊，未许烟霞笑我痴。
苋浦鼋江风韵在，清狂定不减前时。

其　二

草堂夜静客眠迟，往复还欣是故知。
促膝话残千古事，挑灯览尽一囊诗。
结来翰墨缘非浅，着出风流念欲痴。
磊落如君胸次别，直教豪拟郑当时。

闲居自适

新鹦雏燕亦知音，贫类犹堪即景寻。
吾局已成无待算，此身自在敢忘吟。
观山玩水闲闲步，对月当花满满斟。

龌龊小夫谈势利，漫来坐听竹间琴。

话　愁

迅速光阴寸寸流，藐躬添得几重愁。

穷经未了一生债，对镜难遮白发羞。

迹似浮萍常逐浪，诗题瘦马不胜秋。

潇潇夜雨更深后，犹作劳人未肯休。

登天雷山

临岩水瞰三溪渌，跌石花看二月红。

僧舍半遮苍翠里，人家全列画图中。

山斋即事

不历仕途穷亦稳，为争奕阵老犹忙。

一湾活水诗情动，半角遥山画意长。

赋得霜蹄千里骏

（得霜字五言八韵）

周穆乘犹在，长驱踏晓霜。

冷添双耳峻，轻送四蹄忙。

蹀躞来踪阔，骁腾去影茫。

追风空险阻，逐电骋康庄。

价以千金重，才因一日彰。

拳毛雄且杰，瘦骨显还藏。

直拟登云路，何难达帝乡。

祖鞭先着处，志士幸眉扬。

自　遣

两大吾参处，茕茕一藐躬。

未成登进士，且作守书翁。
过客光阴速，浮云富贵空。
人情波面月，世态树头风。
壮志虚窗下，雄心寄句中。
锄园思自力，过室惮非公。
所赖双眸炯，何妨两鬓蓬。
生涯惟自信，不必问穷通。

秋　蚊

暑退火已流，江城穷花木。
云何可憎蚊，独于秋更酷。
尔类聚尤多，尔贪不知足。
尔喙抑何长，尔性恒嗜肉。
白露眼已盲，暗室面犹扑。
肯惜貌如花，那顾颜似玉。
罔怜小儿弱，更欺老翁秃。
成雷市于昏，鼓噪乱清旭。
时务全不谙，白日纷相逐。
实逼处此矣，宁云莫予毒。
腾蛟起凤轩，哄然频往复。
俨作入幕宾，假托亲知属。
俄焉习雄飞，俄焉甘雌伏。
咿唔重咿唔，喧断幽人读。
寂寞孤枕边，奏音似丝竹。
醉梦未醒时，饕餮恣其欲。
锐喙吐锋铓，咂血饱胸腹。
吁嗟尔秋蚊，齑粉罪难赎。

刻刺入饥肤，性命倾掌握。
前车不知鉴，来者死相续。
惜能灭其身，未获歼其族。
举笔曷胜挥，彼众嗟我独。
百万拟曹军，夜战无需烛。
愈殲愈沓来，无敌几手束。
庸知尔类消，何尝见遗镞。
天威赫如许，自有青霜肃。

杂　咏

敬　书

游开口洞

雅慕狮岩特地来，凌牙露齿口常开。
诗人若写其中景，洞内泉声岭上梅。

又

名山虽被僧来占，古洞谁能阻我游。
曾是危岩开口笑，只因人不学清幽。

又

其　典

山似狮形正异哉，清涎滴滴口常开。
洞中高阔恣游瞩，惹得骚人去复来。

又

睡狮一醒去山隈，只洞留传令我猜。
贪恋清幽曾到此，仰观俯察乐徘徊。

又

其　谟

试看此洞废猜疑，石齿嶙峋口自开。

却似狮形谁可辨，游人约伴乐徘徊。

又

寿　康

山似金狮露齿来，老僧洞外筑楼台。

游人领略其中景，笑问何年口自开。

又

启　芹

山势峥嵘一脉来，凌空结撰口常开。

形容却似金狮吼，惹得游人称怪哉。

又

振　章

此山到底异凡坏，口为吞云吐雾开。

玉齿露来无点污，适逢嘉客笑相陪。

蜕龙洞

其　典

龙鳞未就石中眠，潜伏于兹有几年。

脱蜕巳飞天上去，令留一洞竟相传。

又

启　芹

屹崒峰峦气象雄，神龙修道此山中。

功成破壁从云去，一洞犹留灵苑东。

又

寿 康

高瞻山势最从容，迤逦而来间气钟。
养得神龙飞去后，仅留一洞几重重。

又

振 章

怪石玲珑造化工，神龙潜伏养成功。
他时破壁腾云去，一洞留传气象雄。

游峭山

其 典

峭峰突起冠群山，山势峥嵘四面环。
环住俗人难得到，到来也可列仙班。

又

振 文

山头仿佛翠屏环，势若冲霄不可攀。
一到梵王宫里住，何妨修得列仙班。

白乳泉

其 谟

鱼池寺右葛溪边，自古相传有一泉。
水味甘浓如白乳，汲来解渴可延年。

《元村陈氏宗谱》(1922)

祖荣公赞

禀性聪敏，持身耿直。
率尔天真，不事浮饰。

经书能读，世泽绵长。
给尝六品，伯序成引。
积俭累勤，饶裕日臻。
誓卫家园，奋不顾身。
悠悠过往，林泉共享。
闻名感服，有似彦芳。
布衣一个，百姓敬仰。
殁后名称，万古留芳。

《桐新黄氏宗谱》（1905）

题宗谱二律

高　炜

溪光山色入眸新，安定遗风似古人。
世系沿今今缵绪，芳徽自昔昔传薪。
咸思绳武追先代，共仰诒谋踵后尘。
兹特谨题胡氏谱，宗支常重叙彝伦。

船岸乔迁何甚优，惟缘胜地肇诒谋。
户环秀水书香远，门对文峰德泽悠。
鳞次宛侔檐次簇，岚烟恒伴宅烟浮。
共敦源本勤修纂，先世鸿图奕世留。

和题宗谱二律

其裘事业庆常新，理学渊源启后人。
世笃宗盟如庇葛，群钦瓜瓞似传薪。

东安循卓犹流泽，船岸云仍共望尘。
家牒垂成诚可咏，欣瞻贤达永明伦。

嫣汭余芬翠建安，云孙接武擢郎官。
鼍江奏织推循吏，锦里开基树伟观。
文定德徽犹未艾，苏湖教泽永无刊。
横经服穑昭前烈，守业常怀创业难。

《东安胡氏宗谱》（2009）

题越中山水古迹

竹轩　　泰钦

余性爱游山水，足迹所到，辄赋一诗，为名地纪胜。兹录七绝八首不便备载，聊以寄意云尔。

（一）游禹陵

群山万壑赴稽门，禹殿巍巍禹域尊。
风雨梅梁千载锁，古王遗得几陵存。

（二）游卧龙山

蜒蜿龙山卧不惊，驱来自昔镇蠡城。
郡人破壁飞腾去，信是山灵诞降英。

（三）游兰亭

良辰胜地惬清游，镜里行人画里舟。
曲水流觞千古事，于今犹忆旧风流。

（四）游三江闸

海风排拂水盈盈，闸筑三江波憾城。
谒我惠民贤太守，厥功不愧绍恩名。

（五）游麈乌山

花朝泛棹涉湘湖，柳岸击舟跻麈乌。
峭就芙蓉水面插，蓬莱始信未尝无。

（六）游重兴寺

重兴高阁建岩阿，破瓦颓垣今日过。
岂果盛衰关造物，何时宫殿复嵯峨。

（七）游道林山

为踏溪山至道林，禅房宫阙寂沉沉。
离愚今日归何处，座上如来草色侵。

（八）游云门寺

向忆云门云接霄，而今攀跻果岧峣。
湾湾曲径通禅院，一点尘心蓦地消。

诗 二 首

长沙看桃花

清·牛　奂

江流绵森曲围沙，村落纷纷聚水涯。
荷锸翠移雪后竹，携筐青摘雨前茶。
谁家客泛三春酿，无数惊啼十里花。
本是太平饶气象，桃源久与种桑麻。

长沙诗

清·陈天麟

北风归雁数行斜，老去疏狂不忆家。
万壑烟云迓舄履，一川风雨浸桑麻。
何年江国吟芳杜，别有幽岩种玉花。

自分芙蓉城里客，未烦车马渡龙沙。

俗尚迷信，规劝四民归正七律四章

楼镇东

（一）劝　士

莫结虚无缥缈缘，庸常事业孰仔肩；
昌黎原道撑天地，坡老参禅负圣贤。
三教到今儒有学，六经从古字无仙；
诸君平旦深思未，徼幸心肠恐尚缠。

（二）劝　农

炙肤皲足力田难，脱去蓑衣入教坛；
甘向空门充走狗，枉抛正业信飞鸾。
耕耘事废男艰食，蚕织工休女受寒；
炎帝神农教稼穑，未闻济世用仙方。

（三）劝　工

礼轶冬官补考工，一材一艺效其功；
如何奔走红尘子，也慕飞升黄石公。
按月六期来顶礼，开门七件恐成空；
非僧非道非常业，何苦钻营魔道中。

（四）劝　商

利较锱铢日日忙，浑身铜臭去烧香；
倘能安分居墨肆，邦有余间做道场。
忏悔祈祥思入幻，废时失业策非良；
父师傅授何如事，忍弃经营信渺茫。

梅庄先生诗序

陆晋钦

梅庄先生一生，闲暇，考盘，永矢，有硕人风。独艰于嗣息，今则行年已六秩外矣。此次修谱，先生犹潇洒自如，不为身计。爰戏赠拙吟六章，聊示感情。鄙意盖即诗所云“我思古人，实获我心”也。

一

遐稽庄叟达生篇，消息盈虚任自然；
伯道无儿原是命，郦侯有侄孰为贤。
百年未了生平愿，一线何妨死后传；
老妇加餐厘劝饮，举杯邀月乐余年。

二

忆昔初交沐宠光，与君同学礼耕堂；
文机窒滞频相讨，诗思迷离为示行。
两世缔姻皆陆氏，一门着望若王郎；
投闲夙有烟霞癖，横榻挑灯遣夜长。

三

生成美质克岐嶷，耳漏唇丹夙擅奇；
翦叶戏封多弱弟，吹笳谱曲有文姬。
纂修家乘操毛颖，教育英才备羽仪；
乡学翻新襄组织，为他蒙养植初基。

四

谁愁生命不聃彭，世阅沧桑已几更；
妻老还教棋局画，朋来且把酒杯擎。

庐山真面须留汉，泮水余恩尚载清；
他日吴绫书姓氏，岂容忘郄邑庠生。

五

此日皇天无合子，国之主体属诸民；
圣人以物为刍狗，上帝何辜勒石麟。
蕴椟藏诸原是宝，加餐劝尔益宜珍；
禀初有命难相强，纳宠稽迟莫怨贫。

六

我鬓如丝强笑颜，居家无事不疏顽；
课儿未备诗书诏，垂老方知稼穑艰。
旧日同门皆索处，近时小节半踰闲；
一江秋水盈盈隔，徒倚南山望北山。

《富春东楼氏宗谱》（2007）

赠姚叔兴公忠烈诗

姚维基

忠魂烈烈尽网常，一点丹心类许张。
权贼不援营内息，姚公独战阵中亡。
但知那日精神决，谁想今朝姓氏香。
遗像冰霜留气象，芳踪千古庆冠裳。

又

姚国祥

忠臣视死只寻常，烈烈轰轰自主张。
岳武遭谗牢狱尽，我公绝救战场亡。
垂名勒史千秋远，立庙崇祠万古香。

自昔英雄多惹忌，幸存完节正冠裳。

又

姚其超

丰功伟绩载旗常，取义成仁亘古张。
大节应同星日着，芳名不与岁时亡。
忠君报国当年事，荫子荣孙奕世香。
更喜故园台榭好，每逢重九舞霓裳。

又

钟志达

生平志气冠庸常，志在匡君国势张。
队玩敌临援不至，粮空力尽命应亡。
当时奋死兵戈惨，今日垂声俎豆香。
激烈雄豪希古有，愿将与子赋同裳。

又

徐　樊

南宋经纶尽反常，赖公犹把四维张。
出师未捷身先死，报主成名事不亡。
庙立和州曾赐额，祠沿故里共焚香。
我来窃此东人喜，九罭诗中观绣裳。

又

姚其渊

见危授命迈伦常，慷慨忠诚自主张。
度外不筹身祸福，局中专计国存亡。
当时效力兵何惨，后世垂声姓自香。
公信骑龙手扶汉，天孙为织锦云裳。

又

姚元瑞

由来意气出寻常，努力思扶国势张。
叵耐敌临援不至，顿教战苦命拼亡。
英灵应并山河壮，姓字还传史册香。
古庙崇隆遗像在，肃雍岁岁拜冠裳。

又

姚志行

金兵骁勇实非常，惟我先公势独张。
爱国未遑筹进退，忠君曾不论存亡。
功崇宋室声名重，庙建和州俎豆香。
护国佑民英气在，石门社里永垂裳。

又

徐　琨

臣道巍巍不类常，匡扶心述自开张。
着功宋室名犹在，破敌和州事未亡。
志异王权千载企，锋当金肤万年香。
英雄自此超群辈，奖赏仪隆赐绣裳。

《槎源姚氏宗谱》（民国）

村居一首

明·许　谷

世居东梓，治属富春，袅袅炊烟，森森乔木，万峰耸秀。南峙天子之岗，一派清；东注严滩之水，本非栗里。岂谓桃源欲写，鄙情聊抒俚语。

桐江直下水回东，闲步登临兴不穷。

派演严滩多皎洁，流经越石更澄空。
渔舟出没烟波里，沙鸟浮沈雪浪中。
隔岸山林青蔼蔼，几回眺望我心融。

哭季父允甫公一首

清·许正衡

秋风客衣单，尘埃刮地起。
薄宦思故乡，归心日千里。
昨梦庭梧枯，坠叶落井底。
惊悟知不祥，噩耗传一纸。
觥觥吾季父，自幼即知礼。
吾弱不好弄，相偕依王妣。
嬉戏庭户间，叔侄如昆弟。
就傅及胜衣，竞读共窗几。
冠作武林游，栖止阅两载。
湖舫春课文，讲舍冬读史。
有时载酒行，双履蹑公尾。
刻画山水奇，得句拍掌喜。
倦游各归来，依居江之涘。
中年人事丛，道艺仍砻砥。
公文如其人，澄波暎余绮。
公行如其言，茗柯有实理。
素履修以完，植本惟孝悌。
谈言无疾声，举动有常轨。
煦人春风温，谦光盖君子。

以是式乡闾，敬恭桑与梓。
客岁吾入都，射策获中矢。
释褐及秋归，贺客相踵至。
公独为吾言，从政今云殆。
汝性不宜官，与世恐触抵。
慎毋扰扰为，躁进或贻悔。
再拜赐之嘉，提命忆在耳。
孰意赠别言，即此诀生死。
生者尚夫归，死者长已矣。
寝疾未侍医，含殓未亲视。
归计日滞淫，公去不吾待。
号哭望南天，设位一为祀。
笑以寄吾哀，酌荐寒泉水。

《富春许氏宗谱》(1918)

许远诗二首

史赞曰："许远、张巡，可谓烈丈夫矣！以疲卒撄孤城，抗方、张之虏，鲠其喉牙，使不得搏食东南。牵制首尾，步数百战。虽力尽乃死，而唐得全江淮所用以济中兴。巡先死不为遽，远后死不为屈。三日而救至十日而贼下，天以完节付二人，不可以先后异观也夫。"

哭张巡死别歌

睢阳睢阳，兵力疲噫。
翔云惨惨，妖气吹噫。
翔云惨惨，妖气吹噫。

吾徒死节，真男儿噫。
缓我死兮，将安为噫。
尸我东兮，骨我西噫。
泉台妙算，能无施噫。
左为风兮，右为雨噫。
涤荡羶膻，万余里噫。
死别死别，断肠时噫。
临风洒血，天还知噫。
此恨棉棉，何绝期噫。

围中自咏诗

谁知始皇忧，祸起宫中鹿。
誓死靖中原，偷生何面目。
丈夫非无泪，不效穷途哭。
借彼雁南翔，为我写心曲。

《东安许氏宗谱》(民国)

唐棣诗选

读旌功录

吴山钟秀产英豪，功比吴山几倍高。
谠论一声南徒定，雄风千里北兵逃。
惟知为国心如铁，谁信奸壬口似刀。
西子湖头埋骨处，夜深风木动悲号。

富春怀古

富春山水久钟灵，人物敷生更著名。

王业三分吴大帝，仙丹九转董双成。
孔门言偃应传道，汉世严陵自乐耕。
惆怅昔人无复见，鹳山依旧枕江城。

戊辰大旱

岁值凶荒是戊辰，夏初一旱入秋深。
泉源已竭池皆涸，霡霂全无井积尘。
千里良田皆赤土，万方怨气渎明神。
生民愁苦皆如此，安得封章帝阙伸。

读宋史有感

宋室隆兴三百年，大臣谋国几人贤。
权安变法多方怨，奸桧持和二帝捐。
病国妨贤韩太刻，要君玩寇贾尤险。
可怜柱石皆如此，宜丧江南半壁天。

生旦有感

老我山中七十春，无荣无辱半间身。
布衣蔬食常知足，理得心安不厌贫。
耳听语言轻尚辨，目观书史夜犹真。
步行不用扶藜仗，还访南邻与北邻。

乱 后

扰攘兵戈势已摧，提携幼子却归来。
即无房屋遮风雨，徒有垣墉护草莱。
鸡犬不知何处散，亲朋曾见几人回。
眼前多少伤心事，独立斜阳看落梅。

平山夕照

西陆斜阳一抹平，松阴满径问归程。
眼前花鸟谁能画，世外渔樵尚有名。

其　二

底事栽松问长公，几番移竹引清风。

余霞休恨桑榆晚，好倩吟鞭数落红。

峰聚晴霞

芳情艳意一春花，又引秋心入酒家。

怪底红酣看不厌，青山多半醉晴霞。

其　二

空忆吴江啸冷枫，怎如茆屋对山中。

撩入诗思斜阳路，画出红云处处同。

上坂农歌

一犁黄犊白云歌，烟雨声中唱绿蓑。

隔岸晚风吹牧笛，鹭鹚飞破夕阳波。

其　二

采茶歌里老春光，布谷声声买饨忙。

绿树村边红雨外，书窗慕绘古陶唐。

横山松雪

白石樵歌漫唱山，寒天晴雪锁松关。

横峰擎出斜阳外，只许凝眸未许攀。

其　二

苍颜鹤发似相邀，双屐携来里许遥。

倘得玉山常照我，好随叔度觅松乔。

春　望

万里江山暖气浮，桃花红艳柳枝柔。

人生得意须行乐，莫遗流年空白头。

送　春

九十春光半雨中，忽惊归去又匆匆。

挽留无计空惆怅，一在残红逐水东。

题渔图

天然怪石峙江滨，袅袅长杨已暮春。

自是子陵生计好，归来足慰白头亲。

题樵图

挺挺松杉倚碧空，寒泉界道石垂虹。

买臣富贵知何日，莫惜殷勤到此中。

题　菊

众芳摇落独丛丛，不比春风艳冶同。

自是英姿能耐久，此君待相对西风。

题青松双鹊图

银汉填桥时未临，徂徕高顶翠涛深。

双双只鲜迁乔去，肯向人间报喜音。

新　居

好山如拱水如迎，辛苦重营数屋楹。

他日儿孙能嗣守，但期时有读书声。

元旦有感

瑞气初临旭日悬，画屏银烛绮罗筵。

世情天道今如此，白发空悲又一年。

《富春唐棣朱氏宗谱》（1931）

蕉亭公在直灵寿、完县政迹颂言

公讳鸿，字蕉亭。由举人考取宗学，教习期满授职分发直隶，十任九区，两调肥乡！正任高阳县知县事。到处循声载道，民不能忘。而于灵寿办荒，政最卓著。灵之民曾为颂言十五章，并绘送行图题十四韵，以志其在任实迹。及调曲周，距署灵寿时相去已将十载，民于去后犹有余思，不惮数百里之远，备送曲全民匾额一方，万民名伞一柄，以志永感。完县绅民颂言八首，去后吟十一韵，并备录载谱。于维我公历任所为可于斯想见焉。后之人尚其鉴之。

灵寿绅民颂诗七言十五章

鸠形鹄面满城隈，接篆先停徭役催。
乡里不知胥吏扰，和风甘雨一时来。（免役）

国课民知及早完，其如十室九无餐。
目前且作饔飧计，申请上台可暂宽。（缓征）

灶突千家半禁烟，流离触目命丝悬。
黔敖为食衙常放，粒我蒸民满署前。（煮粥）

兴工城阙役群黎，老弱偕来赴命齐。
城又高兮民又饱，免他奔走各东西。（修城）

仓猝下车缺俸钱，救荒诸策费周旋。
详文代诉穷檐苦，给发青粮无告先。（赈钱）

邻封拨借久空仓，数十石存莫济荒。
饿殍满前秋又远，赈钱请后又须粮。（赈米）

为防染指到村闾，百事认真弊始除。
道气日增身日健，暑天草笠步徐徐。（赈赈）

年荒罢馆叹途穷，聊给俸钱饿腹充。
免得渊明嗟乞食，到门祠拙作诗工。（恤生）

堂前吩咐家常话，曲直两平即日还。
寂寂六房直似水，才知花落讼庭间。（清讼）

公离妻女度年华，拆屋卖薪又几家。
比舍断炊还染疾，咨嗟入耳共咨嗟。（道叹）

一驴行县遍闾阎，到处轰传播美谈。
更有素风厨更俭，青葱糗椿牛�。（行县）

题牌即可当诗牌，一个奚奴听雅差。
送到课章裁锦绣，奖赠膏鼓谪仙侪。（季考）

已叹年荒病莫兴，春来大疫又熏蒸。
野尸谁顾犬鸦饲，掩盖休教有吊蝇。（道谨）

丈夫天下举孩之，父母一文悉我儿。
况此群婴抛骨肉，收来堂下弄合饴。（育婴）

治灵清献德恩孚，今日救荒政合符。
二百年来传父老，而今又睹睦平湖。（颂声）

题送行图五言十四韵

灵寿民有福，盛公幸来属。
饥馑虽难度，老者将食肉。
孝弟方共知，十寒叹一暴。

夜间误开门，穷盗亦不入。
曲直片言折，殊不久拘束。
数月几无讼，仆隶嗟饿腹。
一片保赤心，为民求钱粟。
祈雨无不灵，禾稼已大熟。
子民方渐肥，父母瘦见骨。
艰难已难过，安乐民独享。
幸中一不幸，父母去得速。
留之不可留，惟有相向哭。
哭之亦无令，暗中相祷祝。
祷祝早高升，到处民受福。

完县绅民颂言八章

一自君侯至，燕平喜气浓。
流民皆复业，老吏欲为农。
润似山头玉，贞如岭上松。
无分顽与秀，谁不荷陶镕。
化日舒且长，使君来何暮。
举念轸民瘼，慈祥胜叔度。
催科用蒲鞭，解纲注宽误。
穷黎庆更生，一天敷雨露。
桐客称慈母，于今嗣好音。
千村无菜色，四处有桑阴。
早拥黄绸被，时弹缘绮琴。
政成天降瑞，甘露洒深林。

雨露虽涵濡，务将稂莠除。
春温兼秋肃，铁面隙苞苴。
疆御何足畏，非种在必锄。
莠民胥敛迹，比户得安居。
化雨随时下，贤侯政早成。
穷檐都稳卧，荒士尽深耕。
喜见垄黄绩，欣闻卓鲁声。
欢呼胜四境，受戴见舆情。
山有郎官柏，水有郎官渡。
罗芮两贤侯，芳名至今播。
那知千载下，慎刑复缓赋。
以此绍曩徽，口碑宜载路。
共喜双凫集，还看一鹤随。
下车咨疾苦，此户起疮痍。
折狱多平反，催科寓抚绥。
霜凝稂莠去，雨润黍苗滋。
报政夸三异，持躬凛四知。
迁乔应不远，姓氏达丹墀。
散步到村郊，路逢诸老叟。
携杖共嬉游，掀髯开笑口。
一叟含哺言，朝来酣卯酒。
一叟喜欲狂，鼓腹常叩缶。
一叟随妇子，筐筥饷南亩。
乐哉诸黄发，帝力夫何有。
那知抚字恩，天高并地厚。
若非盛君来，此乐能亨否。

去后吟十一韵

瞻彼城垣，新迹参差。父母去矣，犹可见之。
过客骑驴，儿童共指。欣然迎之，见则否矣。
息我短榻，梦寐见之。告诸妇子，彼已数矣。
忽闻人言，父母重来。言虽否矣，亦慰吾怀。
完县何福，父母荷之。路虽远矣，亦若可依。
豺狼为害，伤尔赤子。父母闻之，应亦痛矣。
春风风人，不觉共和。白露为霜，为之奈何。
布其衣兮，蔬其食兮。念彼昔日，为我式兮。
夙其兴兮，夜其寐兮。念彼昔日，为我勤兮。
言其谨兮，行其肃兮。念彼昔日，何其慎兮。
介不义兮，勿相取兮。念彼昔日，何其清兮。

《富春赆口盛氏宗谱》(2008)

题章氏双阙

宋·朱　熹

唐室遥遥孝义门，屹然双阙至今存。
当时泣尽思亲血，化作恩波遗子孙。

醉望楼写意

陈尧咨

独酌芳春酒，登楼已半醺。
凭栏观落日，极目盼行云。
草色迎新绿，山光锁旧青。
还应一舒啸，醉咏得天真。

宜野楼即事

宋·苏　轼

满楼山色自东来，兴发凭栏爽气开。
深箐日高驱瘴疠，平畴烟散尽蒿莱。
尘容袛愧宣藩寄，萍迹何当奉使才。
独有怀人时极目，春风人座且衔杯。

最高楼晚成

宋·寇　準

何处飞来缥缈中，人间惟有画图同。
四垂星斗联珠灿，一望江山列锦重。
檐依瓦叠迎新月，窗倚疏棂待晚风。
但见碧天随地远，令人遐想欲惊虹。

摘星楼漫兴

吕　诲

百尺危楼倚太清，旷然绝顶挹虚明。
窗开江汉连秦树，栏绕檐楹逼楚城。
翘首已知红日近，回头惟见白云深。
飘飘恍在天衢上，双手高擎可摘星。

又

杨　亿

危楼高百尺，手可摘星辰。
不敢高声语，恐惊天上人。

问月楼即韵

顾汝学

主人襟怀天样宽，筑楼惟与月盘桓。
窗开绿野堪舒眺，酒泛清樽可尽欢。

兴如庾亮情还洽，赋比陶潜志已先。

看破崄巇多少事，敢将牢落问婵娟。

问竹轩次韵

张知白

闲坐问君子，清真何绝伦。

炎凉无俗态，冷淡有真情。

劲节呈幽色，虚心毓冶芬。

宁知七贤意，雅有契在名。

坐华轩偶成（饮乔山将军）

前　人

四座春风锦绣中，小窗时见落花红。

樽倾河朔情偏洽，人自高阳兴愈浓。

卜筑漫云成市隐，结庐还喜近芳丛。

将军已定勋猷业，此地宁忘百战功。

《富阳长春章氏宗谱》（1916）

梅臯二母舅司空圆诗并引

清·董长龄

梅皋公，讳劭凝字壬元，昂之二母舅也。年未冠游庠并食饩。庚午科得房荐而不售，大中丞选入敷文书院肄业，文名藉甚。后因抱病不痊，郁郁未得其志，吾盖心伤之矣。夫以十八春天厨分禄，文囿飘香。笔下则欲野喷山，胸中则堆金积玉。鸾停鹤峙，倜傥非常，诚国士器也。乃年仅二十七，遂抱目疾，未得休复。呜呼！时运不济，命途多舛。师旷叶律，惆怅一时盲左，多才悲怀千古。王子安短折可伤，李菖谷英年顿萎，吾深慨二母舅之不遇也。今于残编中见司空图《诗品诗》十二首，系二母舅平日所咏，存诸董氏谱，略示一斑，且表昂爱慕之意云。

积健为雄

蓄积推边腹，潜修懋厥功。
雕龙心独健，绣虎力方雄。
用壮古君子，乘干御化工。
笔扛三足鼎，手挽六钧弓。
文阵争曹氏，诗坛压白公。
盘旋形似鹤，吞吐气如虹。
字傍银釭绿，腔传铁板红。
量才盈百斛，劲达仰宸衷。

左右修竹

掩映森森秀，平分竹影稠。
左披三径曲，右拂万竿修。
人可中央坐，情知两面幽。
化龙穿屋角，修凤举楼头。
顾盼青方逼，东南翠欲流。
此君看直上，倩我半勾留。
琴自兰亭布，诗从渭水讴。
班联赓玉笋，花梦管城侯。

隔溪渔舟

指点渔舟隔，分明又一溪。
竿投山以北，艇系水之西。
彼岸罾方挂，前津舰未迷。
别开桃花渡，更傍柳丝堤。
汀雪中央溢，岩云对面栖。
源深防有犬，境阻忽闻鸡。

红雨三篙染，青烟一棹携。
歌声酬好唱，表圣句刚题。

脱帽看诗

领略唐诗趣，鸿章纵大觀。
昂头天外望，脱帽卷中看。
银海红腔引，花尖绿字攒。
点睛参李杜，放眼入潘韩。
蝉鬓今朝露，鸡冠异日弹。
落惊黄叶句，拂倚碧松坛。
亦有风吹孟，谁知笑自桓。
司空疏野品，妙咏好凭栏。

绿杉野屋

构我三间屋，诗人拓素襟。
野浮青密密，杉看绿沉沉。
掩映临溪水，槎丫咏鹤林。
翠围书幌静，碧护砚窻阴。
怜爱墙腰月，谁眠榻畔琴。
烟含千树远，云入一庐深。
蚁色帘前泛，螺光槛外侵。
歌声还着纸，品格忆唐音。

花时返秋

秋岂春时返，如何未着花。
只绿情不露，难说意弥赊。
杏孕枝头萼，兰藏叶底芽。
嫩凉添晋院，微冷到苏家。
似有蜂须拂，将无羯鼓檛。

绿销三迳雨，红锁一堤霞。
燕剪停梅岭，莺梭待柳衙。
诗推含蓄品，妙句手谁叉。

人淡如菊

雅淡谁能拟，三秋菊可如。
人才追晋代，诗品仰唐余。
佳色丁兰挹，癯颜甲圃俱。
丰姿融水面，形影伴云居。
鹤瘦偏同我，鸥闲恰问渠。
官辞五斗米，墨写数行书。
粉黛休相拟，胭脂已早除。
晚香真节在，妙句咏吾庐。

一客荷樵

客悟生涯乐，辛勤独荷樵。
草鞋乘石齿，人影在峰腰。
一字肩方任，三义路未遥。
风寒山迳担，月骋渡头挑。
奋力方修斧，沿溪欲挂瓢。
青烟双峡护，黄叶半村飘。
荻举今宵火，桐惊昔日焦。
薪传谁克负，沉着却难描。

得共环中

谁得唐诗品，包涵意莫穷。
神方超象外，义恰在环中。
此际情相引，其间理自通。
握来双手月，运去一片风。

字字珠穿蚁，篇篇笔绕虹。
宫含梅瓣白，图写杏花红。
太极曾圈柳，元圭似剪桐。
十联呈妙句，獭祭未能同。

犹春于绿

慎密推诗品，犹如色泽新。
唫将千片绿，赋就一阑春。
百五晴光液，高低淑景陈。
浓添题柳客，澹倩咏梅人。
点点文园簇，沉沉艺圃皴。
蚁浮琴石畔，鸭泛墨池滨。
斗酒方乘兴，烟波不惹尘。
染袍承日下，妙句拟来真。

山之嶙峋

不尽形容意，嶙峋势欲攀。
笔波清似水，诗品立如山。
子母双峰矗，儿孙四面环。
陡从京北起，直到海东还。
熊耳风中峻，峨眉月下弯。
岑嵦分马尾，邢尹斗螺鬟。
桐柏森森挹，芙蓉朵朵扳。
辄摅磅礴气，妙句未曾删。

花覆茅檐

茅葺三间屋，烟萝抱水斜。
未除荒径草，已覆半檐花。
阁压猩红蕊，墙披鸭绿葩。

却当窗北簇，更讶舍南赊。
巡有梅花笑，侵知杏芯广。
化龙占此宅，纯鹿咏谁家。
芍药栏飘雨，蔷薇架满霞。
诗中情景旷，妙句手方义。

《富春谊桥垅董氏宗谱》(1941)

游杜山洞诗引

王焕文

民国戊辰，春雷坞汪氏增修宗谱。余为纂辑之役，暨阳许君秉文司剞劂，其族贤炳全职校勘。闰二月之七日，余旧徒沈尔嘉，暨姚君兆松来谈及杜山洞之胜，群忻然欲往。遂与许秉文、汪炳全、沈嘉、姚兆松四人，由谱局至宜步村谒吴茂才。敬修先生款留中餐。午后，由宜步村进青头坞，抵白云庵。穿庵出后门，而上至山顶。邀樵童陈前斡引路，杜山仙人洞而游。惜此童洞内未熟，仅游龙洞狮子洞，亲见白衣观音及猪肺石等，历历在目。尚有大洞未游，殊为缺憾。因赋诗二律，以志鸿印。兹值宜步村王氏重修宗谱，余又为纂修之役，爰录前诗载诸王氏宗谱诗词之末，藉作纪念。是为引。

游杜山洞七律二首

青头坞上白云庵，庵后相传洞有仙。
隧里乾坤犹自古，人间日月未知圆。
寻逢渔夫桃源路，不羡苏公赤避船。
胜读天台刘院赋，探奇欲稽禹王年。

其　二

信是禹王斧凿工，周围石壁峭玲珑。
佛身高立形常白，猪肺中悬邑褪红。
何日龙归将穴填，当年狮去已山空。
合看大洞成三窟，仙术营谋狡兔同。

重游杜山洞诗引

前　人

民国29年夏秋之间，友人许子秉文，为刊印续修倪步家王氏宗谱，并邀余为纂修之役。时王族贤士文明职司协修之任，而其岳父小桐洲赵君元士相助校勘，元士亦余故友也。谱局设王氏三槐堂宗祠，祠对青头坞杜山。余在祠中谱局内，于纂修之暇，游门外，触见杜山，顿想前游忽忽已十有四年矣，意欲重游。秉文、元士、文明三君，欢然怂往。遂于八月既望之十日，相与重游。惟山洞如故，而游兴已非。殊见余筋力之衰颓，乃不如十余年前之状况也。因次前诗原韵，漫成七律二首，载诸王族宗谱，重志鸿印以留纪念云。又为引。

重游杜山洞七律二首

其　一

登山难过白云庵，着履重来访旧仙。
地胜不嫌前径仄，洞空惟见外形园。
清凉暑似进冰窖，黑暗昼疑入夜船。
秉烛深游犹自惜，者番游兴减当年。

其二

漫云人巧夺天工，地设玲如天造珑。
四季常生春草碧，千秋不染世尘红。
传山姓氏芳留杜，住洞仙神去已空。
幻想奇书探酉穴，霓震宛似大罗同。

《富春瑞峰王氏宗谱》(2010)

咏孝、悌、忠、信诗

孝

赵　麟

孝为五伦之首，百行之源。人之所当力行，而不可须臾忘者也。故凡族中子孙，俱要知孝如温凊。定省之礼、立身扬名之事，皆当随时勉进。必若曾子之养父、闵子之留母而后可。

从来百行孝为先，罔极深恩拟昊天。
活佛在堂宜奉养，蓼莪诗废总徒然。

又

虞舜亲归底豫，汉文汤药亲尝。黄香扇枕榻生凉，千古诚堪作样。
不克鼎烹行志，亦当菽水相将。莫传风木裂肝肠，及早承欢奉养。

悌

赵　荣

悌为让德之宗，谨敬之本人之所当，专务而不可须臾离者也。故凡族中子孙，俱要知悌。如徐行后举之仪，服勤救急之事，皆当缘分尽情。必若温公之事伯康、王览之待王祥而后可。

弟恭兄友两相宜，弟道惟斯最得之。
煮荳燃萁何太急，至今不□□□□。

又

田氏荆花复茂，姜肱大被同床。
宋祖灼艾火分当，伯仲最宜友让。
莫听妻谗生变，切戒细故阋墙。
永敦天显植纲常，畴不景行钦仰。

忠

赵　裕

忠为立心之主宰，臣子之职分。自筮仕煮此身已为吾君有矣，而尚可怀二心乎？今后族中幸有仕进者，无论职之崇卑，事之大小，皆当赤心效力以承之。如周公之辅成王、武侯之事后主而后可。

自古忠臣出孝门，外君内父本同根。
与其俗宦营三窟，何以登朝答圣恩。

又

王蠋不臣幽燕，张巡守死睢阳。
天祥猛烈示王，方显倾葵志量。
既沐朝廷恩宠，合当励沥忠肠。
托孤寄命弗欺笺，精白矢懔是尚。

信

赵　宣

信为立身之大节，接物之根本。当约信时，此心便与吾友孚矣，久暂皆当诚心实意以盟之，必如文侯之践约于虞人、范式之审期于张邵而后可。

范张友谊久衰微，追忆当年事已非。
失信最为人作蠹，谕君然诺莫相违。

又

魏文期虞不爽，张邵千里登堂。
南门徒木信传扬，輗軏周旋允当。

莫使浮讹应世，恒将诚实馨香。
行之荆楚事咸臧，遐迩羡称硕望。

咏礼、义、廉、耻诗

礼

俞 斌

礼乃天理之节，文人事之仪，则不可斯须去身者也。故凡族中子孙，俱要以礼为先。小而出入起居，大而冠婚丧祭，悉遵家礼施行。若文武之冠带，养亲游杨之立雪程门称有礼。

为简为繁缛节多，不如礼让秉中和。
由来治国惟凭礼，无礼其如植体何。

又

宁武彤弓不拜，穆叔敬受皇华。
季札让位果为佳，确有尊卑上下。
三百三千仪制，齐家治国由他。
履规蹈矩果无差，赖此纲维风化。

义

赵 隽

义乃人心之裁制，事理之宜，然不可一事不由者也。故凡族中子孙，俱要以义为本。如大而彝伦政治，小而动静云为，悉依天理施行。若公艺之九世同居、文正之义田赡族始称尚义。

古今制事贵维均，以义相成始可遵。
若使人生当舍义，性天何必递于人。

又

纯仁怜贫赠麦，孝基试舅还家。

程婴易子抚孤娃，效此方无愧怍。
交友对君关键，能行大道无差。
处事处物果无瑕，品诣尊闻中夏。

廉

赵 燧

廉乃检身之大防，养心之要诀，人若不廉，便贻讥于清议矣。故凡族中子孙须要尚廉。一介不可苟取，万钟不为苟受。如子思之却白裘、杨震之拒黄金，方为廉洁自持之士。

廉洁高风自古谈，取携一介慎无贪。
人生莫蹈于陵矫，盛世诬民更可惭。

又

山涛藏经如故，温舆存钱可嘉。
杨震辞馈更堪夸，廉洁洵为美着。
污浊原非身法，清白始可传家。
光明正大厌浮华，方是名贤声价。

耻

赵 麒

耻乃羞恶之真机，善恶之岐念。人若无耻，便日沦于机巧矣。故凡族中子孙，须要知耻。污口之言不屑道，辱身之行不屑为。如伯夷之耻食周粟、仲连之义不帝秦，方为惜耻知羞之士矣。

耻心不可一时无，无耻还看百行诬。
丧德丧身由此积，方知惜耻是良图。

又

凝妻因辱断臂，乐羊存钱愧加。
夷齐之死矢靡他，羞恶人当知觉。
有此便成佳士，无是即如污邪。

百行赖之作苗稼，念虑最宜振拔。

《富春吴氏宗谱》(2014)

毅齐公诗

江　行

风浪不见作，鱼龙深在渊。

芦边一声笛，仿佛楚湘天。

简杨翰林

十载江乡恋白鸥，偶因春梦弃渔舟。

客居黄叶萧萧处，残月半窗人独愁。

其　二

一自春江送画桡，几回折简到渔樵。

题诗欲寄南来雁，人在蓬莱听玉箫。

题　菜

秋雨黄台抱蔓休，茕茕漆室尚生忧。

采薇歌向白云者，人在首阳山上头。

怀　友

故友不相见，茆堂榻久悬。

人间看燕燕，花落惜年年。

拟古诗千卷，评时史一编。

闭门何所事，白发已皤然。

寓南平驿

独宿南平驿，凄然一楚囚。

客中今夜雨，枕上十年愁。

怀宝疑身累，秉桴亦道谋。

欲归佩便得，花落水东头。

听 琴

冷冷涧底泉，凄凄竹间雨。
感我平生心，悲泣不能语。
幽斋岂无弦，美人隔千里。
华年转眼过，相见知几许。
日落江悠悠，云空山默默。
抱剑赋归与，绕路霜华白。

天竺寺

浮生无地访名山，桂子松筠接上关。
三竺维摩通异域，五峰飞翠隔尘寰。
高僧有社招诗侣，野客何缘结大环。
归去石龛清梦绕，他时仍许鹤同间。

谢惠扇

东山有仁风，奉扬不可得。
深意托蒲葵，远惠来京国。
一挥秋气生，炎嚣散胸臆。
再挥凉飔发，凛然清四席。
卷舒随我情，动止随我适。
良工斫琼瑶，怀之心翊翊。
安得在云衢，大挥爽八极。
民物从熙熙，不忘君所锡。

元龙公诗

中秋风雨

准拟今宵月，携樽上小楼。
何期风雨恶，辜负一番秋。

其 二

钩帘待明月，相与集南楼。
谩惜流光误，明年尚有秋。

中秋前一日

秋望月轮满，筵开一日先。
依稀盘乍转，仿佛灯年圆。
焉能瑶天外，飞觞玉漏前。
更余延赏兴，明夜斗婵娟。

过谢氏山园

浪传金谷胜，谁识此芳邱。
碧渚云光净，虚空月影浮。
花深春不老，地曲景偏幽。
归路林塘静，分明镜里游。

简居吟

溪曲茅堂白日闲，幽楼真觉迥尘寰。
高怀对酒眠苍石，无事敲诗闭竹关。
啼鸟半窗醒午梦，落花深院点苔斑。
独余文墨交游地，日日相过兴不阑。

会胡日昌

琴书远抱出山城，西晋风流邂逅迎。
振世勋名浑不系，娱春花鸟独关情。
元谈许许清人骨，逸思飘飘眷客行。
我正欲醒湖海梦，愿随杖履过平生。

秦淮新涨

几回扶玉下晴波，忽谩江流送远槎。
巴蜀三春融积雪，秦淮十里涌层波。
平沙静渚天同碧，片雨孤云鸟共过。
瞩目尽余湖海思，不妨随地觅渔蓑。

次韵识别

习静山居独着文，得陪清话又离群。
闲庭花影樽前过，细柳莺声谷口闻。
调绝阳春惭莫和，怀倾北海敢辞醺。
归来篇付奚囊满，展卷幽斋即见君。

《富春丁氏宗谱》（2007）

霆公诗

丹霞观

瑶池吹断参差玉，桑田几遍蟠桃熟。
海上茫茫人不归，万里青冥翥黄鹄。
拍阑浩歌谪仙曲，门外岩花为谁馥。
夜深风露不知寒，满地白云相伴宿。

樟岩山

忙底抽身向此游，古樟深径锁清幽。

芝田晓涧潮痕入，药洞春香雨气浮。
山渴翠屏舒道眼，水鸣瑶瑟应龙湫。
何时卜宅栖岩下，分取青山老一丘。

元阳观道士

道士相招如意会，故人忽遇大江东。
一天暖涨桃花浪，三月晴吹杨柳风。
游子放船春草渡，群仙开宴碧云宫。
浩歌已尽平生兴，如此好懐谁与同。

夜泊新桥

树云低荫石桥边，宿鸟惊飞堕露蝉。
隔岸有风潮未落，一灯犹在拗罾船。

姥岑山

秋风吹杖履，直上最高岩。
云湿粘山屐，天低接海帆。
药香遗短草，苔色映枯杉。
到得仙栖处，知吾骨不凡。

《富春申屠氏宗谱》（2007）

机仲公诗

八岁吟

泰山一毫轻，沧海一滴水。
我覰天地间，何啻犹一指。

梅岩瀑布

侯川岩壑石峥嵘，一带银河百丈坑。
溅沫穿林飞雪堕，奔岩出谷震雷轰。

练从翡翠屏中挂，螺自水中帘上生。
犹拟玉龙天上落，吼风还为不平鸣。

机仲公与陆子静子寿及朱晦庵

同饯东莱吕公于鹅湖论道

道义傅之世所钦，六经得趣自存心。
文光耿烛明如日，德泽尊崇重若岑。
墨泛晴波香蔼蔼，笔生暖雾气沉沉。
聪明特达无前后，学问精渊彻古今。

幽居即事

金殿辞归两鬓华，闲居百丈卧烟霞。
旧田土沃多栽秫，新井泉香漫煮茶。
岩雨晓晴觀瀑布，溪霜夜冷梦梅花。
层峰灝气凌云汉，水自潺湲日自斜。

投竹杖

久矣相亲相伴携，危扶攸赖更颠持。
断桥露影测深水，野踞留痕点浊泥。
怎敢忘恩轻弃掷，恐成辜事坐嫌疑。
殷勤致意叮咛处，送汝为龙到葛陂。

《新登袁氏宗谱》(1928)

秀野堂诗引

徐辰所

平山，乃汝南八景之一。山右之麓，为秀野堂。于上翁令祖体仁先生所建之别业也。俗尘迥隔，胜概全收。迎菖水之波，文光潋灩；挹高村之翠，秀色纷披。砌列名花，送清芬于几席；围罗芳树，横翠霭于轩楹。架陈万卷之图书，门聚四方之俊彦。枝头鸣好鸟，助书生歌吟啸咏之声；水面跃嘉鱼，动文士活泼流行之趣。所以升堂者，蠲其俗累皆味道。而研经入室者，浚乃灵机，悉敷华而振秀。芹宫小捷，今兹既接踵而来；蕊榜荣登，他日定连镳以欣游胜地。久憩高斋，学深隗乎师资；徒劳下榻，才素惭于骚雅未敢题诗。兹因华牒之修，聊表平山之胜，爰成俚语，用志不忘。

广原深遂处，别业景何穷。
野秀芹翻绿，山平桂贮红。
文光凌斗北，爽气挹天东。
思涌灵泉水，英蜚曲坞鸿。
三冬宜卧雪，九夏可扬风。
芝草当年颂，昂驹自古雄。
临池怀月渚，登阁晤梅翁。
世泽于今烈，承庥在此中。

社日燕来

路　如

轩驾飞云不失期，正当社日见差池。
郊原细雨衔泥处，楼阁春风絮语时。
草色半帘双梦稳，花村四面得归犀。
旧巢虽敝犹堪补，未忍翻空借一枝。

素　兰

幽兰原足压群芳，更爱幽兰素淡妆。
姑射肌肤仙与骨，于阗品格玉为装。
纷披何意美人折，隐逸空留王者香。
从古知音能有几，谱将雅调入宫商。

蛛　网

每向凌空布网高，笑他垄上悉秋毫。
经纶济处轮回转，纲纪弛时补缀劳。
计出千船多巧幻，丝抽万缕更坚牢。
朝来群动从吾制，罗尽薨薨势莫嚣。

（诗以理性情，故无分穷达，皆可以造极登峰，垂诸不朽。非必玉堂金马，诸公方得命为诗人也。先生年臻中寿，苦志推敲，读社燕诗，见其心气和平，读素兰蛛网诗，见其识见超越。盖惟学养兼优，乃能技至乎此。若得拜读全稿，尤当大快于心，未审可以教我否？晚潘成年僭笔。）

平山春晓（示诸生）

攀　凤

东方欲白天向晨，明星皎皎晃如银。
幽人早起先于鸟，四望天宇净无尘。
此时万籁俱岑寂，花枝低亚露气匀。
须臾众鸟弄晴吭，间關报我平山春。
平山之堂离俗氛，竹树成帷苔锦茵。
我祖建此有深意，左图右史贻后人。
堂后牡丹高一丈，花大如斗花有神。
荣佑似与气运合，近百年来枝犹新。
嗟予小子生也晚，花前于此集众宾。
四方俊英乘时至，有如花发趁芳辰。
春风淡荡春雨频，共向春朝咕哔亲。
尔我形骸皆浑化，相与道义知最真。
庭闱居望难具陈，负笈辞家多苦辛。
肩此大任敢逡巡，愧无所得徒谆谆。
丈夫四海若比邻，终堂为凤与为麟。

春光明媚今如此，寸阴尺璧宜自珍。

《东安袁氏宗谱》(2010)

题赠诗钞

辞爵隐居自咏

明·砺　公

霜叶青红不耐看，秋香随我入山峦。

未应开口笑无伴，莫待折腰方弃官。

坐看人心十日别，卧思宰相五更寒。

相逢若向春风里，试插黄花赏牡丹。

咏太常寺卿砺公隐居

礷兄赠

紫金懒受辞千粟，茆屋幽居构数楹。

东阁卷帘朝雨过，西山柱笏晚云行。

岂无风月供吟眼，亦有箪瓢适隐情。

闭户不知当世事，启窗高枕听禽鸣。

其　二

何　桢

昔有衣冠子，金砺隐华山。

至人本无梦，其梦亦游仙。

其　三

王之仁

南国钟人杰，金陵隐砺公。

盈眸萋草绿，遍地落花红。

白发秋风老，青山晚节同。
不知檐外日，一任往东风。

仁山先生高隐诗

朱　清

扫径仁山远，穷经意义深。
谁知闲里趣，独识静中心。
流水看行止，行云自古今。
都留风月在，泓下听龙吟。

其　二

王　柏

屡聘方知帝国新，元恩何似宋恩深。
仁山惟自穷经史，石枕常眠论古今。

送伯通公赴京坐监

沈继先

樽酒流连话未休，且将箫鼓送兰舟。
数行诗句辞交口，五色文章得意秋。
邑学不如国学好，乡围争似礼围优。
功名自是男儿事，奋路天池待圣求。

其　二

赵　新

云路飞腾万里时，鲲鱼争跃奋天池。
祖鞭端着君先捷，高折蟾宫第一枝。

送伯通公隐居

叶 稠

晦迹隐林泉，君名独并山。

口吞钓滩水，心效子陵闲。

送心元公纳吏

朱 梓

相国萧曹古所闻，东君今日绩维新。

阿衡宅揆皆能事，端作皇家第一人。

其 二

陈启龙

案牍勤劳声已扬，望同山斗岂寻常。

端严气度原无际，英敏才猷自有方。

夙抱忧时心巳足，今裁献主策尤彰。

总知小试山城事，留取经纶佐庙廊。

送心宇公设帐诗

周 羔

混混才源若涌泉，诸生受诲各忻然。

春风满座资模范，夜月生光照简编。

君子以文交契友，良朋知已会天缘。

朝廷有道颁科诏，定降征书聘大贤。

送心泉公设帐诗

前　人

羡煞英姿正壮年，传家硕学两擎拳。
一团秀气钟山岳，万卷诗书究圣贤。
道冠富春才莫量，教施本末学无边。
吾兄肯抱经纶志，姓字堪期柱石携。

题心元公重修家乘

姚星英

谱牒重修祖德光，金家原是旧门墙。
一朝礼乐称贤哲，几代经纶佐庙堂。
勋业已由前烈着，箕裘复振后昆扬。
孝思邈溯追源本，流泽儿孙衍庆长。

《富春王洲金氏宗谱》(1998)

龙潭十咏

师竹戴　椿

印　石

昔号儒冠石，今名是印章。
龙文相炳焕，金薤披琳琅。
科名从此盛，甲第俨辉煌。

小龙潭

蔚矣小龙潭，渟泓一鉴水。
云气覆阴森，神灵或来止。
遗殿指苍厓，片石苔痕紫。

钟鼓岩

钟石宛如钟，鼓石竟如鼓。
对峙两山巅，虚空戛雷雨。
物理不可测，无乃娲皇补。

谷　仓

伟哉此谷仓，栖亩有余粮。
生民占乐利，万姓得吉康。
不是檀道济，唱筹能夜量。

小飞来

此来俨飞来，屏风碧玉开。
山花相映发，空翠扑苍苔。
谢公寻不到，临水几徘徊。

石　棺

上古无棺椁，而不营窀穸。
如何混沌初，遗此一片石。
谁为冥漠君，定自神仙宅。

佛头岩

古佛驻西方，法力浩无际。
云何到此间，云中出螺髻。
悟得最最乘，虚空皆智慧。

纱帽石

纱帽岩前石，潆洄拂水奇。

云蒸渊岳采，花发凤凰枝。

俨有金闺客，轩裳集此陂。

和尚峰

咄哉何处僧，屹立岩石上。

仿拂谒金仙，顶礼而相向。

彼佛本无心，嗤此太着相。

摇钱树

树有摇钱号，摇摇知几多。

愿将千万树，无处不纷罗。

黄金同土价，利济快如何。

谒龙潭

师竹戴　椿

千山万山气磅礴，混沌初分天帝凿。

稽首翘瞻万丈潭，白日陡疑霹雳作。

坞里阴森夏月寒，出云降雨苍生安。

五岳四渎隆群望，岂独春江诧巨觀。

吁嗟神物多变化，渺焉不知其所舍。

疑有疑无咫尺间，潭中忽作红光射。

伟哉造物乃有此，元气苍茫一泓水。

阴阳阖辟建神功，海立云垂老龙起。

龙潭瀑布

师竹戴　椿

匡庐名胜天下奇，碧空飞洒青琉璃。
岂知此地更奇绝，涛奔石立蛟龙栖。
冯夷怒兮云羃羃，神鱼逝兮风凄凄。
愧无太白惊人句，却步岩前不敢题。

雨后望龙门山

诃林吴　台

龙门千仞逼霄清，鸟道盘空纵复横。
遥望佛头云已散，真同仙掌雨初晴。
岩开晓色松杉静，草带斜阳彩翠生。
终日楼头看不厌，如逢良友寸心倾。

新秋登龙门山游龙潭

诃林吴　台

龙门郁岧绕，上有神龙宅。
昔闻兹山胜，空潭沁寒碧。
怀此屡欲游，每以俗缘格。
今年客村中，山楼对朝夕。
兰秋暑渐澈，登览高兴发。
同心二三子，踊跃蝎我屐。

乘凉中夜兴，出门路尚黑。
小憩过招提，茶瓯漱芳液。
须臾村鸡鸣，瞬息朝霞赤。
出寺景愈幽，入山路弥仄。
沿缘转清溪，曲折碍巨石。
石门一线通，来往身必侧。
经亘列冈势，荒唐幻奇迹。
岩半仓廪高，禹粮或储积。
云中钟鼓悬，元音竟寥阒。
伫立睇佛头，螺髻蔽丛荻。
徘徊数里间，殊状不暇摘。
翻笑楼中看，眼界特窥隙。
南行道未穷，微径转东陟。
碨砢伏篝莽，断腭步局蹐。
有时石钓衣，或为棘刺袜。
幸携樵人来。停足待芟擘。
上扳如猱升，下坠类鱼踯。
磴䃅飞泉流，镗鎝相触击。
山深天宇低，反讶太空窄。
去潭半里余，陡然面削壁。
天矫见白虹，日照光灿烁。
穿危度岭岈，已到蛟龙窟。
三面倚屏墉，一泓见毛发。
西南缺石门，怪石潭口塞。
波浮石砥平，纹裂传爪画。
北礐悬嵌窦，半盂泄涓滴。

云此神物盘，渊深窈虽测。
是时数日晴，瀑阔但盈尺。
仰望线缕垂，千丈洒飞霡。
设当风雨过，轰雷荡精魄。
飒飒吹天风，草树起箫慽。
坐久藉莓苔，亭午肌凛冽。
斯游遂始愿，陟险意亦适。
归来复登楼，山云已遥隔。

龙山记游

陶翰俞　校

我爱龙门山水幽，去年已订龙山游。今春雨雨风风鲜佳日，同人欲去还复休。兹得二三知己鼓游兴，又兼天气阴晴吉日诹。初抵妙岩寺，溪流清且浏。旋经孙氏庄，山翠淡欲浮。曲折半里许，远远见佛头。佛头石竖在天半，此间那容人迹求。主人谓我勿骇怪，尽力前行力自忧。从此相随历险峻，扪萝攀葛效轻猴。足战栗，躬伛偻。一层一层上复上，一重一重兜复兜。缘经鳌子门，怪石蹲貔貅。再历古憩亭，曲径盘蚁蝼。到此乱山重叠疑无路，但闻风声水声与耳谋。谁知一弯转处骤昂首，即见匹练飞下空中稠。诸君奋力穷幽险，山路崎岖不自由。大石忽迎面，难将径别搜。小石咸碍足，又恐隙误投。未至心惴惴，渐近风飕飕。险途经百折，奇境豁双眸。千寻峭壁矗天立，万斛珍珠泻石遒。点点滴滴霏玉屑，潺潺湲湲溅玉沤。仰觑龙爪石五纹，隐隐俨刻镂傍睨。钵盂池，一水悠悠自分流，时倾杯酒据石坐，寒气逼人难久留。不雨疑雨，非秋似秋。异哉斯景，快哉斯游。夕阳归去，好山色，望中收。一壶倾倒来山寺，扶醉还家亘唱酬。

苦　雨

下田宜种稻，时雨共占梅。
讵意淫霖虐，偏成泽国灾。
兼旬看霡霂，彻夜忽喧豗。
处处珠丝贯，声声石鼓催。
漫天云障合，涌地浪花堆。
渴骥奔泉疾，馋蛟喷沫来。
澌腾无后倦，霶霈少中颓。
渐见沟渠满，俄惊浍畎隤。
决防难筑堰，履亩尽称莱。
市近船能入，墙攲屋并摧。
高堂深点屐，冷灶湿添煤。
鼃产千村患，鸿嗸万室哀。
暂教晨旭露，总未积雰开。
黑螟飞如阵，商羊舞几回。
阴沈稀睹日，阳闭不闻雷。
圭璧劳躬奠，神灵鲜降垓。
买秧谁播种，发粟待输财。
拯溺心原切，筹荒策漫猜。
补应虚炼石，止欲捧芦灰。
但惧添蝝孽，休夸富茗材。
日狂三兆协，名洚五行该。
伫十阳和转，先令噫气恢。
赤虬行踔厉，黄袄颂鲵鲐。
听唱新晴句，还推杜甫才。

谒岳忠武墓

栖霞岭畔烟沉沉，烈风怒号疏树林。
宋代山河渺何处，独留一柏张层阴。
将军骨干撑八极，将军英气冲霄直。
匹马长驱万里遥，血溅战袍酣杀贼。
岳家军声驰惊雷，威棱不随山撼摧。
克期誓饮黄龙酒，十二金牌忽召回。
小朝廷付权奸卖，铁铸长城一旦壤。
“莫须有”狱成奇冤，祸机已伏州军败。
男儿休爱七尺躯，鸿毛泰山争须臾。
但为国家效涓滴，即膏锋刃心颇愉。
殿前小校厉厉吻，道旁一跃颈甘刎。
恨不当坊分桧尸，千秋同泄孤臣愤。

七里泷吊谢翱

西台亦千古，歌罢付谁听。
不负延平遇，能持屈子醒。
孤心酬汐社，恸哭吊幽灵。
知己留方凤，经营许剑亭。

谒董文恭墓

公讳诰，字蔗林。仕至文华殿大学士，谥文恭。

一星冠东藩，光闪微垣里。
由来诞降奇，气亘长天紫。
低徊诵先芬，门基韦平拟。
品格纱笼尊，担荷柱石倚。
启沃倾悃忱，夙夜靖共矢。
深非模棱苏，严斥浪子李。
力袪众唯阿，侃侃持其是。
燔机拔园葵，恤下良有以。
但问时失和，阴阳勤变理。
臣职尽区区，再拜报天子。
归队旧林泉，掩扃乐图史。
不营种橘地，遑计楼台起。
厅事隘亦宽，卓尔树峻轨。
丘陇禁樵采，崇此馨香祀。
后生愧不才，高山切仰止。
瓣香展墓门，洁荐春江水。

古　寺

啸岚蔚澜

老树森森十数围，晚钟时见阵鸦归。
竹风弄影颓墙出，花雨无声佛座飞。

白马经文犹压迭，赤乌年号半依稀。
梵王阅尽兴衰事，只合低眉任是非。

龙门杂咏

华亭高　岑

此间独有古风存，一姓千余谊共敦。
卜筑还思南渡日，傅家总不出龙门。
直上龙山路屈盘，泉飞百丈夏犹寒。
惜无小谢惊人句，勤向巉岩万古看。
缵交七月尽收禾，大有年年乐事多。
何处迎神芳草地，通宵唱彻太平歌。
家家白酒味还醇，芋栗收时欲荐新。
齐向祠中秋社散，道旁扶得醉归人。
范公塘上鹭横飞，深柳阴中好钓机。
斜日一竿闻笑语，柳枝穿得鲫鱼归。
西湖桃柳已摧残，不见亭台十二阑。
惟有六和高塔在，偶来嬉戏托奇觀。

游过溪书屋

绕村溪水日潺湲，小筑真堪避世喧。
爱煞樟桥东去路，行人犹识鹭鸶园。

龙潭记游

桐江徐发仁

龙潭有飞瀑，耳热曾昔年。自分未必到，魂梦徒萦牵。竭来得主人，忽若天假缘。谓路里六七，谓流尺三千。一两蜡屐轻，一枝筇竹便。神旺足亦健，侣佳兴欲仙。重重进石门，矗矗陟危巅。绝壁纳双踵，白云摩半肩。蛇行剔碧藓，猱升披青烟。屈曲数坳度，骤惊雷声颠。仰视目光眩，组练空中悬。巉巉三峰立，左眷砰腾骞。雪喷千条白，珠抛万颗圆。山腰混沌破，坚壁何人穿。云是空洞里，曾有骊龙眠。大旱常作霖，祷祈每通虔。露瓜痕镵石，扬波见在田。我欲探其珠，无奈隔重渊。天路望已绝，云栈断不连。寒风砭肌骨，衣冷思装绵。仰面卷一匹，侧身坐一卷。醁醽酒共酌，白水茶徐煎。忽动拇战兴，鏖声满壑填。此乐已忘返，红日忽西偏。只得寻旧径，一坐一步延。蹋红出尘世，摩青羡飞鸢。屡见前峰俯，愈骇层上邅。半途过萧寺，玉版思参禅。老僧大解事，蔬酒陈满筵。又复醉乡人，风致逾翩翩。归来洽日夕，暴雨粉飞泉。一枕黑甜梦，蘧蘧忘意筌。急起索纸笔，书此记游篇。

诗两首

宋·朱　熹

题孙氏忠烈祠

保障功多爵进王，云礽追远荐蒸尝。

行祠独占溪山胜，玉牒留传百世芳。

题孙氏双阙

唐室遥遥孝义门，屹然双阙至今存。

当时流尽思亲血，化作恩波遗子孙。

舟过国山望东东吴封禅碑

冠臣瑞元

小舟缆罢五更钟，忽向孙吴说远宗。
价压秦碑珍独鹿，业移汉鼎战群龙。
桃溪东转分丁水，茗岭南趋卓午峰。
一例泰山封禅事，至今云气护重重。

挽孙梅村先生夫人

章定保

人生世上亦何常，一似行云过眼忙。
红树青山无几日，荒烟蔓草忆苍凉。
前生未了了今生，了得今生慰此生。
岂料今生仍未了，还留未了待来生。
沉痾八载势淹缠，儿辍诗书夫罢官。
只望春来还有日，谁知明月不常圆。

（夫人患风症八载，哲嗣承论奉侍汤药，遂废读。梅村先生时任皖省法官，因之辞职归省。）

离鸾一曲怅西风，争怪人间唱恼公。
吹断玉萧飞凤杳，三更斜月冷梧桐。

悼亡诗

孙梅村

一缕芳魂去不回，痴心犹欲唤归来。

携儿空向床头泣，夜雨声声泣更哀。

（妻亡之夕，雨声不断。）

求医百里望春回，身比孤山处士梅。

清瘦一枝凭写照，自甘与雪共徘徊。

（昔年妻偕雪姨，赴杭求医，并摄一影。）

病因产后医家窘，多服红花血已枯。

（乙卯，予自京归，检阅药方，始知产后过服红花、桃仁等药。）

两足拘挛行不得，羞颜无术悦慈姑。

红粉消磨一病中，八年苦受妬花风。

炎凉势迫摧残尽，命到如斯计亦穷。

（妻素性不得姑欢，妻之先患寒热旬余，且一日二次或三次。）

许多药物岂无灵，寿只三旬有五龄。

偏与桂花先后谢，空余凉月照愁形。

亡妻为八月九日

年来避暑寄他家，赢得连枝姐妹花。

有泪直从知已落，伤心话别令人嗟。

（妻在雪姨家避暑，计有两年。今年雪姨送别妻，泣告曰：“此后恐相见。”无多日。）

拼将身事付飘零，诀别叮咛不忍听。

只道两行儿女小，郎须依旧眼垂青。

人去楼空满眼愁，悲鸣鸿雁寂寥秋。
霜林落叶埋新冢，靳与梅花共白头。

鹭鹚围纳凉词

一轮明月映团圞，三五清光乍一看。
坐傍清溪风力劲，几人唤热我嫌寒。
十亩荒园旧址存，几间书屋记龙门。
水声山色间题额，当日楼台道姓孙。
一花一树溯前因，团坐黄昏笑语频。
想到有情天上月，清辉一样照诗人。
我住桥头取路便，沿溪去即大溪边。
他乡风味生尝惯，看月何须忆去年。
似比蟾辉有几回，多情相唤喜重来。
不嫌草草携茶具，随意临风啜一杯。
坐中三五杂渔樵，也有清讴度石桥。
说鬼谈诗咨稼穑，闲愁都向此中消。
半亩芳塘彻底清，夜凉时送桔槔声。
但无愁绪萦心上，尽可消闲趁明月。
夜深人静月当头，彼此倾谈话未休。
凉意侵入禁不得，归看影已上高楼。

龙门竹枝词

无多生息在山田，恃有新丝待市钱。
生怕蚕饥肠易断，阿侬甘自鬻钗钿。（养蚕）

家贫无业可求钱，昨岁年登草色鲜。
郎莫偷闲忘作苦，为侬拮手待侬搴。（造纸）

谷雨新茶手采回，一枪尚卷一旗开。
阿翁莫笑些些物，侬自龙山绝顶来。（采茶）

布谷催人夏令新，割填秧草半柴薪。
披荆刈棘休信瘁，郎不耕田莫疗贫。（填草）

大麦初登小麦黄，镰腰月白作工忙。
谁家馌饷炊新饼，陇上风来扑鼻香。（刈麦）

碓傍山隈与水隈，一舂一磨两重开。
笑侬未老头先白，刚是莊前筛粉回。（磨粉）

长夏天公放老晴，夜深犹听桔槔声。
锄禾日午时挥汗，爱此凉多趁月明。（汲水）

柴门临水稻花香，近日黄云卜岁穰。
先纳官租次田主，料侬今岁有余粮。（觐稼）

年年报赛菊花天，凭仗神庥庆有年。
白酒黄鸡红稻饭，四更犹有客登筵。（赛神）

冬初驱犊事深耕，草子匀抛渐次生。
几阵东风吹野岸，青青着色又清明。（草子）

杂咏十首

葡萄客步瀛

悟得浮生似转蓬，此身聊寄与鸿蒙。
都缘迂拙为时弃，谁说襟怀与古同。
明月一天思正远，好山千里望无穷。
机心已共沙鸥静，岂问何人是孔融。

荒园木落起凉飔，兀坐高斋细自思。
傲骨应如鹰翅健，风情无复蝶媒痴。
身居僻地知秋早，家在深山见月迟。
忽有踞床三弄笛，玉楼嘹喨奏桓伊。

欲向灵均问卜居，鸡窗一觉利名虚。
人间至味无如淡，天下奇观只有书。
披卷爱将芸辟蠹，杜门羞把铗弹鱼。
闲来自笑还清绝，长在立锥旧草庐。

得名清新欢寂寥，一椽空寄极无聊。
人夸墨翟甘磨顶，我爱陶潜耻折腰。
未必长饥诗屡瘦，恰因多闷酒常浇。
珠宫贝阙蓬莱景，可忆仙家海上樵。

门外寒波浸石矼，漫将尘事对流淙。
身非柳絮谁为侣，品得梅花喜有双。

病竖已挥文剑斩，愁城还遣酒兵降。
一番佳景难收处，草色青青绿满窗。

酒醒床头正上潮，皇然吟入五更劳。
布衾寒透知霜重，粉避明生认月高。
好梦我犹疑蝶化，恶声谁复舞鸡号。
此时懒作披衣起，卧听邻家轧轧缫。

偶学傍花随柳兴，翛然来往不须曹。
腐儒迂拙人争避，陋巷箫条骨尽高。
身到闲多诗有债，村因僻甚酒无醪。
浮生谁解红尘事，谈笑风生落尘毛。

世事炎凉已饱谙，破衫疏食剩余甘。
溪声亦解愁难遣，鹊噪无凭喜不参。
白蚁谁酬陶令菊，黄粱独匮杜公蓝。
箫斋聊赋兼葭志，物外烟霞性素耽。

寂寞文园解愠心，此中万古怅销沉。
贫如曼倩空存履，趣拟渊明未畜琴。
世态只堪当白眼，风尘何处觅黄金。
秃毫冰砚无奇遇，独有诗情放淡吟。

郊原行尽惠风和，春水溶溶漾绿波。
飞鸟去时云锁树，落霞明后岫拖螺。
步随曲径寻芳远，时有闲心得句多。
羡郄渔翁忘暮景，一竿投处荷烟蓑。

孙先生衡峰六旬唱和诗跋

民国·朱邦彦

荆天棘地，怪雨盲风。感草草之劳人，羡闲闲之桑者。闭尔音于空谷，还我读书；歌独寐于考盘，不与人事。商山绮夏，栗里羲皇。仿辛丑之遗编，记庚寅之初度。不惟词林秀润，不落恒蹊，抑亦卷叶纷披，罔非实录。孙先生衡峰天才殊特，人品优崇。绵学植于一家，慰忠魂于两世。蜚声艺苑，奋迹仕途。岐黄有兼擅之能，刑狱无不知之对。符分章贡，序易春秋。而惊海水之群飞，怅春晖之莫报。一官落拓，游子无家。千里归来，小人有母。遂乃安敦故土，颐养性天。堂北萱花，阶前荆树。奇香满室，风送芝兰。清荫横庭，云笼松柏。千锤百炼，却从事外得闲；二首六身，漫道山中无历。寿筵既敞，诗胆复张。雁去鱼来，桃投李报。唱者敷陈事实，按部就班；和者推衍平生，和声依永。或连翩而累迹，或异曲而同工，或借物而言情，或斟今而酌古。各极琢磨之致，汇列琼瑶；平分纂组之功，堆成锦绣。于是以无花之老眼，运贝叶之禅心。几净窗明，香温茶熟，界以乌丝之格，楷法钟王，写将黄绢之辞，集成元白。书名书地，既缕析而条分；彻始彻终，仍珠联而璧合。邦彦依人，飞鸟故我。穷鱼佣书夺风月之缘，逋负失啸歌之乐。感呼小友，愿步后尘。昔在娄东，曾弄柔翰于病起；今来桥上，复窥定本于谈余。肺腑之铭，有加无已；心脾之沁，每入辄深。固宜缀以肤言，况更辱之面命。顾自网常隳败，气运销沈；跖无一定之名，蛮触有两雄之势。元黄莫辨，野血战龙；黑白相寻，市言讹虎。树欲宁而风不静，巢将覆而卵孰完。郄曲有歌，待清无地。而剡浦千重之水，龙门万仞之山。风雨一庐，图书四壁。具种竹栽花之韵事，适停云待月之闲情。引至诗朋，无非孟客；招来酒友，即是陶公。乃知人间犹有桃源，尘外不无福地。何必神仙吐纳，斯为于世超然；即此俯仰宽闲，已足令人羡煞。而况齿尊以达，非同多幸；天民发美，伊垂如见。彼都人士将必歌寿民者，随樵唱渔讴而起；访遗老者，藉采风问俗而来。则是编之镂玉错金，引商刻羽，似又不过。记一时之簪，盍集少数之藻思。他日庠序乞言，丘园束帛，证诸史册，轮征鲁国之蒲，播入风诗，价贵洛阳之纸。山河不改，文字长留，则又邦彦所乐得而与闻者，姑备书以为券云。

《富春龙门孙氏宗谱》(2006)

长歌送子清孙君迁双溪叙

明·江湖散子松坡子

余自弱冠雅慕交游。凡所与知已者，皆终始相得，趋舍如一，似有合乎古人之心焉。吾富春子清孙君，系出吴帝。自高曾祖世以积善称，至父宗大，勤俭理家，义方教子，又能事兄爱弟，以绍承为务。是则，余之所友尚者矣。宣德乙卯，为万石长历役甚久。昆季协心，公慎服，区里租税早输。由是上官器之，亲朋钦敬，事竣，谢职归乡，同邑趣仕晨等求余言以饯。夫君子不可一日离者也，离则思，思则咏歌形焉。咏歌既形，则凡物之感于中者，皆足以寄情。而宣意于以知风人托物之旨，有甚微者焉。而陶渊明之赋停云，杜少陵之咏暮云春树，亦不外是。然则渊明也，少陵也，借端起兴，其感慨之深于言外者，非止思友，当可为知者道也。余与君临别，不得不有所遗以赠之，岂非犹陶杜之意欤。乃复缀以长歌曰：

杨花飞雪清昼长，恩波送别情茫茫。
楼船驾起大江口，临风拔剑剞激昂。
我歌孙君英且俊。积善之家有余庆。
雍雍奕世衍蕃昌，山川清晖两相胜。

高堂且庆乐且康，椿萱并茂发荣光。
昆季欢娱敦式好，班衣膝下奉寿觞。
一日春城与君会，啸歌呼饮情尤爱。
森然松柏见交心，岁晚冰霜堪独耐。
君今事竣归故乡，早输国赋皆称良。
旧日亲朋谊偏重，欢声载道赠行装。
孙君孙君追祖烈，藉藉家风振事业。
时清境胜足徜徉，不入尘嚣守高节。
我咏长歌尚未终，酒酣浩气如长虹。
临行缱绻惜分袂，时时回首青山东。

《富春孙氏宗谱》(2007)

灵泉诗选

赠 别

周鸣冈

骊驹刚住在河干，不等平生聚首看。
人到别时言欲泣，酒当愁地与随阑。
篱边残菊疑霜白，岭上孤松冒雪寒。
旧谊今情难已已，参商异处影形单。

又

徐国桢

生平最怕别情稠，忍属连居万里悠。
文字缤纷回雪舞，诗歌俊逸尽风流。
隔墙笑语垂青眼，十载邻姻未白头。
马首渐寒辞旧井，猿心莫挽恋乡州。

芦花江雁书封远，蓼岸河豚归路幽。
经雨芙蓉应堕泪，开眉杨柳也添愁。
悲倾樽酒青山暮，咽唱阳关黄菊秋。
他日鹏搏如得志，愿随宴会凤凰楼。

又

奚 泮

此日君歌归去辞，多年荒径复开时。
小春岭上梅初放，好借清香赠一枝。
同席连床情蔼然，多愁今为别离牵。
虽云海内皆知己，怅望停云总在天。
与君叙处近同乡，尚恨年年阔别长。
况复移家千里外，何时樽酒论文章。
犹幸雄心足自凭，离筵强尽酒三升。
知君不是池中物，拟附龙门一共登。

睡 燕

翠剪裁花已惹春，雕梁且自息征尘。
输将柳外莺声巧，赢得楼前掌上轻。
垂幕娱他同梦蝶，风光愁杀卷帘人。
乌依旧巷斜阳里，故迹慵窥怕损神。

辛卯秋试回寓对月开樽醉吟一律

试罢归来漏二催，高烧红烛照筵开。
数层云叶扶轮出，一派银潢泻地来。
最好冰盘临水面，饱看风景静琼台。
兴狂飞入蟾宫里，问取嫦娥折桂回。

长夏山居

露洒长空暑未深，微风徐拂薄罗襟。

果然山静无炎日，闲坐松阴慢鼓琴。

新 秋

时值新秋玉露凉，方塘尚送芰荷香。
蝉声不断斜阳外，蛩语无休野岸傍。
白露已临犹酷暑，素商初转未凝霜。
小园乍拾梧桐叶，又听砧声度短墙。

秋日口占

寒林一派火云除，日暮残霞照晚余。
多少秋声惊落木，无边啼鸟乱山墟。

红 梅

岂缘清瘦不相宜，故染铅华可入时。
试把丹膏溶玉骨，无端酒晕上冰姿。
霞光满泛红偏润，淑气浓熏开更迟。
若使渔郎争解植，不应还向武陵迷。

和灯月吟

灯月双辉照绮筵，月明灯皎喜连天。
灯乘皓月光生媚，月射红灯色露妍。
士女踏灯游月下，笙歌玩月笑灯前。
年年灯月长如此，咏月吟灯倍有缘。

灵泉村即景

爱煞灵泉景物工，参差绿竹拂晴空。
水流古涧楼台侧，鸟宿斜阳烟树中。
四面峰峦堆碧髻，数行花柳弄春风。
近来赢得还家计，沽酒前村问牧童。

山楼（调寄长相思）

晓山横，晚山横，闲坐山楼理旧经，窥见古人心。与来频，酒斟频，酒后诗狂白雪吟，吟罢数峰青。

梅调（调寄清平乐）

梅兮孰耦，松竹称三友。品格清奇都耐久，蓦地纷争功首。松言曾受秦封，竹云君子吾依。梅问和羹若个，松也惭竹羞容。

随侍父亲燕赏牡丹　偶值天雨
大人与似　索然起赋首句因敬续成

看花遇雨兴萧然，雨后看花花倍鲜。

西子泪盈流粉面，太真汗浃湿鑫钿。

芳容差涩偏宜爱，香颈低垂更可怜。

春酒一杯聊献寿，愿同春雨足年年。

雁　字

江天一色雁南征，嘹呖争排鸟篆成。

笔势攲斜悬碧落，墨痕点窜浴寒汀。

人人摆出书中意，个个傅来塞外情。

极目长空霞似锦，数行如楷复如行。

柳

堤畔轻盈细柳丝，迎风争舞瘦腰肢。

自家愁绪先撩乱，那得闲情管别离。

玉簪花

素枝莹洁孰堪偕，何处佳人堕玉钗。

岂是绿珠沉醉后，误遗金谷碧云埋。

赋得轻烟惟润柳

河畔千枝秀，轻烟柳上熏。

蒙蒙微着雾，霭霭淡留云。

翠叶添光腻，柔条积晓氛。

苍松颜欲逊，碧草润难分。

潇洒思张绪，神奇忆李君。
新袍冀染汁，瑞气自氤氲。

和友人雪后新晴晚眺

霁色光浮白，疑眸乐自哦。
水留余雪净，山映夕阳酡。
村酒红灯出，江风白练多。
暮鸦归未尽，遥望数行过。

山 居

山花铺地锦，鸟语泄天机。
路僻经过少，苍苔点石衣。

又

雨过山含翠，风来竹有声。
草堂无客到，终日听啼莺。

读炳齐表侄稿

邵志谟

彩笺霞锦任君裁，把卷闲吟足寄怀。
意惬清新辞婉媚，思深香艳笔低徊。
幻成蝶影莊生梦，诉尽鹃声望帝哀。
花月有情俱是恨，风流谁更继斯才。

江 涨

渐江十日雨，白浪高于屋。
烦乱昧所从，兹焉一游瞩。
乍浦波欲倾，旋拆势微洑。
忽闻砨汃声，使人眩心目。

怪雨若倾盆，滂沱振林木。
缅彼区陌间，奔寿怒相蹴。
况复大江中，灏渼弥迅速。
奔腾一矢驰，万里风闪倏。
江婓诶笑狂，冰夷駓駓逐。
倒走壁亹潮，白皓胶宇轴。
黑云惨不飞，天地何萧索。
伊余悲鲜民，蒿蔚空尔蓼。
先人有幽宫，不能固畚筑。
水啮将奈何，涕流心蹙蹙。
中道无常声，惊澜恸号哭。

赠　诗

徐　渭

当代推贤吏，河阳花更栽。
循良思茂绩，风雅属仙才。
矫厉云间鹤，清芬月下梅。
通江遥望处，士女尚余哀。

观潮二首

秋江鲸吼海潮生，浊浪排空野渡惊。
地卷黑云山岳撼，天垂白练斗星横。
悬弧谁继英雄业，裹革犹思忠义名。
冷淡严溪清夜月，悠悠间觑怒涛平。

曙光惨淡殷雷霆，天际空蒙一色明。

万骑电飞排雁阵，千帆云集建龙旌。
奔腾夹岸鼍鸣鼓，漂泊孤舟浪逐萍。
薄暮烟浮诸籁静，梵音响彻会潮声。

松石盆景

一园春色各天涯，点缀苍苔种种嘉。
拳石磷磷千岭势，孤松隐隐五云遮。
樽前时觅幽人句，月下常邀处士茶。
醒眼坐观清韵冷，俨然松石伴烟霞。

礼园吟稿

琴

箕踞长松下，车马无喧嚷。
阒寂理丝桐，欲令众山响。

棋

入山遇仙人，倚乔看一着。
城郭旧依然，人民远不若。

书

买隐在山林，上下鹤一只。
滴露以研朱，举手写周易。

画

山色四时殊，图画正在此。
我来写其真，观者作如是。

渔

山重水又复，人迹难往复。

中有捕鱼人，乘船入涧谷。

樵

入山恐不深，入林恐不密。

回首夕阳西，负薪趋趋急。

耕

千岩万壑中，半亩可种粟。

老农耦而耕，得此心自足。

读

结庐在峰顶，日夕展书读。

下有招贤者，素丝良马六。

早晴志喜

鸟啼枕畔梦魂醒，旭日当窗喜乍晴。

雨止阶前苔径滑，风行水上浪花轻。

送　春

人生乐景在春时，不觉青春忽到兹。

兹送青春归去日，青春一去动人思。

芍　药

众芳飘后始华敷，那得娇容伴鼠姑。

腰紫允称金带客，花圆果似玉盘盂。

风摇翠叶翻罗袖，雨透红腮润酪酥。

洵是广陵城里种，移来庭畔卜祥符。

爽竹桃

竹枝何事染铅华，错认淇园烂绮霞。

试问是桃还是竹，顿教疑叶复疑花。

已分贤士林中色，仍似仙人洞里葩。
与可崔徐俱第一，名兼两美洵堪夸。

白莲花

雅淡新妆太液池，水光潋滟漾玻璃。
生成碧玉玲珑质，吐出瑶台冰雪姿。
素色浑如开雪里，清芬更在纳凉时。
卢山佳种饶幽与，好与高人结社宜。

葵　花

卫足倾阳偶得存，数株也教植芳园。
迎风似侧黄金盏，带雨如翻蜜腊盆。
一片丹心惟向日，几茎绿叶待承恩。
狂蜂不敢争颜色，个个飞来欲断魂。

茉莉花

为爱清芬置碧窗，幽姿最喜晚来芳。
瞇矇月下难分白，摇曳风前别有香。
公子醉归添逸兴，美人浴罢助新妆。
翩翩远客饶佳趣，坐对神怡暑自忘。

丹　桂

碎击珊瑚满树张，枝头簇簇发天香。
玉犀不渍兰陵酒，金粟何来琥珀光。
丹粒应飧蓬岛客，锦衣合赐状元郎。
秋时景色嫌清素，滴露研朱饰艳妆。

黄　桂

连云老翠吐娇黄，仙友翩翩饰道妆。
金粟量来知几斛，蜡珠收得约千箱。
开时应被蜂须妒，落处犹闻檀炷香。

月窟倘教持斧人，一枝定不让吴刚。

杏　花

力软容轻掩敛羞，为饶春思出墙头。
锦葩欲绚无双艳，活色生香第一流。
顾影自临池畔照，倚云宜在日边留。
皇都若许供驰骋，看尽长安纵马游。

赋得流水桃花满涧香

繁英灼灼水迢迢，欲入天台路岂遥。
春色一泓留不住，秾姿千片浸难消。
花浮涧内香犹在，人去桃源思更饶。
洞口忽闻仙犬吠，几疑刘阮泛轻桡。

癸酉回籍赠诗

耐久交情水乳融，如何祖帐设西东。
思依计拙才尤拙，羡尔文工诗又工。
自昔移床同醉月，于今孤馆独吟风。
还思海内存知已，莫唱阳关曲一终。

春江第一楼晚眺

高　枚

耿耿星河夜色幽，晚晴徐步上层楼。
高低绿树残鸦宿，远近渔灯逐水流。
山气氤氲云作帐，江涛澎湃雪成球。
凭栏放眼浑无极，千里烟波一望收。

《春江灵泉高氏宗谱》(1947)

菖蒲咏诗八首

孙友莲

菖蒲绝顶

翠色苍茫势接天，横空直透万峰巅。
东瞻江海升红日，西望沙洲笼绿烟。
林树参差浓复淡，山城隐约断还连。
登临疑入神仙界，野鸟岩花化俗缘。

太平禅院

水复山重路折溪，竹林僧舍护村西。
莲□叶叶开金相，火焰条条耀佛提。
钟鼓时鸣酬帝德，香烟常供祝群黎。
闲来静领蒲团趣，指点山人不入迷。

春、夏、秋、冬山居四宜

深山寒尽不知春，三月韶华渐转新。
忽听惊雷园笋长，妇収佳品欸亲邻。

竹林清影罩山居，人着青罗曳翠裾。
雨过飞泉除暑气，纳凉何用北窗虚。

昨夜西风透碧天，满山林木绕寒烟。
严边忽染新红色，枫叶层层映日鲜。

朔雪飞扬万壑封，层峦尽耸玉芙蓉。
煨炉好煮村家酒，把盏遥怜百尺松。

汪遵君

菖蒲峻岭

闻说菖蒲可引年，悬崖遍产拂芊芊。
鸾欣翡翠鸣奇石，鹿爱葱茏卧绝巅。
雨浥清梢峰益秀，风飘绿影嶂增妍。
客来时在岩头坐，兴会淋漓似散仙。

太平禅院

竹林僧舍锁如城，隐隐明明村外横。
傍水何愁枯贝叶，依山正好诵黄庭。
高提祖印当空谷，大畅宗风拂众生。
梵刹创来仁厚里，晨昏钟鼓祝升平。

咏村中士农四时即事八首

新柳垂丝拂竹桥，名花傍槛醉红绡。
文章满地随人领，得意吟诗韵自调。（咏春士）

日暖风和淑气催，山花含笑向人开。
女儿饷黍何欣喜，折得花枝插鬓来。（咏春农）

大雨时行书舍凉，绿筠丛里似三湘。
书长吟罢风飘座，夜觅流萤入纸囊。（咏忱士）

锄禾当午汗如浆，蒲岭风来暗度香。
跣足裸衣犹苦热，溪流新浴快生凉。（咏夏农）

露滴荷衣已报秋，翰香阶下桂花稠。
烹茶朗诵庐陵赋，寒月清辉照竹楼。（咏秋士）

黍稻如云满陇香，金珠玉粒试新尝。
乍闻里正催科早，只为征输国课忙。（咏秋农）

冻合溪山冷气侵，枯枝错落爱枫林。
煨炉勤读功程倍，雪满寒窗彻夜吟。（咏冬士）

野人放鹤自开笼，阵阵寒飘雪入栊。
借草为毡眠正稳，起来曝背日初红。（咏冬农）

咏春、夏、秋、冬即景四首

春山云树郁苍苍，竹里人行翠径长。
谷口夜来新雨过，一溪流水落花香。

树古林深暗度凉，人间日似小年长。
闲敲棋局娱宾客，不觉西楼又夕阳。

好风轻扇水边亭，雨后群山分外青。
绿树午阴凉似洗，看尽堂上睡初醒。

雪花乱舞拂栏杆，砚水成冰玉结团。
暖阁红炉人富贵，醉吟佳句不知寒。

唐士彬诗稿

咏四德

忠

忠本中心不可偏，在朝如是在家然。
入门宜共孝心守，处世还同恕字诠。

不必盟天明笃挚，何须裂胆见贞坚。
但存方寸精诚意，便得儿孙世代贤。

孝

孝为察地与明天，子弟当从此字先。
须向周文寻旧典，还于虞舜索遗编。
一生毛里真难得，十月怀胎岂易然。
罔极深恩何处报，临风宜省蓼莪篇。

节

节操由来宜谨持，休教处世一分移。
但存松柏坚刚性，不畏风霜叠次欺。
白玉无瑕贞妇质，黄金最重丈夫仪。
临危至死毫无变，万古名标青史垂。

义

义是人生大路然，人如舍义便颠连。
治身守此筋骸固，作事凭渠骨力坚。
性地刚方惟有主，时行正直乐无偏。
吾躬若果能长用，质干由来任性天。

咏四乐

渔

一篙风月一蓑烟，网过前川与后川。
折柳穿鱼都入画，临波投饵宛如仙。
意中张翰为新友，眼底严光续旧缘。
但愿此生休钓誉，潜心妙解乐忘筌。

樵

入岫穿云去觅薪，黄冠草履画中人。
半严枯棘诛来便，一把仙茅束自匀。

闲唱行歌飞古调，野花满担负阳春。
青山斜过家将近，摊向门前晒绿筠。

耕

多稼由来为食谋，子孙相约事西畴。
逢年不植胥将落，终岁力田始有秋。
雨过一犁驱熟犊，春生四野听鸣鸠。
幽风月令须叅究，刈护丰盈好荐羞。

读

诗书手泽千古传，孝子慈孙当叶专。
十载精心求毕贯，三余笃志兀窮年。
焚膏朗诵奎光耀，闭户潜吟藜火燃。
自此家修廷献后，衣冠礼乐世绵绵。

咏四艺

琴

焚香兀坐夕阳天，洗手何妨弄七纮。
自解和音齐大小，群知尚象别方圆。
数声流水招仙鹤，一曲高山驻野烟。
制调居然同九引，钟期有识定生怜。

棋

宗人一局手谈清，坐隐机关不待明。
父老爱看时就席，儿童欲学漫依枰。
声流翠坞松花落，子霞空山谷鸟惊。
正值忘忧围黑白，不须乱局作奇赢。

书

几静窗明笔墨良，得心应手写文章。
龙飞凤舞挥奇势，鸟迹虫形发翰香。

玉版一方分黝画，银笺半幅耀光芒。

从知书契传千古，留与高人作锦囊。

画

常闻名画倩名儒，名画还将信笔涂。

不学元章偏磊落，未师摩诘更芳腴。

庭前松竹为新谱，门外青山作旧图。

写到神来轻淡染，苍茫影里有如无。

《富春李氏宗谱》(2001)

履真堂诗稿

奔川氏

听说读书志气高，鸡鸣进馆学挥毫。

晚归朝出多同伴，常有亲邻送饼糕。

(余八岁至周家受业于祖岐夫子。第一日上学，系先父偕工人背余同往。)

乡人每艳秀才名，童子群将小试争。

三考终场县府道，归来亲友尽欢迎。

(十九岁应诸同学之招出应小试，竟得侥幸游庠。)

岁科两试入名场，先挫风头后胜常。

毕竟苦功有代价，天朝廪饩得亲尝。

(戊戌入泮，庚子岁试不利，惭愤用功。壬寅出应科试，幸考一等补廪。)

通宵风木最凄人，痛我承欢未一春。

陟岵方知无父苦，椎牛祭墓已非真。

(二十六岁丧父时，余身犹在省城考留学日本师范生，幸赶回尚及送终。)

采芝堂下理残编，磨砺相须着祖鞭。
辛苦战场三鼓气，果然拔帜快登先。

（未入拔场，先于周君润卿、俞君子廉预备于采芝堂一月，始束装赴省。）

饵人最易是功名，朝考皇都选拔生。
若在个中存得失，浑然也算一虚行。

（己酉朝考不第。）

作客燕都语慢提，踟蹰无路步云梯。
梨园听剧天天到，绝脱官迷又戏迷。

（北京有三迷：官迷、剧迷、赌迷是也。）

万牲园在北京西，动植飞潜色色齐。
茶馆酒楼忙不住，游人队队绿杨堤。

（园场广大，每人花售券费二角即可任意游观竟日，但不及仔细耳。）

东郊名巷住西人，马路纵横没点尘。
清浊相行优劣判，华民羞煞讲维新。

（时京城内外除数大马路外余尚未建筑，道路泞泥污秽，以视东郊民巷虽车夫不许裸体，程度想去远矣。）

风号浪紧把舷攀，问是山东渤海湾。
吐喊满船都失色，尽人心恐脱尘寰。

（自天津登轮，经大沽口，至此，天色已晚，故风浪之中愈觉危险。）

沪滨暂住两三天，行色匆匆向浙还。
卸却浑身尘俗气，故乡山色迓车前。

（时在北京南回，故归心如箭，中途不欲久停。）

司教杭垣近十年，中西文化互相研。

须眉巾帼尽桃李，春到枝头色色鲜。

（初掌教育英书院，后自北南回，专任冯氏女校教务，后又兼女子职业学校。今已辞去各校专任弘道女校国文、历史。计前后所授生徒约八百名，将来青出于蓝而胜于蓝。时机一至，英华焕发，群起而从事社会事业之改良，岂不大有荣施欤。）

普通知识必须求，情愿忙中砺苦修。
法学三年虽勉强，束身自治免沉浮。

（肄业浙江法政专门学校三年，实则半教半读而已。）

飘摇风雨少扶持，自助功夫悔用迟。
六欲七情皆劲敌，嗟惟真宰不相欺。

（听道多半，始于民国四年勘明真理，信仰基督。）

怪侬谁使吸烟烟，耗费金阴二十年。
病肺生痰弱记忆，不该尝试悔从前。

（自十九岁学吸烟烟，中途履戒屡犯，今夏洞悉其害，始用坚忍之毅力戒绝之。）

志书谱牒一同修，人物山川万古留。
溽暑不辞期两月，全功愿让后人收。

（丁巳修谱，余与堂叔后卿均兼任修葺邑志事务。谱事自开局至闭局，两月功竣，虽大热而扇不暇挥焉。）

《东安王氏宗谱》（2004）

竹园诗集

蒋麒游编

佛贵公尝诵先大夫讳日《万寿寺礼佛因示诸生》之作，并书之以垂戒后人。

依依檐际燕，嗷嗷林间乌。
经营哺其儿，毛伤尾毕逋。
人生非空桑，二人谁则无。
匪庶有至性，矧乃贤哲徒。
孝笋与甘泉，感应良非诬。
羲和无停策，倏忽及桑榆。
荣名一不早，回首空嗟吁。
椎牛而祭墓，不及酒一盂。
紫绂与丹书，何如菽水俱。
勗哉二三子，努力崇令图。
及尔北堂亲，策名日月衢。
曾闵在君党，咫尺非遥图。
作歌以相警，慎勿学老夫。

学山小饮

赋得窻连竹个稠

东白严宾散，闲登西爽楼。
万竿当户出，千亩拂檐浮。
密密交如戟，沉沉响若镠。
求皇调绿绮，疑与凤来游。

安　贫

手风慵展八行书，眼暗休寻九局图。
窻里日光飞野鸟，案头筠管长蒲芦。
谋身拙为安蛇足，报国危曾捋虎须。
举世可能无默识，未知谁复试齐竽。

时命篇

代马不恋越，荆禽岂来燕。

鹳鸹波汶水，君子忧未然。

奈何游客子，率尔思故山。

行兽顾丘林，出云有归还。

交交声利途，轩车日骈阗。

谁念牛下人，悲歌夜中叹。

豪门有弃襦，我衣惜不完。

张仪惧诸侯，泄柳乃闭关。

贫贱岂尽愚，时命当自安。

责　子

老不废学，如烛继日。

自愍末光，犹胜暗室。

咨尔后生，杲杲初出。

韶齿燕荒，曜灵将匿。

黄发皤皤，昨日如漆。

丧乱蠭兴，帝怒人逸。

秋素雨霜，百谷坚实。

歧路何多，决胜宁壹。

湛彼源泉，川谷洋溢。

毋拨本根，竞华雕质。

羁乌抱雏，中夜唧唧。

揽衣坐床，寒风觱栗。

惩予薄躬，祖德是述。

病儿辞

夜不得解身上襦，昼不得织机中丝。问尔怀中儿娇啼，一何悲？君家门户单，儿女难，剪我匹练市药一丸，娇儿啼泣咽旋复吐，中宵素母啮枯，乳鸟啼哑哑。天黑暮雨医当从何来？门外水深三尺许。

人生叹

禹门公枕上得句不寐，作此自警。

人生常怀千岁忧，书短应须秉烛游。
古之作者已肠断，我今歌此仍泪流。
泰山为轻一羽重，巢由尚笑唐尧愁。
达贤怀抱类如此，万事浮云何足谋。
盗粟耻为太仓鼠，被绣谁怜青庙牛。
捻须苦吟复何益，坐遣霜雪盈我头。
丈人卷舌但安坐，息心颐性长优游。
犹龙五千亦偶尔，苍蝇细响君且休。

溪　馆

予己亥年设教大山，因集竹园李氏族谱聊附翰迹，以俟知音者之叹赏耳。

几日东风万叶齐，独怜孤馆就山溪。
藤花小落过松鼠，林雨初收啼竹鸡。
石彩水通天庆外，竹园山见石栏西。
残编列架生涯足，余兴还锄种药畦。

山　行

野寺分晴树，山亭过晚霞。
春深无客到，一路落松花。

遣　病

已识愀为病，愁来奈尔何。
贽仪供药尽，书馆坐医多。
老树雀频啄，微风江自波。

浮生真忝窃，惆怅紫芝歌。

偶　兴

深山正月早芳菲，开尽桃花满地飞。
可怪春光似孤客，一心日夜只思归。

《东安竹园李氏宗谱》(2006)

罗山诗选

读项羽本纪

匹夫亡秦生豪杰，中原龙斗元黄血。
八千子弟渡江来，九战秦军甬道绝。
当时勇壮冠诸侯，鸿门会燕沛公留。
亚夫举玦君不应，慷慨大义忘阴谋。
只是背关逐义帝，东归彭城真失计。
咸阳焦土一炬灰，虽云报楚殊暴戾。
汉王妙算用辕生，深垒乘间出奇兵。
韩彭迸力会垓下，军中四面楚歌声。
美人凄惶急坠泪，骏马悲鸣难执辔。
拔山盖世气何豪，对此始叹时不利。
楚方败兮汉方隆，竟以成败论英雄。
谁知君王诚大度，俎上杯羹置尔翁。
功名堕地谁北面，江东父老今惭见。
拔剑瞋目一声呼，颈血淋漓襟上溅。
可怜千金忘故人，争尸蹂践起沙尘。
鲁国终难守死节，诸侯礼葬终泯泯。

（吁嗟乎，学书学剑空昔日，乌江夜雨悲呼叱。死矣谁为吐英魂？千秋惟有子长笔。）

汾阳王检玩图

有唐天宝日重光，壮士烈烈俱鹰扬。
问谁克作中流柱，功名独数汾阳王。
七子八壻拖金紫，声华富贵谁堪比。
不贪之诫公素铭，胡为宝玩罗棐几。
君不闻，
丞相买田以自污，将军剔金以自完。
英主之忌心可寒，不妨金玉珍宝堆。
满眼儿孙传看乐般般。

妾薄命

妾年初及笄，娟娟美容姿。
自好还自爱，朱粉两施之。
良媒来订约，曰秋以为期。
秋期复秋期，年年误结褵。
青春长已矣，红豆空相思。
东家有少女，临镜甫调脂。
调脂尚未善，聘者来系丝。
西家有嫠妇，垂老犹画眉。
画眉本可耻，聘者云人时。
妾颜少妆饰，见之弃如遗。
邻里顾妾叹，谓妾不合宜。
静思躬自悼，郁郁无人知。
亦能学调脂，欲调先狐疑。
亦能学画眉，欲画先忸怩。
事人岂在貌，羞与争妍媸。
实名既不犹，素质甘自持。

凯歌曲

辚辚萧萧道路开，车不折轮马不枚。
戎装甲士纷于蚁，但见列队银山来。
鞭系臂箭插腰，前敲金鼓后系刁。
龙旗虎旆风中招，沿途捷书一飞到。
驿丞堠卒，椎牛榼酒争相邀。
押俘人都献天子，天子劳还士卒喜。
大开端门曰赐脯，山呼万岁如雷起。
纷纷膳宰俦，磨刀宰牺牲。
俣俣伶工部，抱器调琴筝。
载告天下奏永清，平蛮歌舞风云生。
不唱塞上塞下曲，愿唱一片承平雅颂声。

修　翮

秋　怀

一番萧索待凝眸，岸上芦花水上鸥。
不管愁怀销不得，画将风景入残秋。

咏蜻蜓

来去意迟迟，轻盈不自持。
对花勿解嗅，点水似疗饥。
避网投窗纸，窥鱼立钓丝。
每看蒲叶上，猎猎受风时。

九　日

山势环村面面遮，苦无名胜探幽遐。
多情破帽头犹恋，不尽新醅口欲赊。
静对黄花怀处士，冷焙红叶效诗家。
欣看兄弟贫还健，醉抱茱萸插鬓斜。

炳 吉

述 怀

予赋资惟木，素不谐于俗。
杜门常兀坐，孤檠照夜读。
妄拟拂秋香，折取桂芬馥。
龙门三跃过，点额仍遭辱。
云路阻名缰，利途空逐鹿。
数载试持筹，家计转日蹙。
弃贾复归儒，舌耕邀斗粟。
分外一无营，糊口便尔足。
虑淡物自轻，惟以平为福。
最爱玉全清，更拟留芳躅。
作诗以见志，名集以自勗。
附录两三言，留待良工斫。

凉夜偶成

登楼清兴发，兀坐忽更深。
月落千家杵，风寒午夜砧。
野凉侵闭户，流水袭鸣琴。
触趣机神利，诗成自在吟。

独坐楼焚余草

钦旌节孝朱篆妻邵氏

月 夜

月照纱窗外，空楼分外明。
思君何日尽，孤影伴浮生。

望　月

款款清风拂座清，凭栏遥望月痕明。
嫦娥若也怜人意，留取清光到五更。

恨　秋

木叶凋零物已秋，砧声四起使人愁。
无情江水东流去，惟有青山共白头。

登　楼

忆昔髫年上此楼，只知欢笑不知忧。
那堪今日重登眺，满院春光莫遣愁。

悼　亡

仰望珠玑满腹才，同心唱和共徘徊。
无端恶疾催君去，那得庄周蝶梦回。

秋　燕

西风昨夜扣窗纱，燕子低徊欲去家。
想为秋光留不住，翩翩古道夕阳斜。

秋思三首

会忆君来入梦频，风惊铁马起秋声。
半牕竹影摇清月，犹有依依无限情。

天光水色两无边，风景依稀似去年。
到此欲得鱼雁信，笔端愁集懒提笺。

红叶飞飞点素涛，归思偏逐楚云飘。
可怜江上芦花月，惟有西风伴寂寥。

《富阳灵桥朱氏宗谱》(1946)

叶氏诗教

教孝诗

从来百行孝为先，罔极思深拟昊天。
活佛在堂宜奉养，蓼莪诗废总徒然。

教弟诗

弟恭兄友两相宜，悌道惟斯最得之。
煮豆燃萁何太急，至今不免万年嗤。

教忠诗

自古忠臣出孝门，外君内父本同伦。
于其俗宦荣三窟，宁尔愚忠致一身。

教信诗

范张友谊久衰微，覆雨翻云事已非。
失信最为人逆蠹，谕君然诺莫相违。

教礼诗

为简为繁缛节多，不如礼让秉中和。
由来治国惟凭礼，无礼其如植体何。

教义诗

古今制事贵维均，以义相成始可遵。
若使人生常合义，性天何必递于仁。

教廉诗

廉洁高风众所该，取携一介慎毋贪。
人生莫蹈于陵矫，或世诬民更可惭。

教耻诗

人而知耻辱全无，无耻何能百行符。

丧德丧身由此积，方知惜耻再良图。

《富春柏梓坞叶氏宗谱》(民国)

葛溪诗选

题慈恩寺塔

唐・章八元

七层突兀在虚空，四十门开面面风。

却怪鸟飞平地上，自惊人语半天中。

回梯暗蹈如穿洞，绝顶初攀似出笼。

落日凤城佳气入，满城春树雨蒙蒙。

春原早望

唐・章孝标

一忝乡书荐，长安未得回。

年光逐渭水，春色上秦台。

燕掠平芜去，人冲细雨来。

东风生故里，又过几花开。

骐骥长鸣

有马骨堪惊，无人眼暂明。

力疲虞坂峻，嘶苦朔风生。

逐逐怀良御，萧萧顾乐鸣。

瑶池期弄影，天路欲飞声。

皎雪谁知种，浮云莫问程。

塩车终愿脱，千里为君行。

夏日湖上即事寄晋陵萧明府

唐·章　竭

亭午羲和驻火轮，开门嘉树荫湖滨。

行来宾客矜茶味，睡起儿童带簟纹。

屋小有时投树影，舟轻不觉人鸥群。

陶家岂是无诗酒，公退堪惊日已曛。

城东即事

闲辱香陌凤城东，时暂开衿向远风。

玉笛一声芳草外，锦鸳双起碧流中。

苑边花竹浓如绣，渭比山川澹似空。

回首汉宫烟霭里，天河金阙未央宫。

对　月

残霞卷尽出东溟，万古难消一片冰。

公子蹈开香径薛，美人吹灭画堂灯。

璃轮正辗丹霄去，银箭休催白露凝。

别有洞天三十六，水晶台殿冷层层。

赋得举逸民

宋·章　惇

元圣题休运，虚怀举逸民。

园林交采帛，薮泽迓安轮。

释屩来莘野，投竿起渭滨。

九皋辞旧迹，万化入洪钧。

尧舜今登治，夔龙尔致身。

何当通帝梦，爰立传严的。

题蒋山寺

远观金碧间相重，知是招提据此峰。

十里松阴攒翠盖，一条山骨挺苍龙。
偶穿修径到层塔，独立白云闻午钟。
盈掬寒泉在高顶，几人能此洗尘容。

闲 居

山际深深五柳家，此情都是外年华。
有时展席待明月，独自倚栏看落花。
轻点松煤标旧帖，旋分岩溜试新茶。
有琴不弄非慵懒，留得鸣猿待伯牙。

资福寺谒祖

宋·章 衡

吾家十五祖真容，冠盖蝉联佛寺中。
力捍一方无血刃，庆流千载有阴功。
文昌耿耿心常现，桂籍巍巍世不空。
衡忝裔孙来展拜，愧无勋业继高风。

谒全城祖庙

章继韩

迢递闽山远，天边□片航。
疏林含影色，古庙起龙光。
梦笏家声旧，全城世泽长。
曾孙初展拜，水木思洋洋。

其二

建州碧水泻城西，往事临风谩品题。
锋下怜才全二将，城中保障拯群黎。
金章丽日垂庥远，丹艧凌云荐藻齐。
瞻望仪容愧瑰玖，烟环市井月明溪。

全城祠谒祖

清·章　简

绣衣立甲镇全闽，锦伞从军壁垒新。
眼识英雄因作将，义同生死鬼为人。
千年庙貌层霄丽，四海云礽甲第频。
身是郇秦开国裔，阴功每念火传薪。

前题四首

章元科

一身恩结保全城，功绩巍然莫与京。
义不独生天可挽，仁能成物德难名。
衣冠姒续千年永，俎豆趋跄万古荣。
神像于今犹俨若，真珉勿朽孰忘情。

纪绩从来少女流，全城懿德跨千秋。
只身恩泽生灵劫，片语潜敷覆载庥。
不是垂青留勇士，能无焚赤泣荒丘。
当年讵之英雄辈，都逊夫人第一俦。

芝郡流芳第一贤，荐馨俎豆越千年。
黄堂墓峙功堪式，赤子荫遗惠更绵。
大义无私昭日月，至诚丕格际云天。
女娲炼石犹疑义，熟与全城宝迹传。

如天功业有谁伦，巾帼铭勋更自神。
血衄潜消安用武，苍黎默庇是真仁。
婆心俨在昭垂远，母德依然式范新。

为语后来民牧者，可无保赤愧夫人。

读全城祠诗有感

笪继良

女中神智冠英豪，二将生令刀下逃。
金未报平妾命薄，城全屠也万人号。
不因合户辞旗帜，安得群生脱斧膏。
读罢欷歔思慷慨，须眉忍使逊功高。

《东安葛溪章氏宗谱》(1913)

村庄四乐

俞　典

渔

扁舟时棹碧波中，戴笠披蓑快乃翁。
落拓生涯天不管，飘流景况世难同。
垂纶隐动千滩月，洒网轻摇两畔风。
停泊不知乡国远，酒酣谩唱满江红。

樵

沟壑潜踪逸兴幽，丁丁伐木乡陵邱。
深云缥缈时相伴，古石嶙峋日与俦。
绕径穿林争似鹤，傍蹊渡水宛如鸥。
归来学得满腔曲，潇洒何妨傲许由。

耕

鹁鸪隐隐唤攻田，举趾郊原景欲佬。

锄雨常沾芳草绿，耕云□□落花鲜。
时收粳秫尝新粒，会酌椒浆介耄年。
自是吹豳歌报赛，相看酣笑得高眠。

读

几载芸牕莫自嚬，萧萧几案快无尘。
三冬文史称方朔，六月羲皇木逸民。
万里风云纵未会，一帘月露自常亲。
潜修千古推难量，敢道于今有席珍。

集格言诗

包成干

选集古诗格言，足以垂箴后人者。恭录于右，以为后人训。

少年经岁月，不解早谋身。
晚岁无成就，低头避故人。
懒惰难成业，风流不立身。
谨言招祸少，检用省求人。
锄禾日当午，汗滴禾下土。
谁知盘中餐，粒粒皆辛苦。
咋日到城郭，归来泪满巾。
遍身绮罗者，不是养蚕人。

斛山畈庆丰亭诗

孙 萃

人获丰年亭获名，作亭岂止庆丰盈。
偕来馈食忻频憩，耦尔锄耘趁乍晴。

上下平畴沾德意，东西泽畔听欢声。

于今翘首斯亭下，昔日甘棠喜载赓。

《富春桐州汤氏宗谱》(2010)

左将台山

明·元　亨

壁石墩房古将台，天然排列仰崔嵬。

如城绕郭屯兵甲，背水为营见智才。

港口踞威氛气静，江头耀武帅旗开。

将门有种娴韬略，预卜他年锦夺魁。

将台列石

清·元　明

当年八阵向云开，怪石岩岩排将台。

猛士弓张疑虎踞，山人鞭策喝牛来。

如兵埋伏为垒壁，似戟森罗半草莱。

圣主当阳休战久，唯余遗迹傍崔嵬。

将台古迹

清·孙云章

阿谁尚武水云乡，山似台平着迹芳。

野渡扬帆传露布，钓船击鼓骇渔阳。

石形虎踞威光仰，寨道螺旋阵势长。

闻说一门称七将，未稽唐宋姓名香。

江口夜泊

清·葛长祚

孤舟停泊里溪源，细雨萧萧江上村。

潮声过枕惊残梦，戍角临风出远墩。

病骨半随趋走折，闲情却向水云骞。

烟波夜静添寥寂，剩有渔灯伴客轮。

又

宋·钟 宿

马蹄一日遍长安，荧火鸡窗十载寒。

从此锦衣归故里，文峰高并彩云端。

状元峰

清·徐应坤

绝顶摩空势，全身夹辅才。冈承天主诏，峰谒状元来。

万笏层峦列，千官垒嶂陪。班疑联玉笙，掌定握金叠。

岳降非虚矣，嵩呼亦快哉。云连齐百太，星近接三台。

校园二咏

自民国肇兴，科举既废，私塾停闭，本村百余家，其学龄儿童苦无栽培地位。吾因奉办学功令，不惜己资，于祠内创办私立国民学校，数年来颇有成效可观，复于校左开设校园，采植各种花品，兹咏二律，期后人保存，并勉子弟云尔。

精神煞费结花团，满座春风慕杏坛。

世事如棋全大局，光阴过客几回欢。

门墙欲盛栽桃李，书种同留护桂兰，

遗语后来培植者，此园莫作等闲看。

芳围绛帐育贤人，今日初基后日传。

敏树切无闲白昼，如花总在发青年。

香余文苑经遗一，品重儒林级冠千。

满望儿曹俱自爱，锦标夺得着鞭先。

良弼公自咏诗

白发无凭吾老矣，青春不再汝知乎。

年将弱冠非童子，学未成名岂丈夫。
幸有明牕并净几，何劳凿壁与编蒲。
龙猪欲自殊头角，记取韩公训阿符。

登将台山

余学夔

残阳古碣画苍生，故宋将军尚有台。
风起石林游骑伏，浪翻江浒战鼙来。
忠臣淬砺千秋节，将种名成七子才。
圣世覃敷文德久，箭墩杀气暮云开。

又

邑侯温号默庵

摇落江干一将台，尚留巉石耸苍莱。
□空低映鸥间语，暖气频催桃碧开。
金甲销农春浩荡，簿书共隐意徘徊。
乾坤治忽谁消息，敢懈墩房偕去来。

又

野旷登台日，晴空纵目初。
江声来翰海，山色接苍梧。
将业今何是，墩房借振谟。
偕游明盛世，歌诵载康衢。

又

方　廉

昔年名将几登台，今日春风拂草莱。
石壁凭谁倚险立，墩房犹自逐江开。
胸中兵甲知多少，意外堤防定几回。
氛祲潜消弦诵满，桃花浪暖状元来。

又

怪石孤高古将台，幽幽胜概亦蓬莱。
万家烟柳春藏色，百里柴门夜自开。
山牧横牛沿薜上，野狂歌凤逐云回。
归与满棹青萍晚，仙客囊琴驾鹤来。

赠起潜先生

曹　振

打破泥团六十三，垂帘塞兑绝尘谈。
瞑心自觉凡中圣，踵息谁知鼎内丹。
曾把酒杯闲日月，更将诗句写机关。
知音幸有黄裳子，笑别何须去复还。

又

多年采药历庚申，九转还丹应候成。
日见西川蟾莹净，时逢北阙杓精神。
不增不灭余蝉蜕，非假非真赤子生。
倏忽元辰无觅处，遥闻阆苑作佳宾。

步原韵

郑　新

谁识当年志未申，奇才异骨自天成。
浑将玉匣窥星斗，漫把龙鞭策鬼神。
灵气肯随江水尽，高风犹逐海潮生。
想君已薄云台路，竟作瑶池座上宾。

《东安余氏宗谱》(1916)

彦渊公诗

题三学院

远岫朝来更爽，孤云倚徙长闲。

飞出偶为霖雨，归来依旧青山。

题净土院严香阁

花到清明际，随香觅虎溪。

勾牵本芍药，流落古招提。

独善孤芳在，何妨蔓草齐。

岂知妃子意，不解谪仙题。

题永安山妙智寺

永安高万丈，逦迤上崔嵬。

云锁招提影，苔封般若台。

残径荒古塔，幽钵卧龙胎。

半刻逢僧话，胡麻接踵来。

《富春剡山李氏宗谱》（民国）

大同诗选

郎将军担石

郎起南

县治之东担石列，传是将军亲手挈。

崔巍磊落砌成台，耸壑昂霄双立碣。

清泉曲涧自潆洄，翠竹虬松增屼嵲。

勇冠三军力拔山，芳名千载称英杰。

祝邑宰王柘村（讳灏）

郎作霖

四月清和麦浪催，兼旬灵雨熟黄梅。
书籖润湿际蓬海，衙鼓轻潮隐暮雷。
沾足自应酬介福，黍苗今许赋条枚。
花前底事盈珠玉，燕子新泥到酒杯。

别张临安

衣锦山前柳半青，曾来问字憩元亭。
棠阴蔽芾仍骈梓，荇蒂参差又聚萍。
宝镜似悬青玉案，古松当作紫枫厅。
自惭燕石迎风起，也同琴台学试硎。

（讳淑眉已丑同榜两署潜州事。）

新妇洞

郎蜚英(叔英)

晴烟嫋娜石斑斓，洞口姗姗仙子还。
环佩空山惟古殿，只今花落水潺潺。

隆兴庵

蛾眉新月见应稀，西望浓阴薄翠微。
竹影半侵禅室静，溪声尽日奏湘妃。

钓湘潭

路转峰深云树幽，松声带影入溪流。
渔竿欲拂春阴晚，更有谁人醉倚楼。

闻杜鹃

春山夜静数峰青，啼尽东风冷玉屏。
月照梨花沉麝渺，梦魂犹作雨中听。

《郎氏大同宗谱》(2005)

正仪公诗集

七贤棋

一着争先未肯休，个中百变看机谋。
烂柯此处浑疑是，石上棋盘总不收。

南津渡

水落南津透碧寒，行人常道往来难。
苍苍肯假公输力，伫看长虹过隔滩。

鸡鸣寺

月落只园五漏迟，殿中空挂碧琉璃。
金鸡飞向云霄去，总有山僧恐未知。

庆丰楼

东安富庶属当年，楼上高题不妄传。
昨夜笙歌相庆处，声声吹出斗三钱。

古教场

烽烟四起阵云开，军马飞驰得令来。
争道太平方有庆，于今场上尽莓苔。

葛　溪

一派沧溪下葛陂，水声流接放生池。
天光云影徘徊处，正是源头滚滚时。

谒睢阳庙

几写招魂寄北鸿，至今不见信音通。
夜来风雨千山暗，疑是睢阳百战功。

又

臊羯辜恩肆撅凶，四方鼎沸驾迁东。
一生胆气冲天壮，万古忠心贯世雄。
庙食睢阳旌苦志，名书唐史见全功。
自从此后知谁继，惟有青山节操同。

登天柱山

十年不到此山中，景物虽殊气象同。
四面乱峰如浪滚，一条皇路与天通。
野花吐艳含春色，山鸟啼晴唤郭公。
犹忆旧时曾有句，红轮摇上海云东。

登百丈山

绝磴高攀紫气浮，群严秀出黖螺幽。
莲幢倒影□仙驭，杜宇催春动客愁。
花雨恍霏天女座，禅峰频点石人头。
文芒直上增千丈，任教岩松到晚秋。

送凤虬二子东高读书

送汝东高好读书，读书望汝志相如。
磨穷铁砚桑维翰，坐破毡帏董仲舒。
胸次欲藏空万卷，灯窻须学尽三余。
凤虬本是冲霄物，莫负声名自落渠。

哭子虬二十五亡

痛哭吾儿血淚流，青年玉骨葬荒邱。
少妻二十方三岁，乳子双周及半周。
书积数箱谁继读，阁分半座孰增修。
皇天若肯垂矜恤，孤寡成全我白头。

清明扫虬墓

南山洒雨北山联，正是清明三月天。
杨柳悬时知禁火，纸钱飞处各分烟。
妻怜夫墓伤孤影，母哭儿坟惜少年。
回首钱塘千里远，潇湘江上泪潸然。

《东安林村沈氏宗谱》(1916)

诗十七首

明·罗　寿

西湖夜泊

水天同一色，添月更奇哉。
潋丽金溶注，光芒玉液堆。
镜蟾千古共，岩桂万年开。
此夜西湖客，狂吟愧短才。

六桥烟柳

最爱西湖好，山光水色幽。
六桥环屈曲，众鸟自沉浮。
柳眼随人觑，烟光为客留。
何时斯一住，鼓枻泛中流。

寄萧御史

我昔居家日，君同表弟回。
泉南偕督务，吾舍共卸杯。
别后情何切，于今志不灰。
喜今居相府，瓦砾见璠瑰。

钦准致仕

正统七年，予以老疾辞，申奏堪合，起取赴郡，九至都门饯别，予喜而志之。

教职经年久，其如老病何。
承恩归锦里，奉诏下南坡。
报国心常赤，谈经发已皤。
归家无别事，训子早登科。
离家三十载，一旦赋归休。
盥手辞金屋，承恩出凤楼。
不辞途路远，岂惜故人留。
明发江南去，回头别冀州。
优老许归田，辞家到日边。
仰瞻天咫尺，回首路三千。
送别诗盈卷，持杯酒满船。
候门多稚子，松菊想依然。
舟载大江东，归与兴不穷。
香胶浮荦绿，旗帜映杯红。
喜色添眉睫，欢声溢华蓬。
回来增意气，谈笑坐春风。
解组归田日，终朝索笑居。
绕檐栖凤竹，盈沼化龙鱼。
荣辱非关己，行藏任自舒。
子孙环绕膝，教读旧时书。

家居即事

家居邑城西，楼居参葛溪。
塔山如峙凤，鸟尹若眠犁。
排闼来青翠，献诗入品题。

啜茶消白日，偃息任栖迟。

斯楼名挹翠，巧小足怡颜。

篱下堪栽竹，堪前可种兰。

近山多矗矗，远水自潺潺。

风月无边景，凭栏任往还。

岁晏晚眺

岁时已云暮，乡思最难抛。

极目无人迹，荒烟没树梢。

水寒鱼不食，林薄鸟争巢。

得遂归休原，儿孙迓北郊。

后山书舍

后山书舍最清幽，松竹凝眸翠欲流。

经籍卷舒磨岁月，卉花开谢识春秋。

红尘不染忘荣辱，富贵无心任去留。

渴饮倦眠随所欲，乐天知命更何求。

思先人

恒念劬劳永不忘，每惊风木动悲伤。

读书颇副先人志，为国常存报主肠。

命蹇青云无路入，时来赤胆实刚强。

苍天不负平生愿，早致功名见显扬。

乡试中式

养病回家仅一年，喜逢秋选特招贤。

胸中素蕴非今日，笔底表云在目前。

试艺主司惟拣择，抡才衡鉴实精专。

愧吾无学膺斯选，三十名中姓氏传。

和清明韵

尽道清明景物佳，草茵围坐恣谊哗。
几多香露迷烟柳，数阵狂风卷落花。
吊客谩添坟上土，游人争驾道旁车。
酬余沉醉归来晚，月上松梢始到家。

同考即事

今年大比选场开，我执弥封阅奇才。
伦贯已居诸子列，孙昌独占众人魁。
鹿鸣与晏情欢洽，虎榜题名姓氏推。
惟愿明年桃浪暖，诸公衮衮位三台。

嘱罗伦冷贯之教

（一）

分教高安仅八年，时丁丙午特招贤。
吾周喜中龙头选，罗友修加祖狄鞭。
合试南宫俱上第，同官教职共南旋。
今朝别我无他嘱，到彼经书尽讲传。

（二）

朔风吹冷透征裘，分手溪桥挽不留。
百里云山迷望眼，一江烟水泛归舟。
岸横银汉飞寒雁，雪点沙汀散白鸥。
后夜西斋相忆处，梅横疏影月如钩。

（三）

锦江江上送归航，征旗翻翻出瑞阳。
四野彤云迷望眼，一壶别后洗愁肠。
胸罗星斗才华富，笔扫云烟翰墨香。
圣代至今多雨露，肯容邱壑老贤良。

思故乡子女

路入长淮思转凄，家乡千里欲何之。
山妻纺绩供朝夕，稚子嬉戏度岁时。
囊里无钱心宝贵，舟中有况意清奇。
此行事竟回京国，墨绶铜章日可期。

别俞侍郎

省试联镳始识公，同司帘内阅弥封。
予官泮水形模旧，汝职乌台气势雄。
白简豸冠肝胆落，青毡黄卷士尊崇。
金台一会情如昨，遽别匆匆客路中。

责　子

白发垂两肩，坐卧少筋力。
虽有六男儿，俱乏资身策。
环年五八余，家道颇成立。
瑾也心好画，胸中苦茅塞。
珪也游泮庠，未造高明域。
瑛也及瓘也，务本怠力穑。
璨也年一纪，只好梨与栗。
用事在六子，老夫炊自食。
天道邈难知，使我常叹息。

《东安罗氏宗谱》(1948)

新关吟诗

新关里访友

清·蒋敬时

买舟富春渚，访友到新关。
水落青沙堰。云封墨顶山。
主人三径雅，客子一身闲。
且与寻山馆，高风不可攀。

清·蒋润霖

重游南山书怀

失足红尘六十秋，偷生重过上方游。
余生何幸逢青眼，一枝无成枉白头。
诗到暮年多感慨，友逢胜地易勾留。
飞蓬不剪休相笑，免被人呼老秃鹫。

重游南山与静山地坦夜话

灵岩山下灵岩寺，今我来游第二回。
爽簌静含窗外竹，寒香初孕雪中梅。
禅堂钟磬微微度，佛座沉檀渐渐灰。
月转斜廊天宇静，更从何处着尘埃。

《富春新关蒋氏宗谱》（2008年）

双溪诸什即景

清·陆介眉

双溪环予宅前，至桥岭始合为一溪，为族之水口。其间嘉木异卉，怪石禽鱼，争为奇状。四时风月，居人乐事，美不胜收。仆于上冬腊月为文以纪其胜，今夏分类拈题，历叙溪中所有，成五绝句三十二首。非敢跨多斗靡，亦念生长斯里，苟不稍为铺张，使盛迹郁湮，是贻林涧之愧，故姑存之，以俟后来之能，扩予志者。

月印潭心

万川同明月，是万还是一。
委波无定形，潭静珠光出。

云归龙尾

古洞埋幽壑，神龙掉尾闲。
苍苍暮云色，横锁一溪湾。

石梁卧波

石梁非天台，穹隆跨悬磴。
漫疑百仞渊，时落蛟龙影。

花矶垂钓

闲步清溪侧，随意坐花矶。
投竿学詹子，不厌锦鳞肥。

松涛天际

郁郁涧底松，涛声空外起。
青天无片云，音自巅崖里。

石濑谷中

潺潺流不断，石濑静中闻。
日夕起遐思，低空多暮云。

岭梅舒萼

小岭梅初放，寒香占一溪。
疏疏花影动，斜倚石栏西。

岩桂飘香

石中森八桂，奇姿吐清芬。
遥夜子未落，空际团氤氲。

杏林春燕

杏花湿红雨，燕剪裁春波。
未与琼林会，风光水际多。

蓼浦秋萤

虞渊延晚景，蓼浦逐残秋。
萤焰还相照，寒依古渡头。

桃溪濯锦

莫羡邱迟锦，桃溪岁幅长。
波翻春浪暖，水面皆文章。

桐井纳凉

梧桐生空井，接叶自成阴。
宵露清我梦，午风开我襟。

汀芦摇白

萧萧寒芦白，摇曳汀之旁。
天涯有同志，溯洄水一旁。

岸柳垂青

夹岸垂杨柳，丝丝挂碧浔。
风情怀旧浅，眉意锁春深。

群凫戏荇

浴凫方泛泛，水荇媚清涟。
荇动群凫戏，春风满渚烟。

古木横流

二川将东注，溪势曲而宽。

洄波淡落日，古木横前滩。

曲栏鱼跃

造物本自在，无心观化机。

曲栏欣赏处，鱼跃共鸢飞。

幽涧泉鸣

草绿春岩幽，寒泉鸣古涧。

无弦发清响，此曲谁为辨。

高台鼓曲

台上碧天迥，台下碧溪深。

高台夜鼓曲，山水递清音。

深院闻钟

疏林鸣梵呗，深院吼蒲牢。

独夜山僧课，霜天寒月高。

沙堤雪霁

步屧春堤好，平沙缀玉龙。

日光增皎洁，何地非仙踪。

溪迳风清

桥边车马多，隔岸少人迹。

蔼然清风生，开迳迎三益。

村烟暮锁

霭霭暮山紫，澹烟成一村。

吾宗犹中古，风景半柴门。

野碓冬春

风水夹寒空，万籁霄不定。

视之静更还，野碓遥相应。

晴川送客

天地一逆旅，过客难为留。

执手川上别，汤汤水东流。

翠壁题诗

青天一片石，绿字留万古。

当何学前贤，笔阵龙蛇舞。

夕阳樵唱

山樵归去来，放浪人间世。

无腔便成曲，得遂烟霞志。

寒夜书声

风月自清夜，读书何处声。

言寻溪畔路，缥缈接去泓。

僧寮封奕

古松流水间，丁丁落棋子。

讵云仙可求，僧寮且闲止。

文社飞觞。

旗鼓正相当，开筵酌千觞。

吾徒结文社，风流谪仙狂。

双溪合流

万派同一源，支流分东西。

君看环抱处，萦绕暮烟齐。

一方胜境

不数乾坤大，方隅小有天。

个中饶胜景，卜宅万斯年。

和陆远山《双溪诸什即景》

清・陆景渊

王逸少云："寓目理自陈。"苏子瞻云："造物无尽藏宇宙。"美境不遇，明眼则浮，泒隙悠焉，俱泯。远山小阮所著《双溪诸什即景》，写怀别具深趣，戏为效颦。使后之览者，亦将有感于斯也。

月印潭心

新登山水窟，引兴殊未歇。

临流屡低徊，影落寒潭月。

云归龙尾

当年乘云去，尚留蟠潜踪。

肤寸时触石，为霖慰三农。

石梁卧波

未须穆满驾，底事祖龙鞭。

巍然跨双溪，直疑虹饮渊。

花矶垂钓

春波绿于烟，春花红欲燃。

落花作香饵，喁喁戏前川。

松涛天际

腾空驰万马，怒号十八公。

飞鸟不敢下，日色澹寒空。

石濑谷中

不作千寻瀑，而为空谷音。

泠泠逝者意，终古圣贤心。

岭梅舒萼

白鹤巢苍松，老梅横孤屿。

试探南北枝，春来花几许。

岩桂飘香

天香飘何处，郁郁绿云隈。

月上清秋夜，轮移金粟堆。

杏林春燕

春月春光好，文杏放晴霞。

往来营巢燕，双双认酒家。

蓼蒲秋萤

杪秋时物异，转眼风光别。

寒萤傍渔火。遥汀乍明减。

桃溪濯锦

夹岸开桃花，烂漫迟日暮。

仿佛武陵源，渔郎遥问渡。

桐井纳凉

桐阴致爽气，汲泉煮新茶。

徐啜两三瓯，习习清风赊。

汀芦摇白

芦叶屯黄云，芦花着白雪。

摇曳自多情，风霜讵改节。

岸柳垂青

造化具神力，临春不暂停。

试看山作翠，旋遣柳垂青。

群凫戏荇

绿隈浮荇叶，贴水亦田田。

溪午凫儿戏，争先趁浴钱。

古木横流

不知何代树，长卧水溶溶。

风翻鳞甲动，离奇欲化龙。

曲栏鱼跃

万物皆吾兴，暂共越中托。

安知我非鱼，我乐乐鱼乐。

幽涧泉鸣

空山自今古，涧泉无朝昏。

但闻泠泠响，绝少人世喧。

高台鼓曲

不张洞庭乐，安知声在野。

不鼓高台曲，谁与坐清夜。

深院闻钟

一榻回清梦，更阑残月西。

悠悠群籁寂，晨钟撞隔溪。

沙堤雪霁

骑驴踏晴雪，言寻处士家。

只在白云中，竹外有梅花。

溪迳风清

散怀涤尘尘，策杖小桥过。

邂逅同心者，行吟踏绿莎。

村烟暮锁

出作东南亩，相与耦而耕。

牛羊来落日，晚烟暮山横。

野碓冬春

皎皎霜华月，遥夜度寒声。

谁为千里游，聚粮舂残更。

晴川送客

往来无俗子，迎送皆诗人。

人随情共适，诗与景常新。

翠壁题诗

闲希竹林逸，澡身沧浪前。

偶然发狂兴，挥毫凌紫烟。

夕阳樵唱

樵夫担柴归，村景牛羊暮。

一路夕阳微，歌声犹在树。

寒夜书声

书堂在水西，书声来桥东。

天寒灿星斗，朗朗月明中。

僧寮对奕

有僧构茅屋，小窗颇闲雅。

时来遇手弹，风流吾与也。

上巳陪游澜泉次罗君诒斋

赠朵云居士归睦州元韵

清·陆景渊

霭霭烟光拂座来，高人何处遣高才。

探奇白石凭游屐，修禊澜泉试泛杯。

邱壑清幽邀赏鉴，云林澹荡费摩猜。

当前天趣须佳手，穷就春风过钓台。

结耦寻春试浴泉，春深色色莫非妍。
露晞绿嫩莺啼滑，暖人红酣蝶舞蹁。
济胜扪萝搜怪石，离情搦管续残编。
遥怜归客春江上，一片轻帆破晓烟。

文社飞觞

水秀山明处，文人发兴多。
作文贾余勇，散打金叵罗。

双溪合流

桐岭蹊不遥，桃花源自远。
相将东朝宗，双流汇石巘。

一方胜境

居山第几重，水复云深处。
秋月更春花，长伴山居住。

题尚义桥三首

清・陆其旋

清波映日

凭栏桥上望，光彩耀无边。
汛汛晴波绿，溶溶映日鲜。
淡烟拖远岸，细石叠前川。
一片空明景，几疑水有天。

双流碧合

碧水中流合，双溪并一溪。
遥连春涨阔，村与暮烟齐。

涉涧衣堪揭，跨虹桂可题。

远看新雨后，芳草绿萋萋。

松月伴泉

松风吹桂水，月彩漾团团。

夹岸泉声急，双溪暮景寒。

委波浪不定，入夜静无喧。

小憩堪行乐，吾侪胸境宽。

桥岭四咏

清·陆　琪

春　景

岭际虹桥跨涧寒，惠风晴畅倚阑干。

不须匝迳寻春遍，恰合披图索句宽。

垂柳半溪新涨碧，落花双岸晚霞丹。

游人莫漫轻轻过，稍憩堤边仔细看。

夏　景

最喜风光入夏宜，曲栏人立夕阳时。

溪云不断飞凉雨，山鸟争呼挟快飏。

风树石榴开烂灿，数条烟柳妥垂垂。

人间那有神仙境，身在蓬壶大是奇。

秋　景

院静风疏凉意乘，桥边赏玩兴飞腾。

岩花千朵晓霜粲，溪水一泓秋日澄。

刚听虫声传唧唧，会看烟布景层层。

岭前更有三株桂，八月天香分外增。

冬　景

寒风猎猎度溪东，冬景宜人迥不同。
市地霜华如白昼，满天星斗挂遥空。
涛声静挟钟声远，溪溜轻敲石溜通。
隔岸小梅横倚处，半饶春意暖如烘。

陆氏门前山水八景和石峰公原唱

清·陆　瑶

双溪垂钓

双溪会合似濠梁，垂钓无心水一方。
志不在鱼清可濯，坐当斜日兴尤长。
天光云影澄潭净，风片花飞曲岸香。
自是高人枕漱处，几回独步咏沧浪。

松磴鸣琴

种松犹未作龙鳞，天籁先知出水滨。
正好一弹留古意，会看百尺坐闲身。
幽花好鸟随机触，流水高山引调新。
他日银涛声壮处，清风应为鼓阳春。

神山雪霁

漫说蓬莱山有神，兹山世界已成银。
不同匝地黄金布，却讶浮空白玉新。
冷逼琼枝梢欲绽，晴烘旭彩物皆春。
十洲三岛吾何羡，启户阳和风景真。

佛岭风清

鸟道羊肠石丈西，何年铜佛出山溪。

名传此岭成终古，时有清风策杖藜。
空外一声松子落，岩端几个竹鸡啼。
分明十笏三摩近，何事穷幽待指迷。

峨眉望月

爱此山光曲且修，山形似月挂银钩。
一湾雅抱峨眉秀，片影遥分免魄浮。
入夜虚无金镜皎，长空寥泬海天秋。
何当望里飞琼遇，舞袖翩跹作胜游。

蜕龙嘘云

云出苍崖窈窕通，神龙蜕去划天工。
深山古洞埋幽迳，夜雨长风啸碧空。
濯处沦漪池上月，飞时变化剑头虹。
而今笑指玲珑窟，可向当年问叶公。

金鸡唱曙

金鸡怪石近村居，疑傍扶桑报晓初。
带月窗前催诵读，和烟陇上促耕锄。
板桥客过霜痕冷，茅店人惊旅梦余。
何似故乡高唱后，千家山郭曙光舒。

碧凤凌霄

岭色苍苍成碧凤，年来五采倍缤纷。
德辉自负云霄志，风翮宁随燕雀群。
叶落秋林肌骨瘦，花开春树羽毛文。
吾乡千载留祥瑞，应有中书侍圣君。

晚涉溪口适大父亦闲　立闻命敬承赋二绝

清·陆　瑶

其　一

夕阳犹未暮，散步到双溪。
蓦地家公立，言言把耳提。

其　二

居常闻命久，念念切良谟。
偶沐溪边训，随方举一隅。

甲午九日场后与友人陆运山游龙岩

清·罗　福

快道龙山纪胜游，龙池高步趁清秋。
登临谁辨梭声动，变化如瞻剑气浮。
白石青苔洞自古，攀崖蹑履兴偏遒。
同人喜有凌云意，直欲挥毫天际头。

次诒斋九日场后龙岩登高元韵五首

清·陆介眉

烂醉茱萸物外游，苍崖古洞占高秋。
年来又向龙山会，佳气还兼凤岭浮。
石窟爪牙犹隐现，林峦风日觉清遒。
要知千载题诗客，原在诸天最上头。

（戊申暮春上巳，同章君槐坡，袁君华川，大弟思橘，两儿南金、南枝。）

游蜕龙洞细玩内外形胜赋诗以归

直上岩端立崄巇，嵌空尽揽此中奇。
天生神物能飞去，地耸灵山信在斯。
石烂不磨今古迹，苔封犹剔宋元诗。
云从遇合惭吾辈，龙腹游行一快之。

龙自何年蜕，山高古洞阴。
登山值重九，古迹洞中寻。
不雨堕寒滴，因风想夜吟。
崭然头角在，谁鉴济时心。

（乙卯八月廿五日，率从弟思莼、思橘，长孙琪，陪学师陈无轩先生。）

游蜕龙洞六七叠前韵

清晨入古寺，觅径便登山。
石骨凌嶒耸，龙宫奥窔环。
残碑蓦日下，逸翮振雷间。
不有阵夫子，凭谁一铸颜。

何代龙潜伏，遗踪尚在山。
屈伸神变化，蟠蜿势回环。
名士勾留久，吾宗憩息间。
古今同一局，且得豁心颜。

题宝乘寺龙洞

清·徐应龙

试问何年代，飞腾上九天。
洞如力士拔，诗有昔人镌。

篝火观遗壳，探幽得静便。
金沙随地布，降服想安禅。
（己酉九日，游蜕龙洞，次石上旧亥钱塘张华涞元韵。）

游蜕龙洞题壁二绝句

清・陆南金

（一）

水满濯龙池，云深蜕龙洞。
墩年龙去时，万里长风送。

（二）

松崖挂老鳞，石洞蜕仙骨。
千秋龙颔珠，五夜山头月。

游蜕龙洞

清・闻景风

片石松孤秀，倾崖竹万竿。
中藏奥窔洞，云是蛰龙蟠。
古迹千秋在，空山六月寒。
舒云亭外立，隐隐涌回澜。

偕友汪衡斋游蜕龙洞二首

清・陆　琪

龙化王虬蟠，鸿蒙幕景寒。
烟云迷古涧，风雨接层峦。

洞口松涛吼，岩前日色团。
千秋留胜迹，我辈几回看。

养晦潜幽谷，乘时上太清。
林泉留蛰穴，风寸忆吟声。
浅印排鳞密，深痕露爪明。
持灯分佛火，龙腹任游行。

偕友汪竹衡斋游蜕龙洞

清·陆　璐

龙自何年去，灵踪尚宛然。
风云归海外，头角露岩前。
碣石残山破，遗珠望夜悬。
游人莫诧异，斯固以神传。

壬申初夏陪赵莲浦先生溪桥晚步

清·陆　璐

漫说春风座上生，读书有味喜随行。
门前活泼溪流水，一段天机触处迎。

夏首桥边水满湾，柳阴浓处鸟关关。
舞雩正好容吾辈，分得高人半日闲。

石头山歌

清·陆介眉

石头巉岩如虎踞，李白登高在何处。
兹山不减石头城，骜兀势欲随风翥。
海有蓬莱河昆仑，缥缈望远难为论。
蜀之剑门越天姥，尽人语我未亲睹。
何如石头山峙前，毓秀盘根历太古。
神仙来往云吞吐，玲珑八面开洞府。
至今元精耿耿浮，昼看龙藏夜啸虎。

峤　山

清·陆介眉

亦似西来削不同，层层高耸驾遥空。
势盘孤鹤垂天象，形锁三溪划地雄。
放眼直窥秋色外，腾身先出暮烟中。
底须入华摩云际，呼吸才惊帝座通。

（“势盘孤鹤重天象”，山中有白鹤先师庙。）

游峤山回望白石

清·陈　焯

探胜同回步，灵奇更后山。
秋屏霞彩丽，白石玉光环。

霜雪虚无外，蓬壶缥缈间。
下方频矫首，惜我已衰颜。

登狮子石

清·罗爱梧

闻说峰头踞石狮，锯牙钩爪郁奇姿。
同袍助我添游兴，短策宜人惬悟思。
拔地嵌空高百尺，扪萝造极立多时。
海天隐隐来胸臆，呼吸还应帝座知。

登狮子石

清·陆　琛

石狮突兀空中举，我欲摩云顶上跻。
自有雄风来耳畔，好随斜日跨林西。
时逢九月三光迴，势压千山万象低。
矫首青冥真一瞬，同人联步踏丹梯。

登狮子石

清·陆　琳

巍峨怪石踞崇冈，蓄锐藏锋首一昂。
我亦探奇能抖擞，君今联步得清狂。
遨游不厌重阳节，放旷真如百戏场。
独意雄姿全力用，英年兴会引弥长。

登狮子石

清·陆　璐

百尺灵岩望若梯，俄攀峻额戏狻猊。
凭河跨海非吾事，拉虎吞貔敢独跻。
身世渺茫形似鸟，风云会合气如霓。
儒生遭际无心遇，揽辔长途快马蹄。

阅旧谱书族祖石峰公水口栽松诗后

清·陆介眉

硅璋品格轶凡庸，束带会瞻有道容。
子侄一门皆国器，文章八代起衰宗。
中流船失伊谁挽，大雅轮扶得所从。
手泽尚存人未远，双溪是尺看虬松。

石龙殿谒毛公神

清·陆介眉

寂寞春山路，峨峨野殿阴。
石龙蟠峻宇，金弹落空林。
英想威初赫，雄驱迹更深。
何须征祀典，瞻仰肃神心。

题龙门寺

清·陆介眉

白象青狮护佛场，龙宫清秘位中央。
山围日月双轮转，花发楼台满院香。
罗汉何年成铁铸，维摩终古自金装。
近来新谱南宗派，衣钵慈云祖豁堂。

（嘉庆元年寺中辑谱；豁堂，系净慈和尚其徒遐迩于清初间来兹山重修禅院。）

题澜如姊丈别墅

清·袁　英

维山有石，顽则不灵；惟水有源，浅则易竭。两者不兼得之数也。今澜如姊丈先生宅之后园，竹林层阴，奇卉万状，石巉岩而嵌空，水潺湲而有本，林禽唤梦，池鲤悠然，诚人世间蓬瀛也。予低徊留之，每不能去。爰缀数言，并作联对一首，呈教焉。

真水真山造化为君开色相，
一觞一咏蓬瀛此地足留连。

竹里山居自题

清·陆景渊

数亩林园涧水回，几椽芽屋筑云隈。
青琅绕宅千竿竹，白玉当窗一树梅。
秋居鸿飞催木落，春晴莺语唤花开。
此间疑是桃源洞，欲掉渔舟间渡来。

题竹里山居

清·陆介眉

菊溪叔承高祖澜如公所筑澜泉之竹里馆，时读书其中。乾隆庚子冬，奉赠联对一首，族侄介眉着，钱塘处士张淇漪园氏书。

白石郁而奇藏之竹里千重翠，

澜泉清且浅谱入茶经一种香。

游竹里山居

清·罗　福

仲夏之望游澜泉并访菊溪先生，时夜将半，煮茗剧谈，从游皆欣欣如也。

月照空山夜，怀人未忍眠。

忽然动狂兴，率尔到澜泉。

石下元章拜，茶看桑苎煎。

清风和漏永，归思挟飞僊。

次诒斋夏夜澜泉过访原韵

清·陆景渊

知君兴不浅，而我亦忘眠。

笑指松间月，言看石上泉。

溪光凉自纳，炉火活宜煎。

领取龙团味，清风两腋仙。

澜泉偶题

清·陆景渊

澜泉白石是吾家，牛锁云隈牛竹遮。
欲觅山人幽隐处，原源园畔灌茶瓜。

《东安陆氏宗谱》(1896)

先高祖显陞太翁赞诗

董长龄

平生心迹朴且淳，休教玷污累终身。
言行务求尤诲寡，往来惟认性情真。

摩破经书万卷中，彬彬雅量有儒风。
仁人未获天心愿，偏把仙翁作野翁。

设教四方兼守愚，多场小试若悬弧。
阶前幸风三秋桂，掌上如添一粒珠。

不学农桑术数通，全家赖以度西东。
鱼游釜底廉常矢，譬却豪华兴不穷。

《富春谊桥垅董氏宗谱》(1941)

诗三首

杨澹因

新道苏题

乱山深处可人行，曾记坡翁赋远征。
岂为留题标翰迹，还因问俗识官清。
青牛岭刹云犹绕，白石溪流响若赓。
回首当年晁令宰，两贤维复继芳声。

青牛松径

岭号青牛迳古庵，千年铁干耸寒岚。
龙须影射金九落，松子飘香丹桂忝。
春至迎和羞绿草，秋高拥翠笑红酣。
扶摇漫听乘潮浪，长笛横吹有老憨。

百丈云平

一片空蒙拥翠微，渐归村落笼柴扉。
寒烟缭绕色难别，晓日朦胧住不飞。
徐欲堕来仍半就，轻还引去不须挥。
庐山瀑布悬千尺，未许同云烂熳辉。

《南新彭氏宗谱》(民国)

桐洲六首

清·朱元佑

早春梅花

春信先传第一枝，遥看晴雪映琼姿。

香闻十里江流远，花绕千家月落迟。

邓尉山前逢玉友，大庾岭上遇瑶姬。

探幽欲挹清芳味，几度停桡问水湄。

晚秋枫叶

平林一带远江涯，掩映丹枫入望赊。

浅绿卸时欺丽日，深红换处夺明霞。

深山点染皆成画，锦绣纷披绝胜花。

从此莫夸春色好，池寒亦自有繁华。

（早春以还，洋涨庙坞至桐洲一带，梅花最盛，不下邓尉。而秋江红叶则桐洲前后，一望灿如云锦。乃自来吟咏者皆未之及。余咏八景后，因再成二律，以志斯地之胜云。）

桐洲命名韵得游字

清·俞　典

闻有乘鸾客，来从此地游。

烧丹飞宿雁，采药戏浮鸥。

月照波心静，风吹芦畔悠。

桐枝摇曳处，遗迹重千秋。

桐洲俞族韵得昌字

疏桐久已美吾乡，宅建中洲卜兆良。

孝子高风传闾左，仙翁胜事说沧桑。

蒹葭秋水虽难拟，桃李春风却自芳。

试挹金陵三子祖，家声应得倍光昌。

（昔有仙客名周岩者，采药此地，常倚桐树而庐，因爱以桐洲号之。迨吾祖迁基相得，惟洲中土可以裕族，因即驾以祠庙门堂，此则聚处之源也。从前记序曾未道及，余故不揣迂疏附咏之，以二律云。）

康熙五十二年岁次癸巳菊月之吉

渔 歌

俞 钦

为爱垂纶客，闲来坐钓矶。
溪幽依古岸，风静卷莲衣。
搦笛翻青浪，狂歌送夕晖。
碧鳞游泳处，使我转忘机。

樵 唱

落叶秋林晚，樵歌引径深。
丹枫明似火，幽涧响如琴。
伐木分枯菀，锄云任古今。
一成梁父句，松下起龙吟。

（吾洲八景诗内，已有《后山樵歌》数首。但迩来樵苏歌唱者，不止后山。至于前后江畔，渔歌互答不下。沧洲胜地，乃自来作诗者，未之咏及。因敢再赘二律，以志吾洲之胜云。）

《大桐洲俞氏宗谱》(2012)

东安百咏

明·凌 志

一庵子曰："宋贤许广渊、邑令许仲蔚作《东安十咏》，载诸《图经》，脍炙人口，千百年余，想见丰采。子乃效颦作《东安百咏》，以继之诗。虽不工，而新城胜景，蔼然于吟咏之间。后之观者，幸毋诮焉！"

放生池 在渔池山下

九重仁诏出金门，生者蒙生死返魂。
三月桃花春浪暖，鱼龙犹感旧时恩。

罗隐宅 在城东

题山咏水遍天涯，谁识东安是旧家。
半亩荒基山寂寂，夜深风雨落梅花。

罗隐洞

昨夜雷声鼓太虚，六丁推动阿香车。
蛰龙已作霄霖去，洞口浮云任卷舒。

松溪庙

溪上何年广利祠，遗靴流水记当时。
我来欲问通灵德，独向松阴看古碑。

松 轩 在东山

大夫轩外大夫松，人与青松节操同。
孤鹤飞来相伴处，三清高致胜三公。

锦 里 在东山

萤窗十载困吾伊，雁塔题名四海知。
马上锦衣归故里，乡人都道好男儿。

恩荣堂 在东山

朝承宠命列公卿，暮赐龙章出帝京。
没世难忘天地德，华堂高处扁荣恩。

芝 山 在东山

时来草木竞春光，芍药阶头让海棠。
一日灵芝生齿谷，百花羞见敛清香。

拱秀堂 在城西

万竿修竹拱楼台，一带青山送秀来。
卧雪先生多种德，高门时见出英才。

双 港

当年松葛煮金丹，两道寒泉似玉环。

借问源头何处是，水馨流出白云间。

卓笔峰 即百丈山

管城公子黑池仙，归隐东安百丈前。

昨日山头岚气发，倒提秃笔写云笺。

下溪书舍 在城南凌宗一读书所

下溪结屋近南城，黄卷青衿对短檠。

夜静清风来殿阁，溪声时杂读书声。

龙　山 在折桂

香山佳会有还无，每想清风上画图。

何日还乡期九老，醉看落帽倩人扶。

凤　山 在新登乡

九色文彩过新城，影落青山得好名。

风动琅玕声戛玉，乡人犹道凤凰鸣。

通灵塔 在北门

浮屠高筑拂云烟，故老相传八百年。

夜静月明灯影落，行人疑是柱擎天。

多福经房 在城

五蕴皆空问达摩，灵台高处是弥陀。

山僧不悟如来意，贝叶空翻般若波。

渌　川 在太平

辞却源头不惮遥，水声长过岁寒桥。

渌川川上流无息，都入长江伴早潮。

辅德家庙 即周宣灵王在渌川

九重书额赐周王，千载犹闻御墨香。

欲问当时灵异事，潮声朝夕起钱塘。

母子石 在太平

子忆亲征百结愁，妻忧夫戍泪双流。
谁知母子心忧切，一夜西风化石头。

凌准宅 在东山

青山绿水类朱陈，松竹森然宅第新。
谁识翰林千载后，至今犹有读书人。

孙陟墓 在太平

唐室中微乱董昌，尚书忠义着丹阳。
墓前惟有双枫在，合抱含衰苦夜长。

石　门 在广陵

鸿蒙肇判石门开，吾道亨通接上台。
由也升堂未入室，晨门奚自仲尼来。

草鞋岭

独角仙人事不谐，青云桥上堕天阶，
早知不是神仙骨，肯向山头弃草鞋。

仙人石 在七贤

养就长生百炼钢，白云深处问行藏。
如今老作山中石，三醉无由过岳阳。

湘　溪

（在东洲，上有陈女王庙。故老相传云：即湘妃溪，通湘江。）

娥皇不见女英回，宝辇香车下舜台。
回首九疑山寂寂，湘溪云气接蓬莱。

石　壁 在宁善

峭壁巍巍近碧霄，中天月朗镜光摇。
何时影落丹青手，描出黄金价又高。

七贤棋

一着争先孰肯休，个中百变用机谋。
樵夫柯烂忘归去，石上棋盘尚未收。

石羊庵

四十年前过此间，三朋同上石羊山。
今朝重到相看处，壁上题诗墨未干。

南津渡

水落南津觉胆寒，行人到此往来难。
天工肯假公输力，伫看长虹过碧滩。

道爱堂 即县后堂

礼乐兴行教化明，爱民亲上古今情。
当时言偃身斯道，弦诵于今说武城。

深清坊 在县

三事居官第一清，清中有事自分明。
当年贤令今何在，留得芳名警后生。

三贤堂 在大成殿前

三人清誉迈时髦，忠义文章万古高。
芹泮雨余春祭后，遗风独自不胜豪。

仰高堂 在儒学

仰钻瞻忽妙难寻，圣道巍巍本在心。
一自杏坛摇木铎，至今千载有遗音。

碧　沼 在太平

远公凿沼碧山前，曾与高人结白莲。
今日春风池水上，一泓清澈镜中天。

折桂乡

折得蟾宫桂一枝，归来正是少年时。

西风吹送天香远，从此声名入凤池。

白雀里 在祥禽

素衣缟服出琼林，百鸟惊呼没好音。

五里桥头飞过去，至今人说是祥禽。

绿衣山

城外乌衣插翠微，芹宫相对挹清辉。

只因久沐菁莪化，也学书生换绿衣。

新妇洞 在新登

妆奁暮卷避强秦，入得山林不记春。

洞口桃花流水去，断肠空忆画眉人。

世科坊 在西门

父登龙榜擢春官，子中乡闱戴豸冠。

昨日绣衣归故里，风霜犹自照人寒。

蜕龙洞

脱去凡庸骨异常，五云深处驾虚皇。

朝回带得天家雨，散作霄霖遍入荒。

鸡鸣寺

月落只园五漏迟，殿中空挂碧琉璃。

金鸡飞上云霄去，入定山僧总不知。

清心泉 在贤明山

灵台无垢皎然明，白水如何洗得清。

试问夷齐曾到此，首阳山下有泉声。

菓园山

苍龙天上驾春回，万紫千红取次开。

昨夜东风成结菓，山头先见熟黄梅。

停云轩 在宝乘寺

片心忧国每忠勤，身处天边志在君。
谁道思亲千里念，登高遥指望停云。

鉴　轩

凿池开镜涵涓涓，雾散云收色湛然。
秋半临轩来宴赏，月光如水水如天。

绿筠轩

闲来无事昼关门，为爱窗前绿长孙。
半亩清阴堪避暑，平安莫惜报晨昏。

梅　屋 在东山

漏泄春光带雪开，推窗时有暗香来。
当初不识林和靖，安得芳名到鼎台。

古　桂 在东山

遥历风霜老不凋，嫦娥分种下青霄。
自从折得荣归后，犹有遗香在旧袍。

景德观 在北门

当年楼阁倚云霞，今日荒基宿暮鸦。
跨鹤仙人天上去，阶前辜负落梅花。

红梅屏 在东山

清白传家自古高，不同桃李逞英豪。
只因悮入罗浮梦，一夜东风换绛袍。

来凤轩 在东山

庭前院后绿成阴，每忆高标惬素心。
夜静凤鸾栖正稳，月移清影满围屏。

此君轩

隐士袁廷用宅，某旧读书所也

昼长斋静与风清，萧女吹笙杂凤鸣。
步入齿轩读书处，一团清气眼前生。

白石村

村中白石满山岗，磊磊长瞻日月光。
昨日仙人山下过，一声鞭响尽成羊。

碧玉轩 在多福院

山僧万竹手亲栽，碧玉轩前日几回。
只恐龙孙露头角，阶前穿破绿莓苔。

进德斋

知止知终两适时，于中进德始祖宜。
齐家治国心乎此，四海雍熙更问谁。

识春亭 在七贤

绕亭桃李各争妍，便觉春光在目前。
惟有武陵溪上客，至今不识是何年。

四井亭 在七贤

天君得趣乐从容，玩月寻芳气味浓。
四事老来无一分，都教分付此亭中。

寿杞堂 在七贤

诗人祝寿比南山，鹤发红葩不老颜。
上日衣冠开庆宴，庭前众子戏斓班。

妙香堂 在碧沼

旃檀林上净尘埃，皓月当空宝鉴开。
正是禅心初定处，天风吹下妙香来。
深林结屋避尘喧，花落花开雨一翻。

夜半道人清不寐，月移梅影上南轩。

照源堂 僧本源能医

病发于身感在心，原心作病妙难寻。

当年曾有卢医得，后世方传不换金。

庆丰楼

东安富庶属丰年，楼上明书不妄传。

昨日笙歌相庆处，声声吹出斗三钱。

载春亭 在七贤

水边游子试春衣，楼上佳人酒力微。

昨日王孙斗百草，春光载得满舡归。

云洲阁 在南安

云洲风景胜瀛洲，破衲袈裟百不愁。

若使遂良知此味，珠帘垂处早回头。

古教场 在县北

一声炮响阵云开，万马千军听令来。

今日太平烟瘴息，教场场上长莓台。

县　楼

飞甍百尺耸苍穹，楼上观山指顾中。

县令爱民民富庶，一川麻麦胜豳风。

仙　洞 在七贤

荒唐之说古今疑，阆苑桃源作者谁。

洞口寻踪无觅处，石盘空摆七贤棋。

白莲塘 在碧沼

弥力西来色是空，白莲社结混华风。

如今谁是莲花主，万古倡扬属远公。

郭文宅 在永昌

郭文舍宅作僧居，九转丹成实么虚。
释子山头残月夜，萧萧木叶落皆渠。

岩石庵

岩岩维石倚江干，赫赫司徒父母官。
薄赋省刑民药业，老僧高卧白云端。

许睢阳庙 在塔山

几写招魂寄北鸿，至今不见信音通。
夜来风雨子山暗，疑是睢阳百战中。

浮云岭 在南安

飞来飞去任西东，曾驾苍龙上碧空。
雷震一声霖雨作，满天遮盖是谁功。

古 城

太师御寇力经营，千百年来雉堞倾。
天假斯民贤令尹，旧城重见复新城。

观音堂 在天柱山

如来飞锡寄仙踪，天柱山头第一峰。
昨日乡人祈百福，五云深处露金容。

春波亭

帘卷东风丽日迟，凭栏静想燕来时。
亭前一阵桃花雨，潋滟恩波满绿池。

相公街 在东山

崎岖山路不堪行，过客愁眉百结生。
囊里俸金凭石氏，坦然高下一般平。

官 塘 即杜公塘

杜棱忧国筑陂塘，万顷田畴少旱伤。

禾黍秋成民食足，令人千古忆甘棠。

义　仓

半生为宦慕前修，忧国忧民志未酬。

欲使同宗均享禄，义仓千古碧山头。

南新古镇 旧县基

寂寞荒基百亩平，当年楼阁晓风清。

今朝吊古重来此，回顾青山有旧情。

游普照寺

乘与从途过碧溪，万山深处访招提。

山僧历叙兴亡事，锦轴新妆索我题。

游东林 在广陵

寻芳拾翠入东林，花吐清香柳带阴。

宝贵有时君切记，春风无地不生金。

龙门寺 在新登

海不扬波万国宁，卉裳椎髻岁来庭。

老龙闲却无余事，时出山门听讲经。

深浦潮

江风翻浪喷琼瑶，隐隐雷声杂水声。

惟有舟人知信息，绿杨阴里待潮平。

青牛岭

名山佳趣古传扬，磴石梯云到上方。

闲看东坡壁上句，青烟袅袅远闻香。

杜公井

城中凿井济群生，百尺灵泉应一诚。

载汲载清终不竭，令人千载仰芳名。

炼丹井

渔池山下白云间，中有仙人九转丹。
丹已不存仙已去，水声空自夜惊湍。

杜氏祠堂

八都八将少人知，吴越当年位太师。
罗隐文章千古记，至今犹想筑城时。

葛　溪

一派沧浪下葛陂，水声流接放生池。
天光云影徘徊处，正是源头滚滚时。

白云庵 在南安

卷舒无定出无心，曾与苍生作旱霖。
既渥既优枯槁遂，闲来山谷伴禅林。

白鹤仙 在新登峭山

洞门深锁谢尘寰，赢得工夫自在闲。
读罢黄庭清兴发，偶然骑鹤到峭山。

多福寺

百丈高峰拥翠鬟，贤明云气蔼禅关。
南朝四百八十寺，多福严林第一山。

岁寒桥 在松溪

忆昔贤侯政治均，山梁不日焕然新。
三春泛泛松溪水，来往应无病涉入。

潘将军庙 在宦塘

三箭天山早挂弓，英雄不与众人同。
乡人立庙临官道，为报将军汗血功。

渔池寺

黄山亭北石桥东，楼阁参差拥茔宫。

日暮山僧归去晚，影随明月八帘笼。

黄山亭

黄山亭上老将军，喜把囊金造路亭。

来往英雄谁复在，亭前松柏四时青。

上马石 在东山

何人骑马上青天，遗石山前不计年。

今日玉骢重鞚处，着鞭不让祖生先。

舒啸亭 在贤明山

山前绿水绕秋亭，亭外青山竖画屏。

载酒问奇人不到，倚栏闲草太玄经。

三　溪

三溪流水色渊然，石壁山前月正圆。

若识仲尼川上意，水朝江汉月当天。

南　山

八十归来老拙翁，南山把酒问东风。

古今游玩知多少，气象潇潇孰与同。

刘公堰

贤侯为政尚宽柔，凿石泉通五里头。

万顷田畴无旱叹，芳名当与水长流。

七言律绝

一　庵

题　菊

卉木扶疏令属商，东篱花发近重阳。

夜来影入瑶阶上，雨露新沾翰墨香。

又

昨夜金风透体寒，秋花吐秀满栏杆。
一枝妙入丹青手，移向图中作画看。

又

西风昨夜振园林，吹破黄花点点金。
欲问邻家沽酒饮，不知可惬主人心。

宿天柱山

闲游天柱宿琳宫，坐听山僧讲色空。
究竟要知登彼岸，红轮遥上海门东。

竹

朝罢归来每读书，此君相对俗尘除。
清风动处琅玕振，应是青鸾下太虚。

立春偶成

东风卷得寒威去，阳气潜从地下来。
鞭罢土牛看生意，满城桃李让梅开。

竹屏凌氏

虚心公子玉俜停，曾引鸾凰下舜庭。
影入墨池生兴趣，一枝潇洒上丹青。

题琴轩山水

琴轩诗画亚王维，云树溪山分外奇。
得句每怀登眺处，披图犹记读书时。

又

烟收柳色当窗绿，雨歇泉声落涧迟。
寄迹暂为廊庙客，白头自信有归期。

许睢阳庙

臊羯辜恩肆撅凶，四方鼎沸驾迁东。

一生胆气冲天壮，万古忠心贯世雄。
庙食睢阳旌异节，名书唐史着全功。
自从公后谁能继，惟有青山节操同。

登天柱山上有龙池观音堂

青年游宦在京华，白首登临趣更佳。
一水萦缅如绕带，万山罗列似排衙。
云腾雾合龙行雨，汤沸炉烘客点茶。
独上最高层上望，东安佳景富桑麻。

登东山

登危陟险不辞劳，路入羊肠步步高。
回首近瞻天上日，举头遥见海门潮。
青山列戟迎朱旆，碧草铺茵映锦袍。
醉卧不知明月上，一双仙鹤过林皋。

又登天柱一首

廿年不到此山中，云物虽殊气味同。
四面乱峰如浪滚，一条正路与天通。
野花吐秀名含笑，山鸟啼春唤郭公。
记得旧游曾有句，红轮遥上海门东。

登新城楼翫月

新城城上月徘徊，万里无云一镜开。
绕县江山环翠翡，凌空楼阁势崔嵬。
风吹玉笛神仙到，夜落金钱凤辇来。
赏尽中秋无限景，桂花香处解元回。

除日立春

癸酉暮年三十日，春来腊尽两关情。
迎新送旧诗难就，对景思亲梦不成。

天上风光多盎蔼，人间和气乐升平。
承恩未遂涓埃报，两鬓新添白发生。

袁宅此君轩即事旧读处

清时有用愧无才，闲爱青松静爱梅。
学礼庭前思孔子，问心斋上意颜回。
日移竹影当窗见，风送溪声隔岸来。
俗事不干尘虑少，一轩长对此君开。

舟中夜雨

钱塘江上雨盈蓑，游子舟中奈夜何。
水落千岩鸣石磴，潮回万里泄鎮河。
塔灯远照高低火，渔唱遥闻欸乃歌。
天晓推蓬停棹看，吴山依旧翠嵯峨。

《东安凌氏宗谱》(1928)

作者简介

许　远（709—757）　字令威，杭州新城（今富阳区新登镇）人，唐高宗时右相许敬宗曾孙。历任侍御史、睢阳太守。唐天宝十四年（755），安禄山反，与张巡协力守城，终因外援不至，城陷被俘，不屈死。后诏赠荆州大都督，图像于凌烟阁，并建双忠庙于睢阳，岁时致祭。

章　碣（836—905）　字丽山，桐庐人，章孝标之子。唐乾符三年（876）进士。乾符中，侍郎高湘主持考试，章碣赋《东都望幸》诗："懒修珠翠上高台，眉目连娟恨不开，纵使东巡也无益，君王自领美人来。"表达了对科举制度的不平，广为人们传诵。章碣首创"变体诗"。著有《章碣集》一卷。

章八元（生卒年不详）　字虞贤，唐代诗人，桐庐县常乐乡章邑里（今横村镇）人。少时喜作诗，人称"章才子"。唐大历六年（771）进士。贞元中调句容（今江苏句容县）主簿，后升迁协律郎（掌校正乐律）。有诗集一卷传世。

寇　准（961—1023）　字平仲，华州下邽（今陕西渭南北）人，北宋政治家、诗人。太平兴国五年（980）进士，历同知枢密院事、参知政事。后屡遭贬谪，终雷州司户参军，天圣元年（1023年）九月，病逝于雷州。谥"忠愍"，复爵"莱国公"，追赠中书令。善诗能文。著有《寇忠愍诗集》三卷。

苏　轼（1037—1101）　北宋文学家，书画家。字子瞻，号东坡居士，眉州眉山（今属四川）人。宋仁宗嘉祐三年（1058）进士。神宗时，反对推行王安石新法，遭到排斥，前后出任杭州通判、知州等职。累官至端明殿侍读学士。卒谥文忠。诗文有《东坡七集》等，词集有《东坡乐府》等。

章　惇（1035—1105）　字子厚，宋福建浦城人。嘉祐四年（1059）进士，授商洛县令。熙宁二年（1069）擢为编修三司条例官，后又担任侍从、三司使。元丰三年(1080)担任参知政事。五月知枢密院事，起用反对变法的司马光。元祐元年(1086)司马光任宰相，罢废新法，章惇力辩免役法不可废。元符三年(1100)哲宗去世，章惇反对议立徽宗。徽宗继位，封章惇为申国公，充哲宗山陵使，不久被劾“葬事不恭”，知越州(今浙江绍兴)。旋改任武昌节度副使，潭州安置，再贬为雷州司户参军。

陈天麟(1116—1177) 字季陵，宋宣城(今安徽宣州)人。高宗绍兴十八年(1148)进士，任广德县主簿。二十六年，由太平州教授行国子正。孝宗隆兴元年(1163)为太府寺丞。乾道元年(1165)迁吏部侍郎。二年知襄阳府。四年知镇江府。九年知婺州。淳熙二年(1175)知赣州。四年，卒。有《撄宁居士集》，已佚。明嘉靖《宁国府志》卷八有传。《宛陵群英集》等书所录《陈天麟诗》一卷。

朱　熹(1130—1200) 字元晦，又字仲晦，号晦庵，晚称晦翁，卒谥文，世称朱文公。祖籍徽州府婺源县(今江西省婺源)，出生于南剑州尤溪(今属福建省尤溪县)。宋著名理学家、思想家、哲学家、教育家、诗人，世称朱子。著有《四书章句集注》《太极图说解》《通书解说》《周易本义》《楚辞集注》。

朱　清(生卒年不祥) 字元之，宋富春仪凤都(今常安)东山下人。自幼力学平居，以道义自持，为诗文务底平实。宝祐二年(1254)补京学生，师事博士施南一。与同舍生叶李相友善。元时屡召不任，以布衣终。乡人号曰“东山先生”。后崇祀乡贤，复以清与谢翱配严子陵祠中，杨维桢为之立传。

张伯雨(1283—1350) 字伯雨，号贞居子，又号句曲外史，一名张天雨，旧名泽之，又名嗣真。钱塘(今浙江省杭州市)人。初为茅山道士，后住持西湖福贞观。元仁宗延祐七年(1320)居开元宫。历主茅山崇寿观、元符宫。元惠宗至元二年(1336)归杭，至正二年(1342)仍提点开元宫。工诗，一时文人争与交游。著有《句曲外史集》《玄品录》等。

余学夔　明浙江宁海人，邑诸生。魏泽谪宁海典史，得方孝儒遗孤，万方覆匿。学夔知之，变形式，佯狂乞食于市。泽会其意。密致书。将文稿并稚子尽推之。学夔逃匿岛屿。日治罾纲，易米以给，方氏有后，学夔之力也。

赵　新（1381—1461）　字日新，号养斋，明富阳灵峰里（今渔山乡）人。出身贫寒，刻苦好学。永乐三年（1405）乡试中举，旋入太学读书，参与纂修《永乐大典》。后任工部屯田司主事，办理粮饷储运事宜，筹划有方。宣德四年（1429），擢升吏部稽勋司郎中、右侍郎，居官以勤、清、慎着称于世。景泰初，晋升任吏部尚书，改官南京，以老致仕。

凌　志（1389—1460）　字文琬，明新城人（今新登镇潘堰村）。成祖永乐举人。曾任礼部司务，工部、刑部员外郎、湖广左参议等职。代宗景泰时，参于修《新城县志》。著有诗集《东安新城百咏》等。

罗　寿　字永年，号独冷，明新城（今富阳新登镇）人。学识广博，颇具胆识。永乐十五年（1417），以举人出身历任广东高安、江西丰城县训导，河北交河教谕。受部使荐举，襄理江西乡试，所取士罗伦、冷贯、孙昌三人，后均成名。旋升河北交河教谕，施教有方，人才辈出。旋即辞官归乡，以山水林泉自乐。

胡　浙　富阳庆护里（今富阳区环山乡）人。明成化间由举人历任侯官县教谕、国子监博士、辽府长史。

叶　稠　明富阳（今富阳环山）人。成化年间由进士历官四川、广东道监察御史、江西按察史佥事。

方　廉（1514—1583）　字双江，明新城（今富阳新登镇）人。明世宗嘉靖进士，历任礼部主事、松江知府、大理寺卿、南京工部侍郎；曾主修上海城垣。告老还乡后，修水利、建桥梁。纂修《新城县志》。

徐　渭（1521—1593）　明代文学家、书画家。字文长，号天池山人、青藤道士。山阴（今浙江绍兴）人。以诸生入胡宗宪幕为掌书记，于抗倭军事多所策划。天才超逸，诗文书画皆工。著有《徐文长三集》《徐文长逸稿》《徐文长佚草》。

陈起龙 号云从，祥凤里(今富阳鹿山街道汤家埠)人。明万历乙卯年乡荐，崇祯戊辰进士。擢江西道监察御史、巡按江南，特敕监军，累树政绩。死于任上。后祀乡贤祠。

牛 奂 字潜之，清山西长治人。拔贡生。康熙九年(1670)任富阳知县，有政绩。曾主修《富阳志》。

邵士庄 清富阳开化里(今银湖街道新义)人，邵嘉之子。康熙十一年(1672)拔贡。

葛长祚 字苍岩，清江苏高邮人。康熙进士。康熙三十一年(1692)任新城知县。著有《三余阁集》。

倪承宽(1712—1783) 字余疆，号敬堂，清仁和(今杭州市)人，进士倪国琏子。乾隆十九年甲戌科庄培因榜(1754)探花，授翰林院编修。三十三年，以礼部侍郎出任直隶学政，累迁官至太常寺卿。以诗文、书法名于时。著有《春及堂集》等。

潘成年(1721—1784) 字怪亭，清新城(今富阳新登镇)人。父潘襄，字抡英，乾隆初年恩贡生，博学工文，屡试第一。成年生而英敏颖异，幼即嗜学。稍长作诗撰文，援笔立就。乾隆十六年(1751)高宗南巡，以秀才应帝面试，列入二等受文绮荷包之赐。适遭父丧，例不授职。撰有诗集《新城杂咏》存世。

董 诰(1740—1818) 字雅伦，一字西京，号蔗林，一号柘林，清富阳人。乾隆二十九年(1764)进士，授翰林院庶吉士，历任户、吏、刑部侍郎，充四库馆副总裁。累官至东阁大学士、太子太傅、直军机。嘉庆二十三年(1818)，再疏乞休，许致仕食全俸。是年十月，卒，赠太傅，谥文恭。

陈 焯 字映之，清浙江乌程(今湖州市)人。乾隆时任新登县训导，学生称他为无轩先生。曾纂修《杭郡志》，著有《湘管斋集》。

陆介眉 字远山，清新城(今富阳胥口佛鲁陆家)人。清嘉庆丙辰(1796)年恩贡。工诗画、精书画、与富阳周凯、陈焯等为友。著有《补山堂诗集》《云溪别集》。

丁廷玉 号琢峰，清新城(今永昌镇)人。道光岁贡生，积学能文，饶有胆识，与贡生施学成，监生宋恒泰等复兴永昌释子山"三学院"。

孙秉元 字性甫，号芋香，富阳龙门人。清道光间拔贡，授直隶州州制，参诸暨包立身军事。工书，善画，好弹丸，能中飞禽。

董长龄(1842—1911) 清浙江富阳人，董诰继五代孙。同治五年(1866)，董诰孙董騋卒。其妻丘夫人欲求一脉之延，因无辈分相当可为氏承嗣之人，决定为未成丁之子继曾立嗣作为嗣孙。择己酉科拔贡董鳌次孙瑾并其子长龄为嗣孙。董长龄试补弟子员。因长龄性淡泊不乐仕进，加之和珅余党作乱，南归后不复入京，以耕读桑蚕为业，奉养继祖母以尽孝。对缫丝有专长，其所缫之丝远近闻名。

蒋润霖(？—1916) 字杏渔，又字养初，晚年更名蒙，富阳新关村人。性慷爽，嗜酒及诗。与同邑蒋敬时、朱葆儒、陆晋钦、释静山曾在灵岩寺诗酒唱和，人称南山五老。著有《泰芒剩稿》。

陆景渊 字鸿洲，清新城(今富阳新登镇)人，陆行子。天姿敏，研经史，曾任分水县训导。著有《菊溪集》。

袁攀凤 字际文，清新城(今富阳新登镇)人。年十二应童子试，二十入郡庠，与兄乘龙、弟攀桂有"三珠"之称。著有《思过斋集》《平山诗稿》。

吴晓江 字退庵，禀贡生。清新城(今富阳登镇人)。体少羸弱，逐习医，为世德高足弟子。后双眼失明，足迹不出庭户，临诊切脉不多言，若无疑难险诊也者，其不可疗者，但与以方而却其金，亦不明言其故。其子俭，邑诸生，亦能世其学。

徐时敦 字原斋，号少庵，清新城（今富阳新登镇）人。性孤峭，体不逾中人，而博闻强识，才笔清秀，咸丰、同治后黉宫之署星。留心掌故。著有《闲自怡录》《少庵笔记》《乌尧志略》。

汪秉豪 新城（今富阳永昌镇唐昌村）人。清光绪甲辰（1904）岁贡。宣统元年（1909）为咨议局议员、新登县第一任民选县事。喜文善诗，任内有惠政。

许正衡 字生平，亦作颂平，清富阳埸口镇东梓村人。十六岁进秀才，宣统元年（1909）以拔贡朝考一等，授邮传部主事。曾任县教育科长、劝学所劝学员等职。著有《谷园诗钞》。

王衷海 民国新登长盘村人，八岁上学，十九岁游庠，壬寅得一等补禀，浙江法政专门学校肄业。后掌教育英书院，出任弘道女校国文、历史教职。

王焕文 字子明，富阳上官乡深里村人。邑庠生，杭州两级师范毕业。

李廷楫 民国富阳景山乡（今富阳常安镇）人，邑庠生，乡董兼县参会议员。

吴志敬（1894—1971） 字心如，号淡移，富阳新登镇上山村人。少时在当地蒙学堂读书，后考入浙江省立第一师范学校就读，新中国成立后在新登任教业。

蒋家齐（1895—1974） 字施政，号麒游，富阳新登镇昌东村人。自小随家父玉璇公入泮，德才兼茂，深通岐黄之道，尤攻书法，善诗词，家藏古籍颇丰。

朱　正（1919—2005） 字中行，号逸庵，富阳洞桥镇人。青年时就读浙西一中高中部，后任新登简师国文教员、新登、万市中学教师。善古诗词。曾参修《富阳县志》《新登镇志》。著有《听松看竹楼诗词》《诗学说略》。

后 记

值此三卷本《富阳历代宗谱选编》丛书编就之际，我们深深地感到这是集体协作和努力的成果。这些年来，我们在编纂过程中，得到了相关部门、乡镇街道、文史专家和热心读者的热情帮助和无私支持，如期如愿得以完成丛书出版。群策群力，方有今时。所以我们首先要借此机会表示对他们的衷心感谢！

编纂《富阳历代宗谱选编》丛书是一项新的工作，这也是我们的一次尝试。由于宗谱文献，历久经远，卷帙浩繁，且斗转星移，时过境迁。内容良莠不一，亦在所难免。鉴于选编者的业务能力所限，选入内容和编排形式等方面必有不尽如人意之处，希望专家和读者提出宝贵意见。

谢谢大家！

图书在版编目（CIP）数据

富阳历代宗谱诗词选编/杭州市富阳区史志办公室，杭州市富阳区档案局编. -- 北京：方志出版社，2016.12
ISBN 978-7-5144-2252-8

Ⅰ. ①富… Ⅱ. ①杭… ②杭… Ⅲ. ①古典诗歌—作品集—中国 Ⅳ. ① 1222

中国版本图书馆 CIP 数据核字（2016）第 291377 号

富阳历代宗谱诗词选编

编　　者：杭州市富阳区史志办公室
杭州市富阳区档案局
责任编辑：刘方圆

出 版 人：冀祥德
出 版 者：方志出版社
地址　北京市朝阳区潘家园东里 9 号（国家方志馆 4 层）
邮编　100021
网址　http://www.fzph.org
发　　行：方志出版社发行中心
电话（010）67110500
经　　销：各地新华书店
印　　刷：杭州富阳正大彩印有限公司

开　　本：787×1092　　1/16
印　　张：30.25
字　　数：389 千字
版　　次：2016 年 12 月第 1 版　　2016 年 12 月第 1 次印刷
印　　数：0001 ～ 1000 册

ISBN 978-7-5144-2252-8　　**定价：**120.00 元